Narratori Feltrinelli

Lorenza Gentile

# Le cose che ci salvano

Prima edizione ne "I Narratori" maggio 2023

Stampa Grafica Veneta S.p.A. di Trebaseleghe - PD

ISBN 978-88-07-03547-0

FSC
www.fsc.org
MISTO
Carta
da fonti gestite in
maniera responsabile
FSC® C021883

Le cose che ci salvano

*A Martino*

Vivere è un'imprudenza continua.

João Guimarães Rosa

Rammendare significa piegarsi con amore sugli oggetti.

Natalia Ginzburg

Benedetti siano gli istanti, i millimetri, le ombre delle piccole cose.

Fernando Pessoa

# 1.

Buttare è sprecare un'opportunità, spesso la migliore. A cosa possono mai servirmi un mix assortito di cavi connettori, due lampadine a incandescenza fulminate, una bussola da carteggio, un fischietto, una confezione di guanti in lattice, diciotto residui di sapone, trentacinque rotoli di carta igienica finiti, un tavolino rococò a cui ho aggiustato una gamba, un telo impermeabile, una torcia a energia solare, un bastone da passeggio intagliato, un paralume senza lume, un tagliacarte con inciso sopra un fiore?

Be', è proprio questo il punto: tutto può tornare utile prima o poi. Se salvi una cosa, questa un giorno può salvare te.

C'è chi per voltare pagina va dall'altra parte della Terra, io sono venuta a Milano. Cinque anni fa, per chiedere consiglio a mia nonna. Ero sola al mondo e lei era l'unica che mi poteva aiutare, ma la sera prima che arrivassi si è coricata presto per un lieve mal di testa e non si è più rialzata, lasciandomi senza nient'altro che la mia tristezza, la borsa degli attrezzi e la piccola oca di ceramica che tenevo in tasca.

Il quartiere era proprio come quando lo avevo visto da bambina: le botteghe, il pavé, il tram, il ponticello, la chiesa. Era perfetto e mi ha dato il benvenuto, così non oltrepasso mai i suoi confini. Non sai mai cosa può capitarti, fuori.

A nord la circonvallazione ci separa dal centro. È fatta ad anello e viene percorsa in lungo e in largo da ogni tipo di umanità. C'è chi corre in ufficio con lo zaino del computer e, a volte, lo sguardo di chi vorrebbe essere altrove, lo sguardo di chi si chiede: "Chi me lo fa fare?". Non avere scelta potrebbe essere un sollievo, perché quando ti senti artefice del tuo destino ogni cosa diventa una battaglia: se perdi, sei sbagliato tu. Sono persone, queste, che vorrei abbracciare, a cui vorrei dire: ne so qualcosa.

C'è chi passa le giornate sulla circonvallazione trascinandosi dietro borse di tutti i tipi con dentro la propria vita perché non ha più dimora; gente risucchiata dalla metropoli e poi sputata via. Sono soli e abitudinari come fantasmi. Hanno sempre una storia da raccontare. Lo so da Angelina, perché quando passano dalla sua tavola calda, *Il Nulla*, lei rimane ad ascoltarli. È un modo per farli tornare a esistere, le ho fatto notare un giorno, e lei era d'accordo.

A volte, quando trascorro un'intera giornata senza che qualcuno mi abbia guardato negli occhi, me lo chiedo, se sono ancora al mondo. Se un albero cade nella foresta e nessuno lo sente, fa rumore? Io penso di no: il mondo non può esistere, se non c'è nessuno a percepirlo. E così anche noi esistiamo soltanto quando qualcuno ci guarda, quando qualcuno ci ascolta, se qualcuno riconosce che siamo lì. È anche per questo che mi piace passare dal *Nulla* per aiutare Angelina. Non parlo molto, forse, ma ascolto, e così mi sento viva.

Sulla circonvallazione intasata dal traffico si muovono anche tante persone a metà, bruchi che ancora non sanno se diventeranno farfalla. Un giorno avranno lo sguardo da "chi me lo fa fare"? Si trascineranno dietro un carrellino con tutte le loro cose? O passeranno le sere a osservare lo skyline da un attico in centro? Torneranno da dove sono venuti? Me li ritroverò sul pianerottolo?

Il quartiere dove abito è tranquillo. A est e a ovest è delimitato dai due Navigli, un aspetto da non sottovalutare. L'acqua ti ricorda che puoi sempre salpare. Io sto ferma e la guardo scorrere, mi regala un senso di leggerezza e di libertà, come se un giorno potessi ricominciare da capo, smontare il passato come una vecchia credenza e ricavarne una nuova.

Chi mi sorprende a pescare nel canale sembra trovarlo strano, ma non è forse più paradossale mangiare la zuppa congelata del supermercato in cui otto tipi di pesce e crostacei sono stati importati da India, Cina, Perù, Grecia, Argentina, Indonesia e assemblati in un posto ancora diverso insieme a solfiti e altri additivi? Magari varrebbe la pena di far valere il mio punto di vista, ma non oso. Le persone mi piacciono, e io vorrei piacere a loro, perciò rimango zitta quando mi guardano storto, e sorrido, come scusandomi di essere un tipo singolare.

Nella mia arca di Noè non ci vorrei un supermercato, a essere sincera. Perché comprare lì uno shampoo, per esempio, che ha dentro la paraffina, che è un derivato del petrolio, quando possiamo utilizzare una pappa di farina di ceci e acqua tiepida? Perché acquistare un vaso da fiori fabbricato oltreoceano quando basta un flacone vuoto di detersivo, e intendo un flacone recuperato per strada, perché non c'è motivo nemmeno di comprare il detersivo, dal momento che esistono aceto, sapone di Marsiglia e bicarbonato?

Passiamo il tempo a fare lavori che non ci piacciono per poi acquistare cose di cui non abbiamo bisogno. Alla fine, basta un po' d'ingegno. Lavorare meno e ingegnarsi di più, diceva sempre mio padre.

Di lavori è pieno il mondo, io faccio la tuttofare nel nostro palazzo. La gente spesso non si fida. Non è considerato un mestiere da donne. Di solito i tuttofare sono uomini nerboruti in tuta da lavoro. Be', la tuta la indosso anch'io, una salopette di jeans a cui ho cucito tasche sulle gambe, e chi scopre quante cose so aggiustare, montare, smontare, pulire, riadattare in genere mi richiama.

Per vivere bene basterebbe poco. Oltre all'ingegno ci vorrebbe un po' di buon umore. Ma il buon umore non lo si può fabbricare, ed è difficile da trovare in giro.

C'è chi dice che abitare da soli sia triste, soprattutto se si hanno ventisette anni come me. Se non altro, non c'è nessuno che inorridisce quando sorrido con l'insalata tra i denti o indosso i calzini spaiati. E alla fine, non sono *sola*. Nella mia vita ci sono la signora Dalia, che fa da portinaia a tutto il condominio; Trofeo, il mio vicino sessantenne che non apre mai bocca; Angelina, proprietaria della tavola calda *Il Nulla*, e suo figlio Eugenio, che vuole diventare autista di corriera; senza dimenticare i negozianti del quartiere e tutte le persone che incrocio nei miei giri, con cui scambiamo un sorriso e talvolta un "Buondì!". Sono gentilezze importanti, scintille che accendono la giornata. In quei momenti mi sento tutt'uno con la vita e il futuro mi fa un po' meno paura.

A volte mi sveglio di soprassalto nel cuore della notte con la sensazione di essere ancora in campagna e vedo mio padre con la sua barba incolta e la camicia a quadri che si staglia sulla porta, mi dice che gli incubi bisogna affrontarli, perché fanno parte della vita. Mio padre affrontava i suoi incubi da vent'anni. Io ne collezionavo di nuovi ogni giorno, in certi periodi, e mi spaventavano tantissimo, ma lo confessavo solo a mio fratello Andrea. Lui aveva studiato su un libro trovato per strada che gli incubi erano conseguenza di *stress psicologico*. Diceva che probabilmente ne soffrivo, di questo stress, ragione per cui a un certo punto non gliene ho più parlato. Se facevo un incubo me lo tenevo per me e cercavo di dimenticarlo. L'idea di avere qualcosa di sbagliato che non si poteva curare mi dava la tachicardia.

Di incubi ne faccio ancora, alcuni ricorrenti, e non ho imparato ad affrontarli. Il peggiore mi costringe a rivivere notte dopo notte una cosa successa davvero. Per colpa mia.

Mi sveglio tutta sudata e mi tremano le mani al punto che non riesco nemmeno a prendere il bicchiere d'acqua che tengo sul comodino. Devo tirarmi su a sedere e fare lunghi respiri fin quando non mi calmo e mi passa la paura. O, se non altro, ne ho di meno. Il mondo può essere spaventoso per tutti, e per qualcuno un po' di più.

Mi vengono attacchi del genere anche di giorno, nei momenti più impensabili. Mentre taglio le zucchine, aggiusto uno sciacquone o porto a casa qualche tesoro scovato in giro. Il sangue corre verso le estremità, il cuore implode in un buco nero, la gola si secca, i pensieri vanno in cortocircuito e mi ricordo a malapena chi sono. Ho l'impressione di dovermi precipitare all'ospedale, un'idea talmente terrificante che mi placa.

Non so se le persone intorno a me se ne accorgano: io non dico niente, focalizzo lo sguardo su un punto preciso, mi figuro di dover andare al pronto soccorso e aspetto che passi. Sembra un'eternità, ma dura pochi minuti.

Ho letto da qualche parte che bisognerebbe far caso a cosa succede prima dell'attacco. Per esempio, sto tagliando le zucchine a rondelle, guardo il coltello, la lama cattura un raggio di sole, penso che se mi sfuggisse dalle mani potrei affettarmi un dito e *zac*, l'attacco. Lo sciacquone si carica, è tornato alla normalità, ma se non smettesse di accumulare acqua, se l'acqua traboccasse senza più fermarsi allagando il palazzo? *Zac.*

Ecco cosa succede prima: il *se*. Un'ipotesi, una possibile sventura. Se il treno deragliasse. Se la pioggia non smettesse. Se non riuscissi a ottenere nuovi lavori. Se i vicini lasciassero il gas aperto. Se non trovassi l'amore. Se fosse tutta campata per aria, la mia vita?

*Se*, una parola piccola così che mi risucchia l'anima, che mi strappa da me stessa e mi fa chiedere: e se non esistessi? E così esisto solo nella mia testa, sperando che chi mi sta intorno non si accorga della mia sparizione.

D'altro canto, ogni terremoto comincia con una piccola scossa. Come quando sono venuta qui in città per chiedere consiglio a mia nonna e lei non c'era più.

"Devo stare schiscia per evitare problemi," mi sono ripromessa.

*Staa schisc per avegh minga rogn*, dicono da queste parti. Eppure, avevo la sensazione che questo fosse il posto giusto e non mi pare di essermi sbagliata. Almeno, non troppo. In qualcosa dovrò pur avere fortuna. Il mondo è pieno di pericoli, le catastrofi sono dietro l'angolo, e la fortuna aiuta.

## 2.

In caso d'incendio, il punto di ritrovo è al centro del cortile.

L'ho sottolineato con il pennarello rosso su tutte le informative plastificate appese nel condominio. Dopo un po' che ti trovi davanti qualcosa il tuo occhio smette di vederla, è scientificamente provato, così ogni tanto riscrivo i cartelli cambiando colore. Sapere come comportarsi durante un'emergenza è fondamentale. Bisogna che siano tutti informati. Tutti.

Ho scritto un cartello che ho appeso all'ingresso:

NON ABBASSARE MAI LA GUARDIA, IL PERICOLO È DIETRO L'ANGOLO.
ATTENZIONE AI SEGNALI!

Qualcuno ha cambiato "segnali" in "cinghiali" e qualcun altro, pochi giorni dopo, ha staccato il cartello. In realtà, c'è poco da scherzare: ci sono posti in cui bisogna davvero prestare attenzione ai cinghiali, tipo dove sono cresciuta. Quando quei mammiferi pelosi e zannuti decidono di lasciare i boschi per devastarti un campo non li ferma nessuno, e lo decidono spesso: hanno sempre fame. Possono essere molto aggressivi, quindi meglio non averci troppo a che fare, se non sei preparato come me. Incubi, cinghiali, extraterrestri... Papà ci ha allenati ad affrontare ogni evenienza. Ma qui è diverso, siamo tutti d'accordo che chi parla di cinghiali a Milano sta facendo una battuta. Nonostante questo, io penso: mai dire mai, se l'uomo è arrivato sulla Luna, i cinghiali possono invadere i Navigli. Non abbassiamo la guardia!

Ogni scala del condominio ha la sua informativa plastificata: in caso ci si accorga di un principio di incendio chiamare tempestivamente il 115; chiudere il gas in casa propria e staccare il quadro generale della corrente elettrica; allertare gli altri condòmini; non usare l'ascensore; nell'evacuare l'edificio non correre, non urlare e non seminare il panico; se si è in grado, staccare gli interruttori generali del condominio; non ingombrare le uscite di sicurezza.

In ognuno io ho aggiunto, a penna: se si rimane bloccati in casa chiudere le finestre per non alimentare le fiamme; tappare le fessure sotto le porte con stracci bagnati; rifugiarsi in bagno e riempire d'acqua lavandino, bidet e vasca; allagare il pavimento, chiudere la porta e bagnarla per frenare l'attacco del fuoco.

Non penso che durante un incendio ti venga naturale chiudere le finestre e tapparti in casa, per questo trovo importante informare i vicini.

C'è un avviso anche nel vano dell'immondizia, proprio sopra il bidone dell'umido. La ricontrollo ogni volta che porto giù la spazzatura per la signora Dalia o per Trofeo, incassando la testa nelle spalle per non rompermi i timpani se qualcuno nel frattempo getta il vetro.

Forse non tutti sanno che durante un incendio possono scoppiare finestre o caldaie emettendo un gran fragore. In questi casi non basta incassare la testa nelle spalle, ma io sarei comunque troppo occupata per far caso ai timpani.

Dovrei aprire velocemente la porta d'ingresso della signora Dalia, per esempio, per metterla in salvo. Troverei la sua chiave sotto il vaso del tronchetto della felicità accanto alla porta, poi la prenderei sottobraccio e l'accompagnerei al centro del cortile. Lì si incontrerebbe con Trofeo, a cui avrei citofonato, nel frattempo.

Quindi correrei al parcheggio, per far scattare gli allarmi antifurto, visto che nel condominio non esiste una sirena. Comincerei dalla moto di ViQuerelo. Mi stupirei se non avesse l'antifurto, custodisce le sue cose così gelosamente, come se vivesse in un covo di ladri, e guarda tutti con sdegno e sospetto. Subito dopo sarebbe il turno della Smart di Madame, sperando che dentro non ci sia Zucchero, il suo chihuahua, che una volta si è dimenticata sul sedile posteriore. In quel caso, sarei obbligata a rompere il finestrino con la mazzetta che porto sempre legata a un passante della salopette.

Ho fatto giurare a Trofeo di attaccarsi ai citofoni e avvisare tutti di correre giù senza perdere neanche un minuto, coprendosi naso e bocca, evitando gli ascensori. Ha promesso che lo farà, che parlerà, perché sarebbe un'emergenza. Gliel'ho fatto ripetere più volte. O meglio, gliel'ho chiesto più volte e lui ha annuito con sempre maggior convinzione, finché non mi ha vista soddisfatta.

Trofeo ha sessantacinque anni, possiede un topo albino, vive in tuta e non spiccica una parola, nemmeno con me: le parole le ha finite e non ha più niente da aggiungere. È incredibile scoprire quante cose ci si possa dire senza aprire bocca. Bastano gli occhi e quel suo modo di arricciare le labbra. So che gli piace l'alba e teme il tramonto; lo fanno arrabbiare l'amministratore, i politici, le confezioni convenienza, i chirurghi plastici, le date di scadenza.

Ogni primo del mese si mette in fila alla posta per la pensione d'invalidità e questo, dopo l'iniziale sollievo, non fa che rattristarlo, perché gli ricorda che avrebbe potuto essere un campione, se quel giorno maledetto avesse accompagnato sua madre dall'ortopedico invece di andare all'allenamento, se fosse stato un po' meno determinato, se avesse ascoltato il suo angelo custode che gli aveva sussurrato qualcosa all'orecchio, ma lui non ci ha badato, e ora eccolo qui, niente coppe sulle mensole del salotto, nessun passato glorioso, forse a malapena qualche vecchio della zona che si ricorda di lui, di quel ragazzo col piede d'oro e il futuro già scritto. Peccato che fosse scritto a matita e che un fallo involontario, in un giorno di pioggia, gliel'abbia cancellato.

Dico sempre a Trofeo che è lui il vero premio per sé stesso. Mentre lo dico, vorrei ricordarmelo anch'io. Lui alza le spalle, si guarda le pantofole, indugia sulla cicatrice sbiadita che gli percorre la caviglia, piega gli angoli della bocca e accende il televisore.

Un tempo seguiva solo lo sport, ma ultimamente si è appassionato ai documentari sugli animali, soprattutto alle scene di caccia nella savana. Le registra e se le riguarda per ore. Grazie a lui ho scoperto che un boa può ingoiare una gazzella intera. Per digerirla ci mette un mese. Siamo entrambi d'accordo che sia un fatto notevole.

Durante l'ultima riunione condominiale alcuni dei nuovi inquilini hanno proposto una "miglioria degli spazi comuni", sorpresi che nel cortile, per esempio, avessimo accettato passivamente il cemento e basta, quando avremmo potuto esigere del verde curato, cestini per i rifiuti, luci di design e panchine verniciate di fresco.

Trofeo è diventato tutto rosso dalla rabbia. Capisco la sua indignazione. Questo condominio esiste dagli anni venti e comprende più di centocinquanta unità abitative. Alcuni ci sono nati, e molti degli anziani sono cresciuti qui dentro. Era la casa degli impiegati dei laboratori del circondario, gente che ha abbandonato la propria terra e fatto sacrifici per trovarsi lì, in una quotidianità con più grane che gioie. In quel cortile i loro figli hanno imparato a camminare, hanno giocato a palla, si sono picchiati, innamorati, lasciati. Un tempo gli appartamenti misuravano venti metri quadri e di bagni ce n'era uno per piano, in fondo al corridoio.

Negli ultimi anni molti degli appartamenti sono stati comprati e uniti a formarne di più spaziosi, poi ristrutturati da persone nuove nel quartiere, tipo ViQuerelo, che si preoccupa solo delle panchine, delle luci di design e del prato all'inglese.

Ho stretto un braccio a Trofeo per tranquillizzarlo. I soldi non sono un problema, se ottengono la maggioranza penserò io alla sua parte. Gli lascerò i contanti nella tasca del giaccone senza che se ne accorga, perché non si senta in debito. Per racimolarli aggiusterò qualche doccia in più e magari mi proporrò come domestica a ore. È una cosa che ho in mente da tempo, ma non ho ancora trovato il coraggio di farla. Non so chi potrebbe affidarmi un compito del genere e non mi va l'idea di aprire cassetti e sportelli in case che non sono la mia, per via di quello che potrei trovare.

Non l'ho detto a Trofeo, ma nella mia arca di Noè ce le vorrei, le panchine. Danno un'impressione di vacanza, di svago e di decoro. Se le installassero in cortile sembrerebbe di essere in *Racconto d'inverno*. Avrei voluto proporre anche una vasca con i pesci, e magari eleganti alberi rossi, così che d'autunno si stenda un tappeto di foglie ocra.

Pare che i cestini siano stati rimossi dal cortile tempo fa, per paura che qualcuno ci mettesse delle bombe carta. Erano gli anni settanta e il quartiere non era il luogo più ameno del mondo. Non c'erano ancora i bar sulle chiatte, i mercatini e lo struscio domenicale.

Io credo che al posto dei cestini sarebbe preferibile installare quei sacchetti di plastica trasparente antiterrorismo agganciati ad apposite strutture di ferro. Non sono belli, ma qualcuno potrebbe ancora fare un attentato qui dentro, nonostante sembri improbabile. Basta aprire il giornale per rendersene conto. Avrei voluto condividere la mia opinione con gli altri condòmini, ma alla sola prospettiva... *Zac!* Palpitazioni, salivazione a zero, tremori e tutto il resto. Ho abbandonato l'idea di intervenire.

So quello che loro pensano di me, non fanno niente per nasconderlo. Commentano ad alta voce se gli passo vicino, li sorprendo a indicarmi con il mento. Cerco di fare finta di niente. Se ho qualche colpa, non penso che sia indossare una salopette, riparare rubinetti o salvare le cose dall'oblio della spazzatura.

Quando è arrivata in questo palazzo la prima volta, la signora Dalia ha pianto a dirotto: le sembrava di essere in prigione. Veniva dalla campagna, non aveva mai visto la città. Enzo le aveva promesso che sarebbero stati bene insieme a Milano. Era solo questione di abitudine. Avrebbero progettato dei viaggi, magari, perché la casa è solo un porto, la nave è fatta per il mare. E come porto il nostro condominio andava bene.

La signora Dalia vive qui da sessant'anni, riceve i pacchi e firma le raccomandate di tutti, anche se nessuno la paga per questo. Ha i capelli arancioni e gli occhi vivaci, spesso è scorbutica, ma se la conosci sai che è una finta. È incredibile quanto riesca a sorprenderti la vita, se glielo concedi. Tipo, chi l'avrebbe mai detto che io e una signora così potessimo avere tanto in comune?

Lei dice che devo smetterla di preoccuparmi dell'eventualità di un incendio, di un'esplosione accidentale, di un attentato, insomma di aver paura di tutto. Ma non è paura, sono due semplici lettere: *se*.

Mio padre parlava di scenari SHTF (*Shit hit the fan*) o TEOTWAWKI (*The end of the world as we know it*) come conseguenze di eventi dalla portata disastrosa che da un attimo all'altro avrebbero potuto rivoluzionare il nostro modello sociale, politico ed economico, compromettendo l'ambiente in cui viviamo. Che si trattasse di un terremoto, un incendio, un maremoto, una tempesta geomagnetica, l'impatto con un asteroide, la Terza guerra mondiale, le regole erano sempre le stesse: prevedere, evitare, reagire.

Non bisognava prenderne sottogamba nessuna.

## 3.

Il balcone della mia cucina è in posizione strategica. La porta finestra me la richiudo dietro grazie a un sistema a calamita, per non fare entrare gli spifferi e risparmiare così sul riscaldamento e mantenere la casa fresca in estate. D'accordo, a volte baro. Se fa davvero molto caldo mi rifugio da Trofeo. Lui guarda la tivù e io mi siedo per terra, godendomi il fresco dell'aria condizionata e sentendomi in colpa verso il pianeta.

Accanto all'armadietto dove conservo tutto ciò che potrebbe tornare utile per il giardinaggio, sul mio balcone ci sono i vasi con i peperoni, i pomodori e le erbe officinali, una mini-sdraio e una vecchia tovaglia plastificata che ho trasformato in tenda per ripararmi dal sole o dalla pioggia.

Il balcone è in posizione strategica perché dà sulla strada laterale e mi permette così di tenere d'occhio la serranda. La *mia* serranda rossa, fra il tabaccaio e la lavanderia a gettoni. Da cinque anni, le lancio il primo sguardo al mattino e l'ultimo prima di andare a dormire, e non conto gli innumerevoli altri che le rivolgo durante la giornata, senza riuscire a frenarmi: spero sempre di trovarla alzata, ma la speranza si infrange regolarmente contro il freddo e duro metallo. Sono cinque anni che quella serranda rossa se ne sta lì, immobile, identica a sé stessa, come se dietro non ci fosse più niente.

L'insegna, *Il nuovo mondo*, scritta a mano, è scolorita dalle intemperie.

Cinque anni. Cominciati lentissimi e passati di colpo, tanto che se mi volto indietro mi chiedo spesso dove siano finiti, se io li abbia vissuti veramente o sprecati ad attendere qualcosa destinato a non avvenire mai.

Quando mi lascio andare a questo tipo di riflessioni, è come in un impianto elettrico difettoso: la messa a terra non fornisce una risposta sufficiente e mi ritrovo in cortocircuito. Rimugino per ore, risucchiata da un vortice, finché mi accorgo che la giornata è finita e magari non sono neanche uscita di casa. Così, provo a parlare con mia madre. Le chiedo scusa, scusa per non aver capito prima. Scusa per non aver colto i segnali. Troppo impaurita per vederla davvero, troppo piccola per tenderle la mano.

Poi mi rivolgo a mio fratello e gli domando se mi vuole ancora bene. È colpa mia se la nostra felicità è andata distrutta? Era felicità, la nostra?

A questo punto, di solito, tiro fuori la lettera che sto scrivendo a mio padre, da cinque anni. Con lui non riesco a parlare, nemmeno se non c'è. Prendo in mano la stilografica, aggiungo una frase, cancello qualcosa, ritento. Le parole girano a vuoto come viti spanate, senza aiutarmi a spiegare. Finisco per mettere in dubbio quello che voglio dire. Poso la penna e, immancabilmente, ripongo il foglio nel cassetto.

"La mia vita qui è diversa da come l'avevo immaginata," ammetto infine. La mia voce scoppietta roca nel silenzio, il suono di un motore che si avvia dopo anni di immobilità. "Ma si sta bene in città, davvero."

A questo punto, di solito, mi riempio il bicchiere ed esco sul balcone. Rimango in piedi con lo sguardo lanciato nel vuoto. Osservo il campanile della chiesa, in lontananza, le piante che si preparano al buio richiudendosi in sé stesse, a volte il mio riflesso nella porta finestra: i capelli raccolti in una cipolla, la salopette e gli scarponcini, l'aria arruffata e sorpresa di essere ancora al mondo.

Ogni lunedì mi presento alla mescita in fondo al Naviglio, rendo due vuoti e prendo due bottiglie di San Colombano riempite di fresco. Ci vado a piedi. Costeggiando i campi trovo piantaggine, ortiche, denti di leone, e a volte anche indumenti, suppellettili, riviste. Se sono in buone condizioni, li infilo nello zaino: il mondo è popolato di doni per chi ha l'occhio allenato. Io conservo e riparo in attesa del giusto destinatario.

"La tua stanza da lavoro sembra un'officina," mi ha detto una domenica sera Eugenio, e ne sembrava contento. A lui le officine piacciono molto.

Nella stanza ci sono una solida scrivania di metallo, gli attrezzi, i materiali di recupero e tutti gli oggetti che trovo in giro e hanno bisogno di essere riparati; a fare luce, una lampada industriale presa da una fabbrica abbandonata qui vicino.

Io dormo nella camera che apparteneva alla nonna, poco più spaziosa, con il letto a una piazza e mezza incastrato in un mobile armadio e il crocifisso alla parete.

In salotto ci sono gli oggetti che ho già restaurato: una poltroncina a fiori, un paralume dipinto a mano, due ombrellini di carta di riso, una cornice antica, un bastone da passeggio con l'impugnatura a forma di testa d'anatra, una vecchia trottola di latta, una sedia a dondolo e così via. Sono cose che mi fanno compagnia, insieme alla carta da parati con i fiori di ciliegio in corridoio, per esempio, e alle incisioni che ho trovato sul marciapiede e appeso all'ingresso. Circondati di bellezza, diceva mia madre, e non sarai mai sola.

Nessuno è mai entrato in casa mia, oltre a Eugenio.

Stamani, però, non ho tempo per i cattivi pensieri. Stamani è accaduto un miracolo. La serranda è alzata! Sono così abituata a vederla giù che per un attimo resto disorientata. Il mio sguardo cerca l'insegna, che c'è ancora, sempre sbiadita: *Il nuovo mondo*.

La serranda è sollevata! Mi sembra impossibile. Chiudo gli occhi, li riapro, è ancora su. Se mi sporgo oltre la ringhiera riesco a intravedere gli infissi scrostati del negozio, rossi anche quelli, e la vetrina nera di polvere. Do un'occhiata intorno per accertarmi che non sia un sogno: tutto sembra corrispondere alla realtà. Il tabacchi è lì, all'angolo, e il suo proprietario fuma e conciona sulla soglia, come sempre. La lavanderia a gettoni ha la porta spalancata: intravedo i piedi di uno dei tanti che la usano come rifugio notturno. In cielo nuvole bianche, un aereo lento. Sento il rumore del tram in lontananza. All'orizzonte il campanile della chiesa ritaglia un pezzetto d'azzurro. Controllo la meridiana che io stessa ho costruito, l'ombra cade come dovrebbe. Mi guardo le mani, ho tutte e cinque le dita. Saltello per vedere se levito: macché.

Speravo con tutta me stessa che un giorno quella serranda sarebbe tornata su. Non ho mai smesso di augurarmelo. Doveva farlo per me, se non altro. E lo ha fatto, lo ha fatto in modo del tutto inaspettato, lo ha fatto oggi, un sabato di maggio alle sette e mezzo del mattino.

Cerco di sporgermi ancora, ma sono troppo in alto per riuscire a vedere l'interno del negozio. Mi chiedo se bussare a ViQuerelo, che vive sotto di me. Potrei far cadere qualcosa sul suo balcone, così da avere la scusa di andare a riprenderlo, ma chi ce l'ha il coraggio di affrontare il suo sguardo indagatore? E poi non andremmo mai sul balcone, ci manderebbe la moglie, piuttosto, lasciandomi ad aspettare sulla soglia.

La moglie, lo scorso Natale, il loro primo qui, mi ha regalato una bottiglia di liquore Strega e una scatola di Royal Dansk con un biglietto, *A Gea, la gentilezza del palazzo*. Mi ha colpita perché non avevamo mai scambiato una parola. Ci sorridevamo soltanto, quando ci incrociavamo in cortile.

Ultimamente, l'ho incontrata nell'androne. Stava uscendo proprio mentre io rientravo, era troppo tardi per fare marcia indietro. La evitavo da quando avevo ricevuto il suo regalo per paura di non trovare il coraggio di ringraziarla o che volesse chiacchierare. I convenevoli non mi vengono molto bene, mi sento più a mio agio con problemi concreti, tipo riparare una caldaia o montare un armadio... Speravo che lei non avesse notato che le giravo alla larga, o che non l'avesse presa sul personale, almeno.

Quando me la sono trovata davanti alla cassetta delle lettere, non ho potuto che raccogliere le forze e dirle grazie per il regalo, sperando per il meglio.

"Ho visto che leggi," ha risposto lei, indicando il libro che tenevo nella tasca frontale della salopette. È vero, mi porto sempre dietro un libro, i tempi di attesa sono imprevedibili sul lavoro, e in generale nella vita. Cosa c'è di meglio che passare dieci minuti seduti da qualche parte e dimenticarsi di esistere?

"Se vuoi, noi abbiamo una biblioteca fornita," ha aggiunto guardandosi intorno come se fosse un segreto.

Mi sono sentita avvampare. Era proprio come immaginavo, desiderava fare conversazione. Non mi sarebbe neanche dispiaciuto, se solo avessi saputo cosa dire.

"Non li legge nessuno i nostri libri, a parte me," ha continuato. "Puoi prendere in prestito tutti quelli che vuoi."

L'ho ringraziata, ma poi mi sono inventata che ero in ritardo, che dovevo scappare. E così ho fatto, sono scappata.

Se non fosse la moglie di ViQuerelo prenderei in prestito qualche libro, a essere sincera. Ma lui mi spaventa: non sai mai che reazione potrebbe avere. Se pensasse che sto manipolando sua moglie per ottenere dei favori o che sono invadente, sarebbe una situazione ben peggiore che rileggere lo stesso libro per la trecentesima volta.

Non so come mai una donna così gentile e attenta al prossimo abbia sposato un uomo scontroso e superbo come ViQuerelo, ma non vale la pena di farmi i fatti degli altri. Ne ho fin troppi dei miei.

Valuto di nuovo se far cadere qualcosa di sotto, sul loro balcone, nella speranza che lui non sia in casa, ma è sabato, ci sarà di sicuro, con il sigaro e le pantofole. Meglio accettare il pericolo di scombinare le mie abitudini del sabato mattina e andare a visitare il negozio di persona.

L'abitudine per me è come la rete per il trapezista, mi permette di camminare sulla fune senza pensare troppo al vuoto. La tabella di marcia tiene insieme tutti i pezzi, non solo i miei, anche quelli di tante persone del quartiere. Però il negozio è aperto. La serranda è alzata!

Farò il mio solito giro e poi andrò a vedere. Chi non rischia non fischia, diceva mio padre. Lui fischiava sempre quando era soddisfatto o riusciva nelle sue imprese. Un fischio doppio e profondo che mi dava una scarica di adrenalina, perché sapevo con certezza che era felice.

Finalmente.

## 4.

"Rosa Mountbatten."

Angelina ha appoggiato entrambe le braccia tornite sul bancone di metallo del *Nulla* e si è fatta seria come ogniqualvolta mi parla di un nuovo colore. "È stato inventato nel 1940 da Lord Mountbatten, ammiraglio della Marina britannica."

Annuisco per dimostrare il mio interesse. Lei si passa una mano tra i capelli corti, ha l'aria stanca. Al mattino cucina per il pranzo e quando alle sette alza la cler del bar ha già due ore di lavoro alle spalle.

Tira fuori il telefono dalla tasca e lo appoggia sul ripiano: al primo *tap* lo schermo si tinge di rosa Mountbatten. Non le confesso che lo conosco bene, mio padre ci ha fatto studiare i colori del camuffamento militare e la palette includeva anche quello. Avrebbero potuto tornarci utili, se avessimo avuto bisogno di nasconderci nel bosco che circondava casa nostra.

"Che te ne pare?" mi chiede Angelina.

"Un filo spento, a essere sincera," rispondo con un mezzo sorriso.

Lo osserva di nuovo. "Sì, vero. Un poco. Ma è stato inventato da un Lord, Lord Mountbatten. Era uno zio materno del duca di Edimburgo."

"Ah, però."

"Un uomo molto affascinante..." Un veloce movimento dell'indice sullo schermo e appare la foto di un signore con lo sguardo sornione e la divisa della Marina britannica. "Ammetterai che non è niente male."

"In perfetto stile *Downton Abbey*," commento, sapendo che le farà piacere.

"*Un colore al giorno* è una bella strategia di vita, grazie per avermela consigliata."

Le ho solo raccontato che da piccola, ogni mattina, aprivo con la mamma il suo dizionario dei colori e sceglievamo una sfumatura nuova da ammirare e memorizzare. Il rosa da solo, mi aveva insegnato, non esisteva. Quale rosa? Amaranto, azalea o lampone? E il verde? Verde asparago, oliva chiaro o bronzo antico? Ognuno rivendicava la propria dignità e una particolare armonia di luce e ombra. Uscivamo di casa, dopo, per individuarli in natura. Saperli distinguere rendeva il mondo più vivido, più reale.

Angelina è una delle pochissime con cui riesco a condividere pensieri come questo. Non soppesa le parole, non insinua mai niente. È stato così che ha deciso di tirare fuori un colore nuovo ogni volta che ci vediamo. Negli ultimi tempi abbiamo ammirato il blu comando stellare, l'uovo di pettirosso, il conchiglia...

"Oggi hai fatto bingo: hai trovato addirittura un colore nobile," commento.

Angelina ama una certa idea di nobiltà, le buone maniere, le cose fatte a modino, come dice lei, tanto quanto io amo il purè di piselli, i giravite Stanley e appendere cartelli.

Mi guardo in giro: due habitué bevono un bianchino giocando a carte; un altro, più giovane, legge il giornale.

"E quindi, oggi che è successo?"

"È saltato il forno a microonde," sbuffa lei sollevando l'asse del bancone per lasciarmi passare sul retro. "Il piatto gira, la luce è accesa, il timer funziona... ma non riscalda."

"Malandrino di un fornetto," gli dico con una piccola carezza, prima di chinarmi su di lui: "Trattieni il respiro, adesso. Non ti farò male, ti aspetta solo una bella dormita".

Stacco la spina. Aiutandomi con il giravite lama 4x100 mm rimuovo il coperchio. Estraggo il fusibile collegato all'alta tensione. È interrotto, si vede a occhio, ma per sicurezza uso il tester: non c'è continuità.

"Bisogna cambiargli la protesi," informo Angelina con una strizzata d'occhio. "Ma ti costerà pochissimo, vado a prenderti un altro fusibile."

"Sei un tesoro. E fai i miracoli." Dopo avermi pagata, Angelina pesca una brioche dalla vetrinetta. "Tieni, stella. Lamponi, come piace a te."

La accetto senza complimenti. Me ne consegna altre due in un sacchetto di carta, una alla crema e una al cioccolato, perché oggi è sabato.

"Senti, stella," mi dice incrociando le braccia. "Mi faresti il favore di prendere queste lasagne per te e per Eugenio? Gli dico di venire da te domani sera. Lo so che è grande ormai, ma mi fa tristezza che mangi da solo."

"Certo, ci facciamo compagnia."

Mi domanda il permesso ogni volta e il rituale rende il tutto speciale, lo disincastra dall'ovvietà e dall'abitudine. Angelina ha paura di essere un peso per gli altri, quando il suo primo pensiero è sempre di sgravare gli altri dai loro pesi.

Io voglio bene a Eugenio, anche se parla quasi solo di corriere. La domenica sera, poco prima delle nove, mi metto alla finestra ad aspettare che spenga la luce del loro appartamento al secondo piano della scala di fronte alla mia e attraversi il cortile per venire da me.

Angelina mi offre un sorriso spento, apre un sacchetto e ci adagia dentro due vaschette di alluminio.

"È che torno tardi, la domenica sera," aggiunge come se mi dovesse una spiegazione.

So che fa le ore piccole perché rimane barricata qui dentro per le pulizie, mentre il marito gioca a poker seduto al tavolo come un cliente.

"Hai visto che ha riaperto *Il nuovo mondo*?" trovo il coraggio di buttare lì prima di andare.

In tutti questi anni, non ho mai accennato al negozio, né con lei né con la signora Dalia, tanto meno con Trofeo. In realtà, con nessuno. Se avessero voluto sapere perché mi interessava tanto, non me la sarei sentita di dirglielo. La promessa, il sogno, la colpa, la delusione, tutto ciò che mi ha portato a sentirmi legata a quel posto è meglio che rimanga un segreto. Ma se nel quartiere accade qualcosa, si può star certi che Angelina ha avuto qualche anticipazione.

"Pare sia solo un vecchio negozio," risponde lei alzando le spalle. "Altro che nuovo mondo."

"Chi lo sa..." dico, un po' delusa.

Come ogni volta, prima di allontanarmi mi lancio un'occhiata alle spalle per leggere l'insegna del bar tavola calda che dà sulla piazzetta alberata. Neon rosa, corsivo: *Il Nulla*.

Quando le ho chiesto il perché di quel nome, Angelina è stata concisa: "Ci eravamo appena trasferiti a Milano e non ci veniva in mente nient'altro. Il nulla, in fondo, era quello che avevamo in mano. Ci è sembrato un nome sincero".

"E adesso?"

"Adesso abbiamo un posto nostro, ed è già qualcosa. Ma di cambiare insegna non se ne parla." E ha riso in modo composto, come, immagino, avrebbe riso la regina Elisabetta.

"E questo sabato mattina... Indovina un po'! Brioche al cioccolato."

Alì l'afferra con un sorriso. È uno che apprezza le battute. Ho scelto il suo banco una delle prime volte che sono venuta al mercato, perché quando gli ho chiesto la frutta e la verdura che avrebbe buttato mi ha consegnato un sacchetto pieno. In cambio non ha voluto niente. "Solo che sabato prossimo mi porti la colazione."

Sono cinque anni che gli porto una brioche al cioccolato di Angelina e lui mi regala gli ortaggi che i clienti non considerano abbastanza belli. Sono buonissimi.

Lo guardo servire una signora, ora, mentre cerco il coraggio di parlare. Probabilmente pensa che io mi sia già allontanata come al solito, perché non rientro più nel suo campo visivo. Ha un fare gentile a dispetto dell'arroganza della cliente. Continua a sorridere, pesa le verdure con cura, arrotonda il conto per difetto. Quando lei si allontana, però, fa un sospiro di sollievo. Poi mi nota.

"È già sabato prossimo?"

Sembra divertito, oltre che sorpreso. Alì sembra sempre divertito, è la cosa più bella di lui. Più ancora dei suoi occhi chiari che scintillano come laghi di montagna.

"Lo conoscevi *Il nuovo mondo*?" chiedo tutto d'un fiato. Spero senza arrossire.

Alì inclina la testa. "In che senso, bella?"

Da quando lo conosco non abbiamo mai avuto una conversazione così lunga.

"Il negozio, qui dietro l'angolo," spiego. Ormai è tardi per tirarmi indietro. "Ti dice qualcosa?"

"Io faccio shopping solo in Montenapoleone, bella."

Gioia, bella, stella... A volte mi piacerebbe sentirmi chiamare per nome. Semplicemente Gea.

Alì non sa il mio nome, non me l'ha mai chiesto, ma io so il suo. L'ha chiamato così un collega, una volta, e ho preso nota. Una persona con un nome non è più una persona e basta. Sapere come si chiamano gli altri li fa diventare meno sconosciuti, un po' come con i colori. Rende il mondo più vero. Ma dietro di me si è creata una coda, sto trattenendo Alì più del necessario.

"Senti, adesso ci vado e sabato prossimo te lo racconto," concludo, più per me che per lui.

"Mi trovi sempre qui, bella."

"Uno spicciolo per un verso d'amore!" grida la poetessa, seduta sul marciapiede di fronte al mercato, con la sua voce roca.

Mi chino per offrirle la terza e ultima brioche. Lei lecca la crema con la punta della lingua e mi consegna un foglio con sopra una poesia scritta a penna. Mi fissa con aria da profetessa consumata, sibilla metropolitana che nonostante questo, o forse proprio per questo, è rimasta sola. Le donne che ne sanno più di te fanno paura.

Con i suoi versi riesce a farti dimenticare te stesso, e questo a mio parere è uno dei grandi poteri della letteratura. Viviamo circondati dal talento, anche se spesso non ce ne accorgiamo. Vorrei essere così audace da dirglielo.

"Lo conoscevi *Il nuovo mondo*?" riesco invece a domandare.

È la prima volta che le parlo.

"Nuovo mondo? È sempre la solita vecchia storia."

Forse è una battuta, o magari è qualcosa che ha a che fare con il negozio, non riesco a indovinarlo. Sventolo il foglio con la sua poesia e improvviso un piccolo inchino prima di correre via.

Davanti al ponticello che attraversa il canale e porta alla chiesa color biscotto non devo attendere molto. La donna cammina con la stampella e il giornale sottobraccio, ha lo sguardo perso nel vuoto come ogni mattina. Tutt'a un tratto sembra discutere furiosamente con qualcuno, ma non c'è nessuno accanto a lei. Una volta sul ponte, si accende il sigaro. Penso scelga il ponte perché può posare la stampella e appoggiarsi alla ringhiera.

Subito dopo inveisce, spegne il sigaro, afferra il foglio con la poesia che ho lasciato lì per lei e prima di riprendere il cammino abbandona il giornale. Aspetto che si allontani per recuperarlo.

Lo compra all'edicola vicino alla chiesa e se lo porta al bar dove fa colazione, ma non l'ho mai vista aprirlo. So che era una giudice di pace, magari lo acquista ogni giorno per non dimenticare chi è stata, ma ne ha avuto abbastanza del mondo per leggere altre notizie.

Io lo leggo tutte le mattine, il giornale. Informarsi è il modo migliore per difendersi, diceva mio padre. Non si sa mai cosa può accadere, ma si possono fare delle supposizioni: tutto è collegato; il battito d'ali di una farfalla può provocare un uragano dall'altra parte del pianeta. Bisogna saper leggere tra le righe.

Se ereditato dalla giudice di pace, il giornale non è più anonimo e impersonale, ma un oggetto pronto a farmi sentire parte di qualcosa, invece di starsene a marcire sul fondo di un cestino. Mi promette che prima o poi tra le tante notizie su quello che succede fuori, ce ne sarà una che cambierà la mia vita. Anche se non vorrei, è una vita che la aspetto.

So che la giudice legge le poesie perché la vedo nel pomeriggio al *Nulla*, con il frizzantino e il foglio stropicciato sul tavolo.

Un po' di verdura per una brioche. Una brioche per una poesia. Una poesia per un giornale. Io la chiamo "economia circolare di quartiere".

Quando leggo il giornale segno a matita le notizie più interessanti, ritaglio gli articoli e li conservo in una cartellina. Il resto lo destino alla pulizia dei vetri e alla creazione di origami che dissemino in cortile. Sopra ci annoto delle citazioni. L'altro giorno ho scritto: "Qual è la più grande ambizione della sua vita? Divenire immortale; e poi morire". Godard, *Fino all'ultimo respiro.*

So che ai bambini del palazzo piacciono i miei origami, dalla finestra vedo che se li contendono, così tento di farne il più possibile per non lasciare nessuno a mani vuote.

La mia citazione preferita è sempre di quel film: "Non so se sono infelice perché non sono libera o se non sono libera perché sono infelice". Non l'ho mai appuntata su un origami. Perché rendere tristi i bambini? In città non hanno campi dove correre e sfogare il turbine di sensazioni che ti prende a quell'età quando capti cose che non riesci ancora a capire. Io ho consumato le scarpe a furia di corse a perdifiato sui prati. Non che mi abbia aiutato granché a capire il mondo, comunque.

Ma il mondo, chi l'ha mai capito? Mio padre, mio fratello? O forse mia nonna? Sembra una battaglia dove è impossibile vincere. E se qualcuno ha perso, quel qualcuno sono io.

Eppure, finalmente oggi *Il nuovo mondo* ha riaperto, la serranda è alzata! Il destino mi manda l'occasione che stavo aspettando per provare a rammendare la mia storia, per riavvolgere il nastro del tempo e, forse, per far sì che gli eventi prendano un altro corso. Se rinunciassi, potrei pentirmene per il resto della mia vita.

Oggi non correrò a casa per sedermi alla scrivania con la matita in mano, farò un'eccezione. Per muoversi basta mettere un piede davanti all'altro. E muoversi significa essere già altrove. Preparo uno schema mentale per aiutarmi: allontanarmi dal Naviglio, attraversare la piazza, girare a sinistra, poi a destra, quindi di nuovo a sinistra fino ad arrivare sotto casa mia. Oltrepassare il tabaccaio guardando in basso per non incrociare lo sguardo del proprietario e fermarmi subito dopo.

Davanti al *Nuovo mondo.*

# 5.

Avevo dodici anni e mio fratello quattordici, quando abbiamo messo piede per la prima volta a Milano. La città che tanto avevo sognato distava dalla Rocca cinque ore di macchina, tempo che io e Andrea avevamo trascorso seduti sul sedile posteriore della nostra Panda quattro per quattro color carta da zucchero, con il naso appiccicato al finestrino, tenendoci per mano.

Di autostrade ne avevo viste tante nei film con la mamma, ma questa era diversa: questa era vera. I capannoni, le fabbriche, i parcheggi, gli autogrill, le cascine, i ruderi disseminati tra i campi di grano, le altre macchine che ci superavano con dentro bambini che masticavano chewing gum, persone che ascoltavano la radio, donne con i piedi sul cruscotto.

D'improvviso ero immersa nella realtà in modo totalizzante, del tutto nuovo: era quasi troppo. Mi sentivo come se fossi approdata su un pianeta di cui avevo sentito parlare ma che non conoscevo, senza il tempo di metabolizzare per via della velocità a cui viaggiavamo. E non solo: alla fine del tragitto ci attendeva Milano.

Ci attendeva una nonna che non avevamo mai conosciuto. Le avevamo portato pesche e prugne mature che avevo raccolto io stessa all'alba, l'insalata, gli ortaggi e il pane fatto da noi. Papà aveva messo in una cartelletta i risultati dei nostri esami statali, per dimostrarle che la mamma era una brava maestra e studiare in casa era molto meglio che chiudersi in un cubo di cemento per farsi spiegare la vita chissà da chi, chissà come, con l'aggravante di beccarsi ogni genere di virus, fisici e mentali. All'ultimo, in valigia avevo infilato il mio coniglio di peluche.

Milano si annunciava già nelle campagne circostanti. Grappoli di palazzi e stabilimenti ti saltavano incontro. Dopo la barriera ho preso a guardare in su, verso il cielo, perché a Milano si abitava anche lì, al trentesimo piano, e forse più in alto ancora. Ho sorriso ripensando a Bianciardi e ai suoi sopralluoghi nel "torracchione". *La vita agra* era uno dei pochi film che piacevano pure a papà: ce lo aveva fatto vedere più volte per spiegarci che la città corrompe ogni desiderio, promettendo il successo e la ricchezza per poi lasciarti solo e svuotato. In città perdi te stesso, diceva. A me dispiaceva ogni volta per Luciano, ma soprattutto per la moglie e il figlio, che lo perdevano davvero.

Finalmente mio padre ha tirato il freno a mano. La via era affollata, il tram scampanellava per avvertire del suo transito, la gente camminava veloce, diretta chissà dove. Solo all'idea di mettere giù un piede tremavo.

"Il tram rappresenta bene la vita in città: binari da cui non puoi uscire," ci ha spiegato mio padre. "Forza, prendete le vostre cose, la casa della nonna è a due passi."

Io e Andrea lo abbiamo aiutato a scaricare i bagagli, continuando a guardarci intorno meravigliati e a scambiarci cenni segreti. Gli ho preso di nuovo la mano per sentirmi più sicura e lui me l'ha stretta. Mio fratello era l'unico altro bambino che avevo visto crescere, era la parte di me forte e coraggiosa.

Non ci eravamo ancora mai stati, in città, ma avevamo passato notti intere a immaginarla, sussurrando sotto il lenzuolo tirato sopra la testa, facendo a gara a chi se ne veniva fuori con più dettagli. I piccioni, i balconi, il tram, i lampioni, le vetrine, le strade illuminate dalle lucine rosse e bianche di Natale... Reggevo due cassette in mano, ora, ma nemmeno mi accorgevo del peso: ero troppo impegnata a guardarmi intorno.

Tutto era grigio in città, diceva sempre nostro padre. Ma pure il grigio aveva le sue sfumature, pensavo io – asparago, ardesia, cenere, topo –, e in natura molte cose erano grigie: le nuvole cariche di pioggia, le trote, le gazze ladre, i capelli intorno alle orecchie di mia madre. Cosa c'era di male nel grigio? E poi non era *tutto* grigio! Alcuni edifici di mattoncini tendevano al castagno scuro, e come non notare l'acqua verde olivastro del Naviglio, le insegne indaco, magenta, violetto, o il cielo color fiore di granturco?

Il palazzo di nostra nonna era, sì, grigio ardesia chiaro. Almeno da fuori. Mi aveva lasciata per un attimo incerta. Ero abituata alla colonica dove abitavamo noi, ricoperta di edera e rose rampicanti, molto più colorata, tutta nostra. La chiamavamo la Rocca perché era situata in una posizione strategica: dominava la campagna circostante ed era protetta da un fitto bosco che ci isolava dalle poche altre abitazioni del circondario. Niente a che vedere con il parallelepipedo pieno di finestre che mi trovavo davanti, simile a una delle arnie che tenevamo in fondo al giardino.

Non abbiamo fatto in tempo a mettere piede nel suo appartamento del terzo piano che ho capito che nostra nonna non era come quelle dei libri. Non profumava di biscotti e non ha spalancato le braccia per stritolarci con affetto. Era una signora minuta, magrissima, con i capelli sottili e l'aria curata, che nascondeva una certa malinconia. Ferma sulla soglia, ci guardava come se fosse stupita che esistessimo davvero.

L'appartamento era pieno di soprammobili e immagini religiose.

"A cosa servono, quelle cose... nonna?" le ha chiesto mio

fratello, poco dopo essere entrato in salotto, indicando una schiera di animaletti di vetro in cima a una cassettiera.

"Sono carini, non è vero?" ha risposto lei. "Li ho comprati ormai tanti anni fa. Uh... Tanti!"

"Ma a cosa servono?" ha insistito Andrea.

"Perché dovrebbero per forza servire a qualcosa?" Gli occhi della nonna avevano preso a scavare dentro i nostri con malcelata preoccupazione, come un medico in cerca di elementi per una diagnosi.

La domanda è rimasta sospesa nell'aria tra noi. Senza una risposta.

Per cena ci ha offerto le gelatine, il risotto allo zafferano e l'ossobuco, tutto preso in gastronomia.

"Soldi sprecati," ha commentato mio padre tra i denti, troppo contrariato per curarsi del fatto che avrebbe potuto ferirla. La nonna ha risposto con un sorriso triste, e ha aggiunto che oggi finalmente conosceva i suoi nipoti ed era felice di festeggiare.

Nel sentire questo, Andrea si è lasciato sfuggire un'espressione di apprezzamento, e quando la nonna gli ha offerto un po' di vino rosso, da diluire con l'acqua, non si è tirato indietro. Vedendo che papà glielo permetteva, l'ho accettato anch'io.

Sdraiata su un materasso sul pavimento del salotto, quella sera, accanto a mio fratello, ho provato un tale moto d'affetto per quella signora gentile, dimessa, che viveva sola in una casa piena di soprammobili inutili e festeggiava con il cibo della gastronomia, ero così felice di avere una nonna ed essere finalmente come gli altri almeno in qualcosa, che ho sentito il bisogno di dimostrarglielo. Una volta che il respiro di Andrea si è fatto pesante, e anche papà, sul divano, dormiva profondamente, sono sgattaiolata in corridoio e ho bussato piano alla porta della sua camera.

"Ho un regalo per te, nonna," ho sussurrato quando si è affacciata, avvolta in una vestaglia bianca lucida come quella delle signore nei film.

Le ho consegnato il mio coniglio di peluche, due biglie per occhi e un sorriso birichino, spiegandole di averlo cucito io stessa. "Di notte, quando dormo, se ne va in giro per il mondo e poi me lo racconta," ho aggiunto.

La nonna ha fatto una faccia stupita, sembrava un po' rattristata. "Tesoro, è bellissimo."

Attraverso lo spiraglio ho notato che la camera era disseminata di foto di mio padre, da bambino, da adolescente, da giovane adulto. Come se fosse morto, e forse era proprio la sensazione che la nonna aveva provato durante gli anni in cui lui si era trincerato alla Rocca, rifiutando qualsiasi contatto con l'esterno.

"Sicuramente potrà raccontarti un sacco di storie, Coniglio, e farti compagnia," ho insistito.

"Il mondo va visto di persona, piccola, e quando uno arriva alla mia età ne ha già visto parecchio," ha sospirato la nonna facendomi segno di tenerlo. Ma subito dopo si è accesa come una lampada da mille watt e ha annunciato: "Domani ti porto in un posto che ti piacerà tantissimo".

Mi ha accarezzato la guancia con l'indice un po' freddo. Ho appoggiato una mano sulla sua ricoperta di macchiette scure, che ora riposava sulla mia guancia. Lo sentivo con certezza, saremmo potute diventare amiche.

Avevo paura di lasciare mio padre da solo con la nonna, perché sapevo che questo avrebbe comportato l'inizio della "conversazione", il vero motivo che ci aveva portato in città.

Papà aveva un progetto in testa, ma servivano finanziamenti. Non sapevo se le avrebbe detto tutta la verità o se avrebbe evitato i dettagli. I miei genitori ne avevano discusso a lungo, la sera prima che partissimo. La mamma sosteneva che quando si chiedono dei soldi la trasparenza è indispensabile; mio padre riteneva fosse stupido aspettarsi che la nonna capisse. Ne andava, diceva, della nostra incolumità. Della nostra vita. Della vita dei nostri figli.

"D'altra parte," aveva sibilato, "se non sei d'accordo potresti riallacciare i rapporti con la *tua*, di famiglia, e gestirli come meglio credi."

Ma io sapevo che mia madre non lo avrebbe fatto, da anni ormai non parlava più con loro.

In ogni caso, lei non era venuta a Milano, per via di uno dei suoi terribili mal di testa, e io avevo promesso a me stessa che mi sarei occupata di controllare al posto suo che andasse tutto per il verso giusto.

Quando nostro padre si è chiuso in cucina con la nonna, la mattina dopo, il suono delle loro voci mi arrivava ovattato attraverso il vetro smerigliato, ma sono riuscita a captare alcuni brandelli della conversazione: scorte, necessità, emergenza, inferriate, protezione, priorità...

Le aveva detto tutta la verità, alla fine, ma la nonna non avrebbe venduto casa sua e non si sarebbe trasferita con noi per finanziare un bel niente. Non credeva che ci sarebbe stata alcuna emergenza. Di rimando, ha proposto che io e Andrea rimanessimo a vivere in città. Si sarebbe occupata lei di noi; avevamo bisogno di una vita normale, della scuola, degli altri; si vedeva già che ne saremmo usciti compromessi.

*Ne saremmo usciti compromessi*. Non l'avrei mai scordato. Suonava perentorio, critico e misterioso. La prima cosa che ho fatto, una volta tornata alla Rocca, è stata cercare la parola "compromesso" sul vocabolario.

In quel momento ho scoperto che esistono cose, e persone, irrimediabilmente danneggiate, che non si possono aggiustare, e che quel termine stava a indicare proprio noi.

## 6.

La nonna non aveva molti soldi, ma quelli che aveva li usava per comprare le cose.

Cose che non le servivano, elogiate e caldeggiate senza vergogna dagli stessi che gliele vendevano; almeno, così la pensava mio padre. La nonna era vittima della Terribile illusione, per questo, diceva, non era felice. A me non sembrava quello il motivo della sua tristezza, ma contraddire mio padre voleva dire rischiare di ricevere uno sguardo tagliente più di mille lame e provare, poi, un senso di solitudine inspiegabile a parole, che avrebbe potuto durare chissà per quanto tempo. Magari, questa volta per sempre.

Quella mattina la nonna ci aveva preparato la colazione (caffellatte e biscotti confezionati così dolci da non sembrare neanche veri); in salotto, dopo, era volata da un posto all'altro, con la sua vestaglia lucida, come una farfalla, in cerca di una bolletta da pagare, delle chiavi di casa, dell'indirizzo di un posto appuntato su chissà quale biglietto... Infine, era sparita di là ed era tornata con un vestito a fiori in tessuto sintetico, viola e blu, le calze coprenti e un paio di scarpe di cuoio dalla punta arrotondata.

Papà ha annunciato che sarebbe andato a cercare finanziamenti, accompagnato da Andrea. Se sua madre non voleva credergli, c'era ancora speranza che lo facesse qualche vecchia conoscenza. Il futuro era incerto, bisognava farsi trovare pronti, doveva pur esserci qualcuno in grado di capirlo. Prima di seguirlo fuori dall'appartamento, mio fratello mi ha lanciato uno sguardo mesto: era evidente che avrebbe preferito rimanere con me e la nonna. Gli ho fatto il nostro segno segreto, indice e medio incrociati, per dirgli che sarebbe andato tutto bene, di farsi forza, non era solo. Lui ha annuito con aria afflitta, poi è uscito.

"Ti ricordi la promessa che ti ho fatto ieri sera?" mi ha domandato la nonna con complicità.

"Stai bene vestita così, nonna," ho sospirato, ancora triste per via di Andrea.

Lei ha sorriso in modo quasi civettuolo, e questo mi ha colpito, perché a me era stato insegnato che la nostra esistenza sarebbe potuta finire da un momento all'altro, perciò contava poco che vestiti stessimo indossando, a patto che fossero comodi per lavorare e, nel caso, fuggire; eppure lei, a cui forse restava poco da vivere, sembrava curarsene eccome. Il complimento le aveva fatto piacere.

"Forza, piccola," ha aperto la porta di casa. "Andiamo in un posto magico."

Allungando il tragitto, mi ha mostrato il quartiere. La piazzetta alberata con le panchine su cui sedevano ragazzi che preferivano i baci alla scuola (un po' mi sono scandalizzata), un bar che affacciava sulla piazza, dove adesso c'è *Il Nulla*, con i tavolini occupati da grappoli di habitué. Siamo passate accanto a muri che avevano raccolto segni a bomboletta, tracce di passaggi, messaggi d'amore o forse di rabbia: la nonna mi ha spiegato che si chiamavano murales (la parola mi ha dato i brividi come se fosse pericolosa, e mi è piaciuta).

Abbiamo superato una pasticceria con in vetrina torte ricoperte di glassa dai colori pastello, un'agenzia di viaggi che ti portava fino in Messico, una profumeria piena di boccette scintillanti e cerchietti di velluto che avrei voluto provare, una lavanderia invasa dal vapore.

Spesso la nonna si scambiava un cenno di saluto con i negozianti dietro la vetrina o si tratteneva a parlare con persone che incontravamo per strada.

A tutti spiegava che ero Gea, sua nipote, in città solo per qualche giorno, e mi stringeva a sé con orgoglio. Le persone mi rivolgevano sorrisi incuriositi, a volte mi chiedevano dove abitassi, quanti anni avessi, perché indossassi pantaloni macchiati di grasso.

Siamo passate davanti ai laboratori in cui erano stati impiegati molti della zona e che stavano chiudendo per spostarsi altrove, dove costava meno. Abbiamo percorso il ponticello sul Naviglio fino alla chiesa che sembrava uscita da una vecchia cartolina, di quelle che la mamma usava come segnalibro, poi siamo tornate sotto casa, abbiamo preso la via laterale e ci siamo fermate poco oltre il tabaccaio all'angolo, davanti a un negozio con gli infissi rossi e una bella insegna.

"Ti presento *Il nuovo mondo*," ha detto la nonna.

Si chiamava *Il nuovo mondo*, eppure era stipato di cose antiche. Nella vetrina, una pila di scatole di latta era in bilico su un tavolino accanto a una lampada a olio, un backgammon e un libro rilegato in cuoio verde foresta. C'erano anche un orso di legno, qualche ventaglio, due dadi di corno, un kimono, cornici colorate... Era una specie di soffitta incantata, uno scrigno di tesori, un mondo parallelo... La nonna mi aveva capita ancora più di quanto credevo!

All'interno del negozio, tre signore chiacchieravano animatamente. La più anziana, incarnato chiarissimo, lentiggini, una lunga treccia bianca e spessa, ci ha notato subito e io sono rimasta colpita che qualcuno potesse essere così sinceramente felice di vedere qualcun altro.

"Anna, mia cara!" ha esclamato vedendo mia nonna. "Buongiorno!"

La signora indossava una sorta di mantella color anguria, pantaloni beige e un paio di scarpe da ginnastica. Portava due o tre anelli a ogni dito, molto vistosi, uno a forma di ciliegia, un altro di fiore... Non avevo mai visto tanti anelli così bizzarri.

La mamma ne possedeva qualcuno, ma erano sottili, con piccole pietre, li conservava in cassaforte e non li indossava mai. A quale scopo, se le uniche persone che vedeva nell'intera giornata erano suo marito e i suoi figli?

Una volta l'avevo sorpresa nella penombra della stanza con le persiane socchiuse, i capelli sciolti sulle spalle e un'aria assorta, a rimirarli come fossero occasioni mancate; quando mi aveva notata aveva chiuso il pugno, sottraendoli alla mia vista, e aveva sussurrato che erano solo ninnoli inutili, lei era felice così. Aveva usato un tono arrabbiato o forse triste, non riuscivo a capirlo. Come sempre, la mamma era un forziere che non si apriva mai del tutto. Nemmeno per me.

"E questa piccola grande creatura chi è?" ha chiesto la signora con la treccia, venendoci incontro sulla soglia del negozio.

Come dovevo presentarmi lo sapevo dai film, ma soprattutto dagli insegnamenti di mia madre: "Guarda dritto negli occhi, stringi la mano con decisione e pronuncia il tuo nome in modo chiaro, a voce alta, con un sorriso". Erano molte informazioni da tenere a mente, per chi non aveva mai avuto occasione di fare pratica. Il risultato è stato pessimo: non sono riuscita ad alzare la testa per guardare la signora, né a pronunciare alcun suono. Mi sono limitata a stringermi nelle spalle, fissandomi la punta delle scarpe.

"Lei è Gea, mia nipote," ha chiarito la nonna, spingendomi a fare un passo avanti.

"E io sono Dorothy," ha ribattuto la donna, abbassandosi per guardarmi negli occhi. La treccia era una colomba sulla sua spalla.

Dorothy: come la protagonista del mio libro preferito! Dorothy, la ragazzina trasportata da un tornado nello strano Paese di Oz. Intorno alla Rocca non c'erano le lande desolate del Kansas ma bosco a perdita d'occhio, per proteggerci non facevamo affidamento su un buco in terra, ma avevamo un buon rifugio, eppure io mi sentivo esattamente come quella bambina e vivevo in attesa del tornado che mi avrebbe portato lontano da casa, che mi avrebbe scaraventato nel mondo reale, cambiandomi la vita. Forse, ho pensato guardando il negozio, quel tornado era arrivato.

La signora davanti a me si chiamava Dorothy, e non poteva che essere un segno. D'istinto mi sono voltata per incrociare lo sguardo di mio fratello, avrebbe capito senza bisogno di una parola, avrebbe... Ma mio fratello non c'era. Era un'esperienza che stavo facendo da sola, la prima.

Dorothy mi fissava. I suoi occhi color fiordaliso erano limpidi ma vi scorgevo dentro delle ombre, come pesci che si agitavano sotto la superficie del torrente dove pescavamo con papà. Mi piacerebbe diventare così, da vecchia, ho pensato in quel momento, enigmatica e luminosa allo stesso tempo. E avrei voluto una treccia altrettanto lunga, che pareva dotata di vita propria.

"Entrate," ha esclamato infine. "Benvenuta nel mio mondo. Nel nuovo mondo, che è anche il mondo di tutti quelli che lo desiderano."

Le altre due donne stavano ancora chiacchierando tra loro, quando siamo entrate. La più giovane, appoggiata a un pianoforte, portava gli occhiali e aveva in mano un fascio di riviste. L'altra, elegante nonostante l'abbigliamento un po' trasandato, sedeva su una poltrona foderata di broccato. Somigliava alla giovane, ho pensato che fosse sua madre.

"Lei è Gea!" ha annunciato Dorothy con un gesto plateale.

Le mie gambe hanno fatto come le canne di bambù al vento. La nonna sembrava conoscere già le altre due, perché si sono salutate con naturalezza. O forse in città funzionava così?

"Ciao, Gea!" hanno fatto in coro.

"Sembriamo le alcoliste anonime," ha commentato l'anziana elegante.

Sono scoppiate a ridere.

"Alcolista tu un po' lo sei," ha scherzato la giovane.

Le due mi hanno fatto un sacco di domande e di complimenti. Dove abitavo, quanti anni avevo, com'ero carina vestita con quei pantaloni da ragazzaccio, si vedeva che avevo personalità.

Amavo i negozi. O, per lo meno, amavo il ferramenta, uno dei pochi negozi in cui a me e a mio fratello era concesso entrare, e sempre solo con mio padre. L'abbondanza di utensili e attrezzi nuovi e scintillanti, i cassetti ricolmi di viti, chiodi, cacciaviti di precisione, fascette stringitubo, cazzuole, raccordi a baionetta... Se qualcuno mi avesse chiesto cosa volevo fare da grande, avrei risposto che avrei voluto un negozio. Mi piaceva l'idea di starmene tra quattro mura, dietro alla vetrina, insieme a una grande abbondanza di cose, e mi piaceva che la gente vi avrebbe fatto incursione, con i propri bisogni e i propri vezzi, con opinioni e dubbi, a cui io avrei potuto rispondere.

L'idea di gestire la cassa, piena di monete e banconote, mi faceva sentire utile e forte, parte di qualcosa di più grande. Alla Rocca di soldi ce n'erano pochissimi, per mio padre il denaro era una mera illusione. Se fosse sopraggiunta una catastrofe, non sarebbe servito a niente. La moneta di scambio sarebbero stati energia, cibo, petrolio.

Non gli avevo mai confessato il mio desiderio di aprire un negozio. Non doveva sapere che sognavo, inconsapevole e ingenua, di tradirlo.

"Tua nonna mi ha raccontato che sai aggiustare le cose," ha detto Dorothy guardandomi con viva curiosità.

Ho abbassato lo sguardo sentendo le orecchie farsi bollenti. "Mi piace aggiustare."

All'ingresso di casa c'era sempre una catasta di cose trovate in giro: cavi elettrici, mobili, bobine, bottiglie, cuscini, contenitori, vecchi giochi, radioline... Io e Andrea avevamo il compito di smistarli, aggiustarli o smontarli per ricavarne pezzi da riutilizzare. Quasi tutte le sere, fino all'ora di andare a letto, le passavamo a lavorare in garage. Mi piaceva credere che ogni oggetto avesse avuto una vita felice, magari più vite, e io avrei fatto del mio meglio per dargli un futuro. Una ciotola incollata poteva diventare un portamedicine, una lampadina rotta una decorazione di Natale, una piastrella incrinata un sottopentola. Io e mio fratello andavamo avanti finché non sentivamo di aver prodotto un piccolo miracolo, e se non riuscivamo a trovargli subito un utilizzo, assicuravamo un posto agli oggetti nella camera dei tesori, un ripostiglio annesso al garage. Prima o poi, ne avremmo avuto bisogno. Mi rifugiavo spesso nella camera dei tesori: era la mia stanza preferita, ma non era niente in confronto al negozio in cui mi trovavo adesso.

"Penso che tu sia nel posto giusto," ha annunciato Dorothy, con sguardo luminoso.

"Questo negozio?" ho mormorato.

"Non è un semplice negozio, è un luogo dove trovare sé stessi attraverso gli oggetti che si scelgono." Ha indicato una scritta rossa sul muro, proprio sopra la cassa. La grafia era leggera ed elegante, un po' scomposta: *Qui niente ha un prezzo, tutto ha un valore.*

"Dai pure un'occhiata, poi ti faccio vedere una cosa."

In quel momento, si è affacciata alla porta d'ingresso una ragazza con un casco di ricci. "Dorothy, ciao! Ciao a tutte! È pronto il pannello, cara? Scusami, sono di fretta..."

Dorothy ha estratto da dietro la cassa una vecchia pubblicità, *Gillette, il filo più tagliente del mondo.*

"È per mia suocera!" ha riso la cliente, rivolta a noi. "Come consigli tu i regali, Dorothy, nessuno mai! Scappo!" E se n'è andata con il pannello dipinto sottobraccio.

Poi Dorothy si è scusata ed è andata a rispondere al telefono.

Ha preso a giocare con il filo attorcigliandoselo intorno al dito, mentre discuteva circa una madia che veniva dalla Polonia. Parlando, Dorothy faceva qualche passo avanti e indietro, toccando e spostando gli oggetti con naturalezza, soprappensiero, come se un privilegio simile fosse la cosa più normale del mondo.

Le donne e mia nonna, rilassate come se fossero in un salotto, chiacchieravano di un'amica in viaggio di seconde nozze in Guatemala.

Mi sono avvicinata a un battaglione di soldatini di latta schierato su una mensola. Erano così perfetti che solo dopo un po' ho notato il cartellino.

*Thomas era il sesto figlio di una coppia di operai tedeschi che lavoravano in una fabbrica di scatole di latta. Era nato affetto da una malattia congenita che gli concedeva un'aspettativa di vita di sette, otto anni al massimo. Il padre, disperato, ha iniziato a rubare la latta dalla fabbrica, per costruire e dipingere un soldatino dopo l'altro, in segreto. Possedere un esercito giocattolo era il sogno di suo figlio. Il giorno del settimo compleanno di Thomas, suo padre non è andato al lavoro. Ha disposto i soldatini sul tavolo della cucina e ha chiamato il figlio. Gli altri fratelli gli si sono assiepati intorno. Thomas è vissuto fino a trent'anni. Non si è concesso di morire per non separarsi dal suo tesoro per tutto quel tempo. Dubito che qualcuno possa aver amato qualcosa tanto quanto Thomas ha amato questi soldatini. E quanto questo padre ha amato suo figlio. D.*

A un'occhiata più attenta, mi sono accorta che ogni oggetto sfoggiava un cartellino con la sua storia, scritta a mano.

Ero corsa a leggerne altri. Quello associato a una lampada ministeriale con il paralume di vetro blu diceva:

*La musica era tutto per Amanda Gillard, compositrice gallese. Dopo il lavoro, chiusa in camera sua, componeva nel silenzio della notte, alla luce di questa lampada. Non poteva permettersi un pianoforte, ma non ne aveva un reale bisogno, perché sentiva la musica dentro di sé. Non ha mai avuto il coraggio di mostrare il suo lavoro a nessuno. Era così povera che fu costretta a vendere tutto quello che possedeva. Ma non vendette questa lampada, che la seguì in un rifugio per senzatetto e poi per strada. Grazie alla generosità di alcuni benefattori, riusciva a trovare sempre il modo di accenderla. Quella luce le permetteva di far risuonare dentro di sé la musica, solo così riusciva a comporre. Alla sua morte fu scoperto il suo lavoro, che venne giudicato sorprendente. D.*

Il cartellino legato a un set di posate d'argento raccontava che le aveva usate "*la principessa Sissi in persona, quando fu ospite dalla marchesa d'Attilio a Vienna nel 1878*".

La nonna mi aveva portata in un posto che custodiva più storie di qualsiasi altro avessi mai visto!

"Vieni che prepariamo il tè," mi ha detto Dorothy, sorprendendomi alle spalle mentre leggevo il biglietto legato a un gruppo di statuine cinesi, trovate nella soffitta di un albergo di montagna a cinque stelle. Non si era mai saputo a chi appartenessero.

Ho sobbalzato. "Il tè?"

Dorothy mi ha condotto sul retro, in parte occupato da scaffali di metallo su cui riposavano oggetti rotti o malmessi, che avrebbero avuto bisogno di una mano amorevole. Mi sarebbe piaciuto sedermi su uno sgabello e passarli in rassegna uno a uno. Dorothy doveva averlo capito, perché dopo aver riempito d'acqua una teiera e averla messa sul fuoco, si è girata e ha detto: "Vorresti darmi una mano a recuperare tutte queste meraviglie?".

Avrei voluto, a essere sincera. Più di ogni altra cosa. Ma ammetterlo avrebbe significato perdere qualcosa di così importante che non riuscivo nemmeno a prenderlo in considerazione. Anche a casa riparavo le cose, e là mi meritavo l'amore di mio padre.

Mi sono guardata intorno, per non dover rispondere subito. C'era un letto, in un angolo, con una coperta patchwork e accanto, per terra, una pila di libri con in cima un paio di occhiali dalla montatura rossa e un burro di cacao; davanti al cucinotto, uno sgabello e un vecchio banco di scuola che fungeva da tavolo.

"Sembra di stare nella capanna di un eremita."

Lei ha riso. "Forse un po' è così. Ma per fortuna non siamo su una montagna altissima, e possono venire in molti a farmi compagnia. Quindi, non mi sento mai veramente sola."

L'ha detto con gli occhi velati di malinconia, eppure allo stesso tempo emanava un'aura di contentezza che mi attraeva. Dorothy mi sembrava più viva di tutte le persone che avevo conosciuto fino ad allora.

La teiera ha fischiato. "Oddio!" ha esclamato correndo a spegnerla.

Ci ha versato dentro dell'acqua fredda, mescolando con un cucchiaino, poi ha estratto delle foglie secche da una scatola di latta e ne ha pressate un po' in una piccola palla di rete metallica, che ci ha tuffato dentro. Dopo aver sistemato una clessidra e cinque tazze scompagnate su un vassoio, l'ha portato di là. Non sapendo cosa fare, l'ho seguita.

Dorothy ha servito tutte, compresa me. Il tè era bollente e scuro, senza zucchero. Le altre hanno preso la tazza senza smettere di parlare, come se fosse un rito quotidiano.

È entrato un ragazzo. "Posso?" ha detto, una volta dentro. E si è seduto in un angolo.

"Caro," ha risposto Dorothy, "vuoi del tè?"

Lui ha rifiutato. "Non voglio più vivere. È sabato! E il sabato cosa si fa, da soli?"

"Tesoro, lasciarsi è come un lutto... Rifiuto, rabbia, patteggiamento, depressione... e infine accettazione. Se sei alla depressione sei quasi guarito, te lo assicuro."

Lui si è incupito. "Non lo supererò mai. Lei mi mancherà per sempre."

"Ma non si possono sentire certe cose!" si è intromessa la signora anziana seduta sulla poltrona di broccato, tirando fuori dalla borsa un mazzo di carte. "Avvicinati, te lo dico io come e quando guarirai dal tuo mal d'amore."

Le carte avevano sopra disegni misteriosi: un uomo appeso a testa in giù, una ruota di legno, uno scheletro, un angelo che suonava la tromba...

"Vieni." Dorothy mi aveva invitato, intanto, dall'altra parte del negozio.

Sul ripiano più alto di una credenza poggiavano due piccole oche di ceramica. Le ha prese per mostrarmele.

"Mio padre dice sempre che l'oca è l'animale protettore della casa," ho detto. "Lui crede in tutto quello che sostengono gli antichi Greci."

Lei ci ha pensato un attimo su. "Sì, è vero. L'oca protegge il suo mondo, ma ha anche le ali per volare. È questo il bello," mi ha strizzato l'occhio, prima di consegnarmene una. "È un eremita, ma vuole formare un gruppo. Le due cose non sono necessariamente in antitesi, se ti circondi delle persone giuste."

Era fredda, l'oca, più grande del mio palmo. Me la sono rigirata tra le dita, osservandone ogni dettaglio.

"Sono inglesi, dipinte a mano da una signora rimasta vedova molto giovane. Abitava con centinaia di oche, e creava queste statuette per guadagnarsi da vivere. Sembrano uguali, ma ognuna è unica."

Aveva ragione. La mia aveva il becco più lungo della sua

e un nastro rosso al collo. Quando ho fatto per restituirgliela, ha rifiutato.

"Tienila," ha detto. "Falle vedere un po' di mondo. E prima o poi riportala, perché questo è il suo posto."

Ho scosso la testa. Non potevo accettarla. Non sarei mai potuta tornare. Eravamo stati avvertiti che quella sarebbe stata la nostra prima e unica volta in città: bisogna conoscere quello a cui si rinuncia e dopodiché dimenticarlo.

"Quando tornerai," ha continuato Dorothy, "ci sarà Margaret, mia figlia. Prenderà lei in mano questo posto. Mi prometti che la aiuterai?"

"Io?" ho replicato con un filo di voce. Come potevo, io, fare una promessa simile?

"Andiamo, promettilo," si è inserita la nonna, che ci aveva raggiunte. "Pensa che meraviglia poter stare qui in mezzo a tutte queste belle cose."

Ma io ne avevo tante altre da aggiustare a casa. Cose che avrebbero potuto salvarci. "Se arriverà una catastrofe..."

"Basta, con queste catastrofi!" si è spazientita la nonna. "Viviamo assediati dalle catastrofi, mia cara, e non c'è niente che possiamo fare per proteggerci. Bisogna agire nel presente. Abbiamo solo il presente."

Mi ha fatto vergognare di quello che avevo detto e degli insegnamenti che avevo ricevuto.

"Andiamo, o tuo padre ci darà per disperse," ha concluso.

Avrei voluto dire che papà non mi avrebbe mai data per dispersa, perché mi aveva insegnato a ritrovare la strada di casa ovunque andassi. Il punto era che non potevo *andare*.

# 7.

Alzo gli occhi verso l'insegna, le mani che stringono forte le bretelle dello zaino. *Il nuovo mondo*. La luce del sole ormai alto batte sulle lettere sbiadite, ricordandomi l'ultima volta che sono stata qui, per mano a mia nonna con il vestito a fiori viola e blu e le scarpe con la punta arrotondata.

Gli infissi rossi del negozio sono scrostati, l'interno è inondato di polvere. Sembra di sbirciare in una casa abbandonata in fretta e furia, dove tutto è rimasto com'era. L'idea che Dorothy possa emergere dal buio è troppo per me. Un rapido calcolo rende il tutto improbabile, visto che sono passati quindici anni, tuttavia non impossibile. Chi mi aspetto davvero è Margaret, sua figlia.

Da allora non ho fatto che immaginare questo momento, temendo, nel profondo, che non arrivasse mai. Sono in bilico sul marciapiede, le punte dei piedi sul bordo, i talloni sospesi nel vuoto, dondolo su e giù. In mano stringo l'oca di ceramica, da cui non mi sono mai più separata. L'ho tenuta nascosta nel mobiletto del bagno, alla Rocca, e adesso la tengo sempre avvolta in un fazzoletto di seta nella tasca laterale della salopette.

*Entra*, mi dico. Il negozio è più o meno come lo ricordavo, ma più piccolo; non davvero piccolo, ma con dei confini, mentre nella mia memoria si era allargato fino a diventare un palazzo con decine di stanze. Il lampadario di cristallo pende ancora al centro del soffitto. Forse non tutti comprano facilmente un lampadario. Fa molta scena, comunque.

Un elegante tavolino di vetro rosa se ne sta in un angolo circondato da pile di sedie di legno. La gamba di una di loro ha ceduto. Non mi sorprenderei se la pila crollasse da un momento all'altro. Basterebbe fissare la gamba con una resina bicomponente. Varrebbe la pena, a quel punto, rinforzare tutte le sedie e ripassarle con dell'olio nutriente per levargli almeno dieci anni di vita. Anche loro hanno diritto a un po' di maquillage!

Per terra, più in là, intravedo un baule con una scritta che non riesco a decifrare. Il coperchio si è un po' imbarcato per via del peso di un intero servizio da tè appoggiato sopra. Riconosco il motivo floreale del servizio, quello della tazza che era stata offerta a me...

È così che mi faccio forza e varco la soglia. La tazza è stata tra le mie mani un tempo ed è tra le mie mani adesso. Rivedo Dorothy e le donne, il mazzo di carte, il ragazzo con i problemi d'amore. Mi sembra di risentire l'odore del tè.

Gli oggetti, tutt'intorno, emergono via via dalla penombra. Una vetrina piena di spille e orecchini, una lampada con il paralume dipinto a mano, un candido tavolino di marmo, una poltrona verde con la fodera lisa. Su una panca noto un antico astuccio da cucito, due bambole gemelle di porcellana, una vestaglia di seta dall'aria morbida, tre libroni rilegati in pelle, qualche allegra scatola di latta. Sul pianoforte c'è la clessidra che Dorothy aveva usato per misurare il tempo d'infusione del tè, se ne sta dritta vicino a una spazzola d'argento, un posacenere orientale e un vaso dalla forma allungata blu Savoia. Ogni oggetto ha ancora il cartellino con la sua storia. Avvicinandomi alla clessidra, inciampo in una grande cornice appoggiata a terra.

"Chi è?" grida una voce femminile, dal retro.

Mi schiarisco la gola, poi chiamo, in preda all'emozione: "Margaret?".

Poco dopo appare una donna alta con i capelli tenuti indietro da un cerchietto di velluto rosa albicocca. Sembra che abbia più o meno la mia età. La camicetta bianca che indossa è di seta pregiata, ne sono certa. Mia madre aveva un vestito di una seta simile, che si portava dietro dall'adolescenza. Quando lo tirava fuori dall'armadio per fargli prendere aria ci tuffavo dentro il viso come fosse un lago. I pantaloni neri a sigaretta le arrivano alla caviglia affusolata, tutta ossicine e tendini. Le unghie dei piedi, nei sandali alti, sono laccate in modo così perfetto che sembrano finte. Un profumo dolce e fiorito arriva fino a me.

Non nascondo che a volte mi piacerebbe avere un aspetto così. Peccato che con quei tacchi corra un bel rischio. In caso di alluvione, terremoto, guerra civile, come farebbe a correre via veloce? E se pure avesse la prontezza di sfilarseli, quanto lontano arriverebbe a piedi scalzi?

In effetti, i tacchi sembrano un intralcio anche solo qui dentro, mentre fa lo slalom tra i tavolini e gli oggetti per terra per avvicinarsi a me.

"Margaret è qui?" trovo il coraggio di domandarle.

La ragazza lancia un'occhiata perplessa alla mia tuta da lavoro e indugia sugli scarponcini antinfortunistici con la punta rinforzata. D'istinto muovo i piedi per nasconderli, ma non è un'idea sciocca, vorrei dirle: *Non sai mai cosa può caderti addosso.*

"Sono l'agenzia UpHigh," risponde infine.

"Ah, sei un'agenzia."

"Non sono *un'*agenzia, ovviamente, sono *dell'*agenzia. Se sei interessata all'immobile, basta mandarci una mail a..."

"In che senso?"

"Nel senso che la nostra agenzia si occupa della vendita di questo immobile," mi spiega in tono retorico, mentre armeggia con un cartello plastificato. In effetti, sopra c'è scritto VENDESI a lettere cubitali. Lo appoggia per terra ed estrae dalla borsa dello scotch biadesivo.

"Il negozio ha una bella vetrina su una via silenziosa ma di passaggio, è vicino a complessi condominiali eleganti di recente ristrutturazione. Il quartiere è in grande crescita. A due passi c'è il Naviglio. Ha tutte le carte in regola per essere un ottimo investimento."

"Ma... Dorothy? E Margaret?"

"Sei la prima a esserti presentata. Se ti interessa, contattaci pure per mail e concorderemo data e ora della visita."

Fisso il pavimento per non ridere. "Ma se sono già qui..."

"Sei qui, ma io tra un minuto dovrò essere via da qui." È riuscita a fissare il cartello con il nastro biadesivo. Controlla il suo smartphone. "Anzi, dovrei essere via già da molti minuti!"

Stringo il sacchetto con il cibo di Angelina in una mano e la bretella dello zaino nell'altra. Non penso di aver afferrato bene la situazione. "Margaret mette in vendita il negozio?"

La donna alza gli occhi al cielo. "La proprietaria del negozio è morta tempo fa, so solo questo, e il negozio è passato allo Stato. Noi l'abbiamo acquistato e ora lo rivendiamo. Ecco tutto."

Mi guardo intorno, visto che parla al plurale, ma nel negozio non sembra esserci nessun altro.

La notizia mi ha afflosciato. Non so cosa ribattere.

Dorothy non esiste più. Uno potrebbe girare in lungo e in largo sulla faccia della Terra, e non la troverebbe. Quella treccia di capelli bianchi, unica, proprio com'è unico ciascuno dei nostri tratti somatici, com'è unica ogni striscia sulla pelle di ogni zebra, com'è unico ogni oggetto in questo negozio, quella treccia è svanita per sempre. Dorothy non saprà mai che sono tornata. Che da cinque anni mi trovo in città e aspettavo di rientrare nel suo mondo. Che ho con me l'oca. Che tornando...

“La proprietaria aveva una figlia,” tento.

La ragazza mi sorpassa per uscire e attaccare il cartello. La seguo fuori.

“Avrà rinunciato all’eredità,” commenta lei alzandosi sulle punte dei piedi per appenderlo il più in alto possibile. “Succede più spesso di quanto s’immagini. D’altronde, gli immobili sono ingombranti da portarsi dietro nell’aldilà.”

Una volta tornata dentro il negozio, infila una mano in borsa ed estrae un metro retrattile di tipo economico. La osservo mentre cerca di arrivare al soffitto per misurarne l’altezza e non riesco a trattenermi dal sorridere ogni volta che la fettuccia di metallo cade vittima della legge di gravità.

Apro lo zaino e allungo alla donna il mio metro pieghevole Stanley. “Se vuoi, puoi usare questo.”

Lei aggrotta le sopracciglia, perplessa. Perché mai questa tipa porta con sé un metro pieghevole, sembra chiedersi, devo chiamare la polizia? Pare incerta sul da farsi, ma alla fine lo accetta.

“Era da tempo che aspettavo che questo negozio riaprisse,” dico.

“È che non sta riaprendo,” puntualizza lei, lisciandosi la camicetta costosa. “È in vendita.”

Mi riconsegna il metro, senza averlo aperto. “Torno col misuratore laser, che è meglio.”

Potrei aiutarla, ma non vorrei apparire invadente. Purtroppo, non sono affari miei. Rinfilo il metro nello zaino.

“Quindici anni fa ho lasciato qui dentro una cosa... Posso controllare se c’è ancora?” provo a chiedere.

Lei fa una smorfia, persa improvvisamente nelle notifiche del telefono. “Se proprio ci tieni... Hai quindici secondi, più o meno.”

“Grazie.”

Mi precipito nel punto in cui un tempo c’era la credenza, non la trovo. Mi accorgo che è stata spostata sul retro. Dentro la vetrinetta, l'oca di Dorothy è caduta, ma non si è rotta. Sono più alta di un tempo, arrivo a toccarla senza dovermi alzare sulle punte. La rimetto in piedi e rimango a fissarla, una scintilla in un vascello sommerso. In vendita.

"Allora?"

"Peccato, non ho trovato quello che cercavo," sospiro tornando di là.

"Benvenuta nel club," risponde la ragazza, facendo roteare lo smartphone tra le dita.

Tento un sorriso.

Le battute mi mettono in difficoltà. Alla Rocca non si teneva in considerazione l'umorismo, ridere non serviva a niente, perciò non ho mai fatto pratica. Preferisco di gran lunga riparare un condizionatore anziché fare una battuta. A volte la risposta perfetta mi arriva due giorni dopo, tipo nel mezzo di una doccia. Allora riavvolgo il nastro e correggo la mia parte. Per un attimo mi sembra di essere disinvolta e brillante, una con cui è divertente passare il tempo. Il più delle volte, però, non mi viene in mente proprio niente, nemmeno a distanza di tempo. Ci rimugino, provo varie frasi, ma non fanno ridere per niente.

Benvenuta nel club: intendeva che anche lei non trova quello che cerca?

"Per caso sai dirmi se in zona c'è una manicure?" mi domanda adesso la ragazza, spingendomi con ferma delicatezza verso l'ingresso.

"Manicure?" ripeto osservandomi le unghie mangiucchiate, che non hanno mai conosciuto altro smalto oltre agli schizzi di quello da parete. "Non credo. Forse oltre la circonvallazione..."

"Meglio in centro," ribatte. "Come ho detto, se sei interessata all'immobile, puoi mandarci una mail a..."

La porta del negozio si richiude alle mie spalle senza che

io riesca a sentire la fine della frase. In ogni caso, purtroppo non ho né mail né soldi da investire...

Tornando a casa non faccio che ripensare a Dorothy e a mia nonna, a quel giorno e alla mia promessa. Io sono qui. Sono tornata. Ho con me l'oca. *Il nuovo mondo* non può scomparire! Non posso starmene a guardare mentre la mia ultima arca affonda. Devo fare qualcosa.

# 8.

Busso immaginando già l'espressione di stupore che vedrò impressa sul volto di chi mi aprirà. La borsa degli attrezzi che mi pende dalla spalla è fornitissima, con cacciaviti, brugole e tenaglie che spuntano da tutte le tasche, in modo che i clienti si tranquillizzino dopo l'iniziale stupore. D'accordo, è una donna, ma ha una gigantesca borsa degli attrezzi.

Assemblare mobili, appendere quadri, aggiustare tapparelle, montare zanzariere, imbiancare pareti, sbloccare sciacquoni... Mi chiamano per tutte quelle cose che quasi nessuno sa più fare, o ha voglia o tempo di fare. Per tutto quello che gli altri no, c'è Gea. In genere sono contenti del mio lavoro. Dopo, però. Prima, si sentono traditi dall'avviso impersonale affisso in bacheca e ingannati dalla conversazione via sms. Non si aspettano mai una ragazza.

Mi schiarisco la gola e raddrizzo la schiena nel sentire la chiave girare nella serratura.

Madame appare sulla soglia lasciandosi scappare l'espressione sorpresa che mi aspettavo, ma poi nota il borsone e la salopette e sembra collegare subito.

"Sono Gea," dico con un sospiro di sollievo.

"E io Priscilla," dice lei porgendomi la mano.

Il suo chihuahua, uscito sul pianerottolo, mi sta annusando le caviglie. Priscilla, lo sapevo, ma sarà bello poterla chiamare per nome.

Indossa un completo coordinato in maglia oliva chiaro, pantaloni e maglietta a maniche lunghe. È elegante pure in casa, ho fatto bene a ribattezzarla Madame. Non ci eravamo mai rivolte la parola, anche se io so che il suo cane si chiama Zucchero, per esempio, che guida una Smart bianca e che all'ultima riunione condominiale ha votato a favore delle panchine.

"Prego, entra..." Fa un passo indietro e mi sorride. Capisco che è una di quelle che si fidano.

Dopo lo stupore nel vedermi sulla soglia, la maggior parte delle persone decide di tirarsi indietro: alcuni, presi dall'imbarazzo, lasciano che io dia un'occhiata, ormai che sono venuta, ma solo per invitarmi a mandare un preventivo, che non accetteranno. E così, il più delle volte, porto semplicemente a spasso la borsa degli attrezzi. Non ci rimango troppo male. Ci sono abituata. Quasi nessuno crede che so fare davvero il mio lavoro.

Chi mi dà fiducia, però, mi richiama. Ci sono appartamenti in cui sono stata anche dieci o quindici volte, case di cui so tutto: dove i proprietari tengono i cracker, quando si svegliano, a che ora mangiano, perché litigano, qual è il giorno del loro compleanno, il motivo per cui cambiano lavoro, cosa leggono, se vanno d'accordo con i parenti, se gettano i fondi del caffè nel lavello, se lasciano in giro la carta dei cioccolatini. Quando ti occupi delle cose, scopri molto sulle persone. Siamo elefanti sulla sabbia umida, lasciamo impronte ovunque.

Il salotto di Priscilla è immacolato, sui toni del panna e del beige. Sembra il disegno di un architetto, più che una casa reale. C'è un fresco piacevole, dovuto a uno di quegli impianti che ripuliscono l'aria. Ripenso alle scale condominiali, con le pareti scrostate e la luce intermittente sui pianerottoli, e capisco cosa intendono i nuovi arrivati quando spingono per "lavorare un po' sulle parti comuni". Eppure capisco anche chi vive qui da sempre e non ha soldi per gli abbellimenti.

Quello che non capisco è perché non ho trovato prima la soluzione, che è facilissima: sono io. Mi riprometto di occuparmene presto, a che serve chiedere il via libera dell'amministratore? Le lampadine si cambiano in un attimo, e basta bazzicare i cantieri del circondario per farsi regalare un po' della pittura in avanzo. Gli attrezzi e la scala li ho già.

Il divano di Priscilla è ricoperto di una lanugine chiara dall'aria morbidissima. Vorrei informarla che dovrebbe tenere un estintore o per lo meno un secchio d'acqua a portata di mano, con un rivestimento del genere, ma la prenderebbe per una battuta.

*Guardi*, aggiungerei, notando il miscelatore estraibile integrato al lavello della cucina a vista. *Se proprio non vuole tenere un estintore – lo so, è brutto –, in caso d'incendio può sempre usare la boccetta orientabile del lavandino della cucina, sparando l'acqua verso il salotto a getto continuo.* Chissà se la troverebbe una buona idea. Ma mi accorgo che Priscilla mi sta scrutando.

"Ha una bella casa," me ne vengo fuori, allora, con le orecchie bollenti per l'imbarazzo, sperando che basti per liquidare le formalità e che mi mostri cosa devo fare.

"Pensa che non la vorrei affatto così," ribatte lei. "Ma diamoci del tu, ti scoccia? Mi fai sentire vecchia."

Annuisco. Datemi qualcosa da aggiustare, non chiedetemi di fare conversazione. Anche se è questo che lei vorrebbe. Alcuni clienti sono così. Non avendo alternativa, cerco sempre di accontentarli.

Priscilla mi fa finalmente strada in corridoio e apre la prima porta sulla sinistra: un bagno piastrellato di azzurro.

"Si è intasata la doccia. È tutto nuovo, qui dentro," commenta tirandosi su la manica della maglietta prima di far scorrere l'acqua per darmi una dimostrazione. "È tutto nuovo e non funziona niente. Puoi vedere tu stessa."

In men che non si dica, il piatto della doccia si riempie. Lei fa un passo indietro, ma troppo tardi, si è già bagnata la punta delle ballerine.

"Mi lasci dare un'occhiata."

Alza l'indice: "Il tu".

"Sì, scusi... scusa. Lo scarico sembra intasato, forse è una cosa da poco."

Apro la cassetta degli attrezzi che ho appoggiato per terra, con uno straccio tampono l'acqua. Spero che Priscilla mi lasci sola per potermi concentrare meglio, sola con il piatto doccia, il tappo, lo scarico, gli attrezzi e i miei guanti di gomma. Invece si è seduta sul gabinetto e osserva come un *umarell* davanti a un cantiere.

Sollevo il rivestimento di ceramica, fattura raffinata, e con la mia vecchia pinza multifunzione aggancio il tappo che c'è sotto per estrarlo.

"Sono qui solo da due mesi," sospira lei.

Ha accavallato le gambe e appoggiato il mento sulle mani, come se stesse chiacchierando con un'amica in un bel giardino, mentre io, in ginocchio sul pavimento, mi sono appena tirata indietro i capelli con l'avambraccio. Sento che si aspetta una risposta.

"Case così perfette si vedono solo sulle riviste," dico allora, che poi è la verità.

"È troppo fredda," risponde. "Non la volevo così. Non so come spiegarti. È prevalso sempre un senso di come le cose dovrebbero essere, un senso estetico... Forse è la paura di sbagliare. Non so, mi sento come imprigionata in uno schema che non riesco a rompere. Capisci cosa intendo? Desideri un hamburger con le patatine fritte e finisci per ordinare un'insalata scondita."

Capisco eccome, è il menu della mia vita. Mi infilo i guanti prima di tirare fuori il filtro intasato di capelli e calcare, che emana un odore terribile.

"In realtà sogno una casa disordinata," continua Priscilla. "Vorrei... del caos, le stelle nascono dal caos dice la mia terapista... Certi giorni mi sembra di vivere in un catalogo di arredamento."

"Ci saranno dei vantaggi. In tutto questo ordine avrai solo pensieri ordinati."

"Tutt'altro!" sorride divertita.

Le faccio cenno che avrei bisogno di accedere al gabinetto. Scatta su come un pupazzo a molla e si avvicina al lavandino per lasciarmi campo d'azione. Svita una boccetta di un profumo dall'aria molto costosa, ne spruzza un po' in giro. Una piacevole fragranza di gelsomino mi solletica le narici.

Solo ora mi accorgo che uno schizzo di sporco è finito su uno degli asciugamani appesi al muro.

"Scusami!" esclamo mortificata.

"Oh, non preoccuparti," risponde lei liquidando la cosa con un gesto della mano. "Meglio così. È tutto nuovo qui dentro... Nuovo e immacolato. Fa paura. Te lo giuro, rimango sveglia intere notti a fissare il soffitto, terrorizzata dagli oggetti che ho intorno. Mai usati, intonsi. Attendono non si sa cosa... Che vogliono da me?"

Mi guarda come se avessi la risposta. Al suo posto, probabilmente proverei gli stessi sentimenti.

"Forse potresti venderne, barattarne o regalarne alcune. Fare spazio."

"È un buon consiglio."

"Io non l'ho mai seguito," le sorrido. "Penso sempre che tutto possa servire."

Lei sospira. "Lavoro come una matta e ho passato tutto il mio tempo libero ad arredare questa casa, per me e mio marito. Pensavo di essere sul cavallo vincente. Avvocata fallimentare, la salvatrice della patria. È terribile da dire, ma mi sentivo superiore ai clienti che fallivano o cercavano di recuperare crediti. Mi costruivo una vita perfetta, mattone dopo mattone, né crediti né debiti, tutto regolare...”

*Avvocata fallimentare...*

“Il giorno dopo che ci siamo trasferiti qui, mio marito se n'è andato di punto in bianco, lasciandosi dietro un cumulo di vestiti vecchi. Neppure un biglietto. E con cosa sono rimasta?”

Di nuovo pare cercare rassicurazione da me. Fisso il piatto della doccia, ricoperto di gocce d'acqua. C'è qualche impronta scura, lasciata dai miei guanti sporchi. La lavo via.

“Magari sei rimasta con te stessa...” rispondo. “Comunque mi dispiace che se ne sia andato.”

Si stringe nelle spalle. “È quello che spesso fanno i mariti, no?”

“Di mariti non so nulla.” Alzo la tavoletta del gabinetto. “In questo piatto della doccia lo spazio tra il tappo di ceramica e il pavimento è troppo risicato, basta poco perché si intasi.”

Le mostro il grumo di capelli, residui di shampoo e calcare, prima di buttare tutto dentro e tirare lo sciacquone.

“Lo vedi?” risponde lei storcendo il naso. “Pensavo di essere quella vincente, invece sono quella che ha fallito, e come se non bastasse ho anche scelto il piatto doccia sbagliato.”

Mi allunga la boccetta di profumo al gelsomino.

“Te lo regalo.”

“Oh, io...”

Non ho mai messo il profumo in vita mia, ma sento che si offenderebbe se rifiutassi. “Grazie mille,” dico allora infilandolo nella borsa degli attrezzi. Ripongo anche la pinza e lo straccio bagnato.

*Avvocata fallimentare...*

"Posso chiederti una cosa?" riesco a dire infine, vincendo la timidezza.

"Certo," risponde lei incuriosita.

Il mio battito cardiaco accelera, ma anche volendo ormai non posso tirarmi indietro. È solo una domanda tecnica, mi dico, posso metterla giù come una curiosità. Niente di troppo impegnativo.

"Volevo chiederti se sai quali sono le circostanze per cui un negozio passa allo Stato dopo la morte del proprietario."

Priscilla mi guarda stupita, poi mi spiega: "Una volta deceduto il proprietario, un bene immobile per legge passa all'erede designato o, in caso di assenza di testamento, alla persona con il grado di parentela più vicino. Se questo rifiuta o non risponde, il diritto passa al secondo e così via fino a che, se dopo dieci anni nessun erede ha risposto o accettato l'eredità, la proprietà viene trasferita allo Stato".

"E lo Stato la vende?"

"La mette all'asta. La cifra di partenza è di solito molto bassa e difficilmente ci si azzuffa per quel tipo di immobile. Puoi immaginare il perché, visto che nessun avente diritto lo ha reclamato... In pratica lo Stato svende gli immobili ai romantici, come succede con le case cantoniere o le guardiole dei passaggi a livello, o agli avvoltoi, che spesso sono interessati agli esercizi commerciali e agli appartamenti da poter rivendere."

"Ah." Ripenso alla donna dell'agenzia UpHigh, non aveva di certo la faccia dell'avvoltoio, semmai del colibrì, che non smette mai di battere le ali perché altrimenti cade.

"Immagino che la tua non sia una domanda oziosa..."

"Oh, vorrei che non lo fosse... oziosa." E, preso un bel respiro, le racconto del negozio.

"*Il nuovo mondo*... non l'ho proprio notato," commenta lei alla fine del mio resoconto. "Ma sembra che tu ci tenga parecchio."

Fisso le piastrelle azzurre del pavimento, per non dover sostenere il suo sguardo. “La proprietaria aveva una figlia, Margaret. Ha rinunciato all’eredità? Non ha risposto? Perché? Darei qualsiasi cosa per scoprirlo.”

“Un modo ci sarebbe,” replica Priscilla. “Ho un’amica che lavora al catasto. Se vuoi m’informo.”

“Oddio!”

Non sono abituata a tali atti di generosità gratuita. Forse scoprirò qualcosa di più sul negozio?

E questo non è il solo regalo che mi fa Priscilla. Infatti, mi paga più di quanto le ho chiesto. Tento di rifiutare.

“È un lavoro, il tuo. Mica fai favori in giro!” mi sgrida mentre compilo la ricevuta. “Non devi tenere i prezzi troppo bassi.”

Vorrei rispondere che mi piace risolvere i problemi, vedere gli altri sollevati. Davanti a una parete ben verniciata, un quadro appeso dritto, un aspirapolvere che respira nel modo giusto, provo un senso di compiutezza. Mi sembra di ripagare il mio debito con il mondo.

“E grazie di essere venuta subito,” continua lei accompagnandomi alla porta. “Non era scontato. In questa città sembra impossibile trovare un idraulico, a meno che tu non abbia la pazienza di Giobbe. E poi, secondo me io e te abbiamo più cose in comune di quanto sembri.”

Le lancio un’occhiata. “In fondo, anch’io proteggo le cose dal fallimento...”

Priscilla annuisce divertita. “Mi pare un bel modo di porre la questione.”

Francamente, non ne conosco altri.

# 9.

Dopo la nostra visita alla nonna, mio fratello, che fino ad allora era stato un buon soldato, si era ammutinato. Nessuna ribellione aperta, ma dissenso e, quando poteva, sabotaggio.

Improvvisamente odiava la doccia fredda, gli allenamenti, l'accumulo di provviste, le camminate nei campi o lungo la provinciale alla ricerca di cose che avrebbero potuto tornarci utili. Odiava lavorare al nostro rifugio sotterraneo. Se doveva occuparsi del generatore, dell'isolamento termico e delle ricerche per il pozzo artesiano con papà, accampava scuse, non aveva voglia di eseguire le istruzioni. L'unica cosa che gli interessava erano le lezioni della mamma. Voleva conoscere ogni dettaglio di quello che c'era fuori, oltre le recinzioni dei campi che circondavano la Rocca, oltre il rifugio, oltre il bosco, oltre mio padre.

Mi ero ripromessa di raccontargli del *Nuovo mondo* una volta tornati alla Rocca, ma ora temevo di peggiorare la situazione. In più, per la prima volta, e con una certa vergogna, mi crogiolavo intimamente in una cosa soltanto mia. Nel silenzio della nostra stanza, ogni sera prima di dormire ripensavo al negozio e ai suoi oggetti, alla sensazione di leggerezza e possibilità che mi aveva dato stare lì dentro anche solo per poche ore. Immaginavo di tornarci, di leggere ogni cartellino e preparare il tè sul retro, di lavorarci perfino. Non avrei mai potuto ammetterlo, ma avevo un segreto.

Alla Rocca io e la mamma eravamo incaricate delle provviste. Era compito nostro tenere sotto controllo la miriade di barattoli e lattine stipati negli scaffali di metallo contro la parete in fondo al nostro rifugio. Riso, pasta con un basso tempo di cottura (così non si sprecava troppa energia a cuocerla) e integrale (perché saziava più a lungo), fette biscottate, cracker, latte a lunga conservazione, alimenti in scatola come pelati, tonno, mais e legumi, formaggi a pasta dura, insaccati, zucchero, sale, spezie, conserve sott'olio e acciughe sotto sale. Infilavamo le scorte più delicate in sacchetti d'alluminio con dentro assorbitori d'umidità e ossigeno, per evitare la decomposizione. Così facendo, per esempio, il formaggio durava anche venticinque anni fuori dal frigo. Poi c'era l'essiccatore, lo strumento indispensabile per conservare molti degli alimenti freschi che producevamo – le uova, le verdure, la carne –, in modo che restassero commestibili per anni.

Smaltivamo le scorte quando erano prossime all'ipotetica scadenza, calcolata secondo le tabelle di papà. Pochissimi cibi scadevano davvero, sosteneva lui, il resto era marketing. A casa nostra si mangiava sempre come se fosse in corso un'emergenza. Era un ciclo senza fine.

Io non avevo mai fame.

Per anni ci ho immaginati nella nostra stanzona interrata con le bombe che cadevano in sottofondo, a mangiare uova, carne e frutta disidratata. Mio padre, trionfante, avrebbe cercato di sintonizzare la radiolina su stazioni straniere che davano notizie a intermittenza continuando a ripetere "Vi ho salvati", come doveva aver fatto a suo tempo Noè con la moglie e gli animali.

Per suo volere, due volte all'anno restavamo un giorno intero senza bere e in primavera sopportavamo una settimana di semidigiuno. Dovevamo essere pronti, qualsiasi cosa ci capitasse.

Mio fratello aveva preso a mangiare di nascosto, ma io rimanevo ligia al dovere. Se durante quelle esercitazioni mi capitava di svenire, la mamma mi passava delle garze imbevute di acqua fredda sulla fronte, mi accarezzava i capelli, diceva che stavano facendo tutto questo per il nostro bene, ma a me sembrava che a volte ne dubitasse lei stessa. Mi sembrava anche che avesse paura, di qualcosa di misterioso e grave che non riuscivo a indovinare. Come se fosse una minaccia simile a quelle di cui parlava mio padre, ma più vicina, anzi già in essere. La catastrofe era tra noi, e io non la vedevo.

# 10.

La signora Dalia abbandona la testa all'indietro e lascia che le bagni la chioma rada con l'acqua tiepida. L'henné ha preso. Il suo cuoio capelluto mi fa sempre una certa tenerezza, come se stessi lavando la testa di una neonata. Mi chiedo se le diano fastidio i calli che ho sulle dita, nonostante cerchi di essere delicata.

"Signora Dalia, se lo ricorda *Il nuovo mondo*?"

"Gioia, *ti te ricordet pù* che non esco quasi mai di casa?"

Ma il modo in cui l'ha detto non mi convince. Ho intravisto un lampo nei suoi occhi, che ha cercato di nascondere abbassando le palpebre.

"Io so che lei sa molte cose, nonostante questo. Lei ha occhi e orecchie in tutto il quartiere. Non c'è niente che le sfugga: dove non arrivano le sue gambe, arrivano le sue antenne."

Essere diversa da come la gente la immagina sembra divertirla parecchio.

All'apparenza è una signora anziana con alcune innocue eccentricità. Per esempio i capelli arancioni, pettinati a nuvola, e il fatto che si veste sempre come se andasse a mangiare pasticcini con le amiche. Oltre che con i lavoretti di sartoria per i condòmini, si mantiene grazie alla pensione di reversibilità del marito. Le piace offrire ai vicini un bicchierino nella sua cucina. Di liquori ne ha più di un bar: spesso le vengono regalati in cambio dei suoi favori di portineria. "*Chi è che dis ch'el vin el fa mal...*" canticchia rifocillando gli ospiti. Poi si fa dire della loro vita e sta ad ascoltarli come se fosse al cinema.

Di sé non racconta quasi niente. Nessuno sa che la signora Dalia ha passato gli ultimi vent'anni della sua vita a dipingere.

La prima volta in cui mi ha parlato è stata qualche giorno dopo che sono venuta a vivere nel palazzo. Ha schiuso la sua porta d'ingresso che dà direttamente sul cortile e con l'indice e il medio ha mimato il gesto di salire le scale. "Nessuno sale più a piedi, ormai."

Doveva aver notato che raggiungevo casa mia al terzo piano un gradino dopo l'altro.

"L'ascensore lo lascio a chi fa fatica a camminare," ho spiegato.

"Finalmente una brava. *Lor i sont andaa a scoeula de giovedì,*" ha risposto lei, indicando il resto del condominio.

Mi è sfuggito un sorriso. Mia madre ci aveva parlato del fatto che durante il fascismo di giovedì le scuole erano chiuse, quindi avevo capito la battuta.

La signora Dalia ha voluto offrirmi un bicchierino di china nonostante fossero le undici del mattino. Per via del lutto di mia nonna, ha detto.

Poi mi ha promesso che si sarebbe occupata di me.

"Grazie," ho risposto, "ma non occorre." Ero convinta di dire la verità. "Piuttosto, lei, ha bisogno di qualcosa?"

Ha accettato di buon grado. Ci voleva qualcuno che l'aiutasse con tante piccole cose e che non facesse troppe domande. Ero la candidata perfetta, mi ha annunciato. L'ho preso come un complimento.

"Quando ti ho vista," ha aggiunto, "ti ho riconosciuta al volo."

Non ho capito se si riferisse a mia nonna o se ci fosse dell'altro, ma non ho osato chiedere.

Chiudo il rubinetto, ora, e le avvolgo la testa in un asciugamano rosa con i fiori ricamati, liso e sbiadito.

"Stamani la serranda del *Nuovo mondo* era alzata," dico. "È in vendita."

La mia voce ha tremato leggermente, lei se n'è accorta e si è girata verso di me. Prendo un respiro per calmarmi. Qualsiasi informazione può essermi d'aiuto.

"Dorothy è morta tempo fa..." borbotta lei.

"Lo vede? Lei sa sempre tutto."

La signora Dalia socchiude gli occhi con aria misteriosa. "Capita, ai vecchi."

"La conosceva bene, Dorothy?"

"E Margaret è qui?"

"Non ha risposto all'eredità, pare, o l'ha rifiutata."

"Ma che dici, gioia!"

La aiuto ad alzarsi e la seguo per lo stretto corridoio tenendole l'asciugamano sulla testa. La sua camera da letto ha una porta finestra che dà su un passaggio condominiale sul retro. Ogni centimetro di parete, in camera, è ricoperto dai suoi dipinti: paesaggi e città, sempre con la figura misteriosa di un uomo. Alcune delle tele raffigurano un unico dettaglio, il polso con un braccialetto d'oro, la punta del naso che sormonta i baffi, una mano che accarezza un violino.

Questi quadri devono essere come un diario, lo percepisco d'istinto, anche se non capisco che tipo di vita documentino, visto che la signora Dalia lascia di rado il suo appartamento, e di certo non per andarsene a spasso per il mondo. Fisso le tele ammirata, ogni volta; la forza vitale che trasmettono è potente. Mi domando, ma non faccio domande. Tutti custodiamo almeno un segreto, confidarlo significherebbe tradirlo.

Dopo esserci sedute sul letto, le tampono i capelli con l'asciugamano.

"*Alora*, spiega, gioia."

"So solo che il negozio è in vendita e la donna dell'agenzia immobiliare non sembra molto preoccupata del suo destino."

Si mostra contrariata. "Non è certo la prima volta, qui nel quartiere. È un'onda inarrestabile. Prima c'erano le botteghe, non i supermercati, i laboratori, non i rivenditori, le osterie e non questi *olliuchenìt*, come li chiamate voi. Poi sono arrivati i manager, per insegnarci cosa fare... Tutto per i *danè*!"

Mi butto. "Lo frequentava, *Il nuovo mondo*?"

Si gira dall'altra parte come se avesse visto il suo stesso fantasma. Però mi spia.

"Non possiamo lasciare che chiuda per sempre," sussurro. "Io voglio salvarlo."

E, in realtà, ne prendo atto davvero solo dicendolo.

"Salvare, salvare... Il progresso non possiamo fermarlo." Pronuncia la parola "progresso" come se fosse cibo indigesto, facendosi scura.

Siamo sedute vicine su un copriletto sgargiante. Mi allunga il fon. Srotolo il filo e inserisco la spina. Una volta mi ha detto che a suo marito Enzo non piacevano i colori forti, che la casa, quando c'era ancora lui, era tutta sui toni del marrone. Solo di recente la signora Dalia si è sentita di fare qualche cambiamento, solo da quando suo marito è mancato si è messa a dipingere.

Accendo il fon, lei sovrasta il rumore con voce acuta. "Smettila di pensare ai problemi degli altri. Non fare come me, tu che puoi vivere. Quando ero giovane io, non si stava lì a cincischiare. Sempre con quegli occhi incollati al telefonino!"

Percepisco una nota di malinconia, in fondo alla voce, e mi chiedo se non stia cercando di convincersene.

"Signora Dalia, io ne ho uno basico e non lo guardo mai."

Spengo il fon, sfilo il cellulare dalla tasca e glielo mostro.

"Già, ancora peggio," borbotta. "Tu non hai scuse, eppure non vivi."

Riaccendo il fon, sperando di spegnere la conversazione. *Non hai scuse, eppure non vivi*, mi ripeto, come se stessi cercando di decifrare una lingua straniera.

Finita l'asciugatura, i capelli arancioni riprendono il volume abituale. Con la sua camminata fragile ma energica, la signora Dalia mi fa strada fino alla cucina, che dà direttamente sul cortile e sembra ordinaria, quasi anonima, rispetto al resto della casa. È qui che riceve i condòmini. La signora Dalia è vedova e la gente da lei si aspetta una certa condotta. Le superfici linde, la casa identica a sé stessa dopo la morte del marito.

"Mi vogliono sempre uguale, niente sorprese," mi ha spiegato una volta, quando le ho chiesto perché non lascia che vedano il resto della casa. "Li rassicura."

"Ieri sera," mi dice ora, mettendo via la spesa che ho fatto per lei, "ho visto quella ragazza nuova attraversare il cortile... con la bambina. Sai la ragazza che si veste sempre colorata?"

"Si chiama Adelaide, l'ho letto sulla sua cassetta delle lettere. E la bambina è la figlia, credo. Stanno al quarto piano della scala C, sopra di me ma dal lato opposto."

"Dovreste diventare amiche."

"Cosa potrebbe mai importarle di una come me?"

"E a te cosa potrebbe importare di lei? Provate a scoprirlo."

Lancia una fugace occhiata al suo riflesso nello specchio pubblicitario del Cointreau appeso al muro. "Non puoi mica andare avanti così."

Mi faccio piccola, mi chiedo: *"Così" come?* Ma non glielo domando per paura di quello che potrebbe rispondere.

Quando osservo i miei coetanei che fanno l'aperitivo, le coppie che si tengono per mano, i gruppi di ragazze che studiano ai tavolini dei bar, mi chiedo di quali argomenti parlino esattamente e tento di carpire ogni dettaglio, per sapere cosa mi perdo. Il loro tempo sembra sempre una linea che corre verso un obiettivo, il mio invece è una spirale che si avvolge su sé stessa. Si percepisce, vedendomi dall'esterno, che sono diversa da loro? Mi porto dietro qualche tratto distintivo? La schiena un po' curva, quell'attimo di esitazione prima di parlare o il modo in cui guardo di sbieco, non abituata a mantenere a lungo il contatto visivo? È questo che intende la signora Dalia?

I suoi piedi si muovono incerti nelle pantofole imbottite mentre si allunga per prendere la bottiglia di Fernet Branca al centro del tavolo della cucina, e due bicchierini.

"Un goccetto?"

Accetto sempre. Bere con lei sfuma i contorni della realtà. Il liquore mi scorre nella gola e io mi sento come se fossi approdata in un luogo esotico, al termine di un lungo viaggio.

La signora Dalia mi studia senza dire niente. Tamburello sul tavolo di formica. Quando sono con gli altri ho sempre paura che mi esca qualche espressione strana, un tono troppo alto, di non saper controllare la voce né le parole. E il silenzio, mi imbarazza anche quello.

"Gioia, ho una cosa che penso ti possa aiutare," mi confida lei d'un tratto, e indica una scatola appoggiata sopra i pensili a cui non avevo mai fatto caso. "Mi ci vuole una mano."

Senza farmelo dire due volte, prendo lo sgabello che tiene sotto il tavolo e ci monto sopra. Con la punta delle dita riesco a malapena a sfiorare la scatola. "Lei sa come nascondere le cose!"

La signora Dalia mi fa cenno di attendere. Torna con una gruccia di ferro. "Prova con questa."

Dopo qualche tentativo, riesco a far cadere la scatola e ad afferrarla al volo: contiene un gran numero di lettere. *Cara Margaret*, *Cara Margaret*, *Cara Margaret...*

"Dorothy me le ha date poco prima di morire. Non le ho mai lette," specifica la signora Dalia, alzando le mani quasi volesse dire che lei non c'entra. Poi si gira dall'altra parte, come se solo vederle riaprisse vecchie ferite, "e non voglio saperne niente nemmeno ora."

# 11.

*22 maggio 1952*

*Cara Margaret,*

*dodici anni: auguri! Guardo la tua fotografia. A cosa stai pensando? Non riesco a staccare gli occhi dall'immagine. Piccola, vestita di bianco, sdraiata su un prato di Kew Gardens. Il sole sembra lì apposta per te, per ritagliare la tua figurina.*

*La mia amica Rose lavorava a Kew Gardens, durante la guerra. Non ricordo se ti ho mai raccontato di lei. Le piante più importanti erano state messe al sicuro, botanici e giardinieri erano stati arruolati. Al loro posto erano rimaste le donne. Rose era stata assunta nel 1940. Ricordo ancora una delle sue lettere. "Il cielo è rosso. Le bombe illuminano tutto, così gli aerei tornano per vedere meglio il bersaglio..." Kew Gardens non era un obiettivo di guerra, ma è stato bombardato.*

*Nonostante questo, le persone continuavano ad andarci, addirittura più di prima. Per cercare di dimenticare gli orrori annusavano i narcisi, si immergevano nelle fioriture di maggio. Era la loro vacanza in città. Per la vita si fa tutto! Quanta vita ho visto durante la guerra! Forse come mai prima di allora. Amori, matrimoni, atti di coraggio fuori dalla norma. Eravamo stati spogliati di tutto, ci rimaneva soltanto l'anima...*

*Rose amava lavorare in quei giardini, tanto quanto io adoravo pilotare i miei Spitfire. Ti ho raccontato tante volte di quando ero una Spitfire Girl. Ci eravamo presentate in duemila per diciassette posti. E io sono stata una di quelle diciassette.*

*Non so se riesco a farti capire cosa significava davvero, per noi e per il mondo di allora. Pilotare un aereo a ventidue anni, in condizioni estreme, per le missioni della Royal Air Force. Sorvolare Paesi in guerra. Rischiare la vita ogni giorno, eppure sentirsi viva più che mai. Era come avere le ali. Lo Spitfire è diventato il simbolo della nostra libertà. La maggior parte delle mie amiche non potevano andare all'università, scegliersi un partner, fare sport o bere birra, e io guidavo un aereo da combattimento.*

*È stato lì che ho conosciuto tuo padre. Ma non voglio parlarti di lui, lo conosci abbastanza bene. Quello che vorrei spiegarti è perché me ne sono andata. Dopo il divorzio, non potevo restare. Avevo bisogno di vivere, Margaret. Avevo bisogno di ritrovare me stessa, di costruirmi il mio mondo. Non potevo rimanere nell'ombra di un uomo che mi disprezzava solo perché ero diversa. Come avrei potuto permetterlo? Non ho colpe se lui mi ha lasciata. Anche se lui la pensa diversamente. Io lo amavo. Lo avrei seguito in capo al mondo.*

*Margaret, non è nemmeno colpa tua se sono partita. Se sono venuta in Italia. Qui ho trovato chi aveva bisogno di me. Alla stazione Centrale di Milano arrivavano i reduci dai campi di concentramento. C'erano donne con bambini piccoli in cerca di un posto dove stare. È stato grazie a una donna straordinaria, Elda, che abbiamo tirato su delle baracche in un parco e abbiamo potuto offrire loro un letto e un pasto. L'unione femminile, poi, ha riaperto.*

*Ma c'è ancora tanto da fare in Italia. Anche se abbiamo il suffragio universale, ancora non esiste il divorzio, l'aborto è illegale e per le donne i licenziamenti dopo le nozze sono all'ordine del giorno. Come si può lasciare che le cose vadano avanti così? Che le donne rimangano confinate nel posticino che gli uomini hanno deciso per loro? Abbiamo il diritto di vivere! Abbiamo il diritto di lavorare!*

*Insomma, non sono qui in vacanza, ci tenevo che lo sapessi. Non sto con le mani in mano. E non sono "scappata". Appena sarai grande abbastanza potrai venire a stare con me, se lo vorrai. So che succederà, prima o poi. Non è vero?*

*Margaret, aprimi il tuo cuore. Perché nelle foto hai sempre quell'espressione così triste? Guardi di lato, come se fossi perseguitata da un fantasma o come se il fantasma fossi tu. Dove sei ogni volta che ti guardo? Se non riesci a trovare il tuo posto nel mondo, è colpa mia?*

*Queste e molte altre domande mi tormentano giorno e notte. Se solo tu ti decidessi a parlarmi. Prendimi per mano e permettimi di entrare nella tua vita, ti prometto che non farò rumore. Insieme saremo più forti. Bisogna essere in due per ballare il tango...*

*Con amore,*

*Dorothy*

Seduta in balcone col bicchiere in mano, osservo la notte davanti a me. Il campanile è illuminato, luci pulsanti di invisibili aerei punteggiano il cielo, il tram sferraglia in lontananza. Nessuna notte è uguale alla precedente, ma quanto è diversa questa da quella di ieri!

Oggi ha riaperto *Il nuovo mondo* ed è in vendita, e Margaret non è venuta. Margaret, col suo abito bianco a Kew Gardens. Margaret, che fine hai fatto? Hai una madre che ha pilotato un aeroplano e ha lottato per tante buone ragioni. Una madre che ha creato un mondo migliore per te. Ma tu, dove sei? E queste lettere, perché sono qui? Sono copie di quelle spedite tanti anni fa?

Mi chiedo se Priscilla riuscirà davvero ad aiutarmi, oppure se lo ha detto solo per gentilezza. Un'impiegata del catasto può venir meno ai suoi doveri professionali per aiutare l'idraulica di un'amica? Perché dovrebbe? Se il mondo si basasse sulla generosità disinteressata girerebbe tutto in un altro modo. Ci spero, ma non ci credo fino in fondo.

Forse queste lettere sono la mia unica pista. Finisco il bicchiere di vino, faccio un respiro e ne leggo un'altra.

# 12.

La vita, scopro oggi, assomiglia a certe piante. Passi mesi a concimarle, annaffiarle e potarle e quelle non danno segni di vita. Quando te ne dimentichi, buttano fuori le prime gemme.

Sono cinque anni che aspetto che apra *Il nuovo mondo*, e ieri, di punto in bianco, trovo la serranda alzata. Come se non bastasse, stamattina Adelaide, di cui mi parlava la signora Dalia, mi attacca bottone per la prima volta. Sono in piedi sulla scala telescopica, intenta a sostituire la lampadina del mio pianerottolo, quando sento: "Sai che è una bellissima idea?".

Guardo in basso. Adelaide mi sta fissando con i suoi occhi scuri dalle ciglia chilometriche. Qualcosa nel suo portamento e la corporatura esile la fanno sembrare giovanissima. Ha lunghi capelli biondi, lucenti, raccolti in una coda alta, e indossa un vestito argentato e una borsetta a tracolla a forma di caramella. Per mano tiene sua figlia, che deve avere tre o quattro anni e porta una corona di carta sulla testa. Potrebbero essere uscite da *Sogno di una notte di mezz'estate*, se non fosse per le scarpe da ginnastica. Stavano rientrando e mi hanno sorpresa al lavoro.

Adelaide alza la mano stretta a pugno e la apre davanti a me, rivelando un origami a forma di uccellino. "L'ho trovato in cortile." Legge a voce alta la citazione scritta sopra: "*Pri-*

*ma di morire, mio padre fece segno al suo medico di avvicinarsi, e gli disse: 'La gente è formidabile'*".

Rivolge lo sguardo a me. "Dev'essere un segno del destino!"

"Cos'è il destino, mamma?" chiede la bambina.

"È quando Dio ti parla."

La figlia sembra rifletterci su.

"Incredibile," continua l'altra. "Proprio quando stavo perdendo fiducia nella specie umana, proprio quando vedevo tutto nero..."

"Cos'è la specie umana?"

Adelaide fa un sospiro. "Siamo noi, amore."

"Stavi perdendo fiducia in noi?"

"Non proprio in noi. Non in me e te." Mi guarda con complicità, poi torna alla bambina: "Non perderò mai fiducia in te. E poi, hai sentito? *La gente è formidabile.* In fondo, forse qualcuno lo è davvero, formidabile. E forse è proprio grazie a questi che andiamo avanti...".

Vorrei annuire, ma mi riesce solo un impercettibile cenno del mento. Vorrei scendere dalla scala e prendere la lampadina nuova, ma mi imbarazza farlo davanti a loro.

"*Baci rubati*," sentenzia Adelaide.

"Perché rubati?" chiede la bambina.

"Ricordo benissimo la scena del film," continua Adelaide, senza rispondere, e torna con gli occhi all'origami. "La padrona del negozio di scarpe, la mattina, accanto alla finestra... Quella signora così elegante, così interessante. E così triste. Forse tutte le persone tristi sono interessanti?"

"Chi è interessante?" chiede la figlia.

"Chi crea questi piccoli capolavori..." Adelaide mi strizza l'occhio, rigirandosi l'origami tra le dita.

La bimba si aggrappa alla scala. Cerco di mantenere l'equilibrio.

"Non posso dire che questo palazzo mi piaccia," fa Adelaide senza accorgersene. "Ma c'è qualcuno di formidabile qui dentro," mi scruta. "Li hai notati i cartelli?"

"Q-quali cartelli?"

"Quelli appesi in tutto il condominio. Tipo: ATTENZIONE AL GRADINO! SOLO CHI HA L'OCCHIO TROVA QUEL CHE CERCA ANCHE A OCCHI CHIUSI."

"Ah, quelli..." Sento le guance farsi bollenti.

"Chi può averli scritti?"

"In effetti, non ne ho proprio idea."

"Che peccato, sarei curiosa di conoscere questa persona, scommetto che è la stessa degli origami. Qualcuno di creativo, finalmente. Quanto ce n'era bisogno qui dentro!"

Mi lancia un sorriso d'intesa. Non sapendo cosa fare, cerco di sorridere a mia volta, ma credo mi esca solo una strana smorfia. Non sono preparata a sostenere una conversazione, stavo soltanto cambiando una lampadina.

Adelaide studia con curiosità i miei scarponcini antinfortunistici, risale lungo la tuta da lavoro fino ai capelli raccolti in una cipolla tenuta ferma da una matita rossa da muratore.

"Lei è Aria," mi informa, mettendo una mano sulla spalla della bambina, "e io sono Adelaide."

Mi vergogno di saperlo già. Che tipo di persona sono, che spia la gente del condominio? Che tiene tutto sotto controllo, come se le appartenesse? E nonostante questo, non riesco nemmeno a sostenere una normale chiacchierata tra vicine.

Adelaide allunga la mano per le presentazioni, obbligandomi così a scendere dalla scala. Mi pulisco il palmo sulla tuta, prima di stringergliela. "Gea."

"Gea, che bel nome!" Anche la bambina mi tende la sua piccola mano. "Sei una meccanica?"

"È Gea, e ha il nome di una divinità," spiega la madre. "Sai, sto leggendo un libro interessante," prende a dire. "L'autrice sostiene che noi donne siamo influenzate dagli archetipi. E se ne diventiamo consapevoli acquistiamo potere su noi stesse e di conseguenza sul mondo che ci circonda. Identifica gli archetipi che ci abitano con le dee dell'antica Grecia. Secondo lei, ognuna di noi vive sotto l'influenza di una o più dee e riceve da loro doni da accettare con gratitudine e difetti da riconoscere."

Dovunque vada, perfino sul mio pianerottolo, inciampo nel passato. Inciampo in mio padre. Secondo lui, i Greci avevano già capito tutto quello che serve all'uomo e alla società per andare avanti. Andrea, in greco, significa valoroso, coraggioso, forte, indomito. Era quello che si aspettava da suo figlio e che non si stancava di ricordargli ogni giorno. Per me aveva scelto il nome Gea, come la dea primordiale, creatrice della Terra, del cielo e del mare, progenitrice dei Titani e di tutti gli altri dèi; origine della vita. Forse questo avrebbe dovuto imprimermi forza, ma l'unica cosa che mi ha davvero trasmesso è un vago, eppure persistente, senso di inadeguatezza.

Non lo confesso ad Adelaide, per paura di deluderla, ma se davvero in me vive una dea, non so proprio dove si sia nascosta. Preferirei di gran lunga avere un nome normale, a essere sincera. Un nome comune, che non significhi niente di particolare. Così potrei essere io quella che significa qualcosa.

"Tu mi piaci," conclude Adelaide.

L'ha detto come se fosse la cosa più naturale del mondo e non ha niente da aggiungere. Sembra aspettare, adesso, che io mi rimetta al lavoro. Non sapendo cosa fare, procedo. Certo, mi sento meglio. Se le piaccio esisto e la mia esistenza ha un senso, quindi sono un po' più viva di prima. Essere vivi fa sentire bene. Ma poi, risalendo in cima alla scala, mi chiedo: cosa le piace di me? Il fatto che mi prendo cura del condominio? Il silenzio reticente? La tuta da lavoro? O forse è una frase che ha detto tanto per dire? Vuole ottenere qualcosa? Se fosse, basterebbe chiederlo.

La lampadina nuova è al suo posto. Avvicino il coperchio

della lampada al soffitto e lo fisso con l'avvitatore elettrico. Mi limito a fare quello che so fare, insomma, e cerco di staccare il cervello.

"Vuoi che provi?" chiede Adelaide, con la mano sull'interruttore alla parete.

"Grazie."

"Funziona!" esclama la bambina, quando si accende la luce. "Magia!"

Scendo dalla scala e la chiudo; stacco l'avvitatore dalla presa e lo ripongo nella custodia. Adelaide e sua figlia sono ancora in piedi davanti a me.

"Noi stiamo al piano di sopra, ma dalla parte opposta rispetto a te," spiega Adelaide vedendomi aprire la porta di casa. "Peccato che non possiamo comunicare battendo con un manico di scopa... Ma almeno non ci senti quando rincorro Aria per farle il bagnetto! Senti, e adesso che fai? Hai impegni?"

Vorrei tornare al *Nuovo mondo* per accertarmi che non sia già stato venduto, le compravendite in questa città vanno come treni supersonici, invece dico: "Niente di che, metto un po' in ordine...".

È una situazione veramente assurda: sono costretta a rientrare. E come farò a uscire, dopo, senza che lei se ne accorga? Potrei aspettare che inserisca la chiave nella serratura al piano di sopra e correre a perdifiato attraverso il cortile prima che abbia il tempo di affacciarsi al balcone. Oppure, potrei attendere un po' come se all'improvviso mi fossi accorta di aver dimenticato il latte o come se mi avessero chiamato per un lavoro... E comunque, cosa dovrebbe importargliene ad Adelaide se esco di nuovo? Non penserà mai che sono rientrata in casa solo per paura di confessarle la verità.

"Vuoi tenerlo tu?" mi domanda allungandomi l'origami come una cospiratrice.

"Oh, no, grazie."

"Io, io!" Aria allunga la mano aperta. Lo afferra soddisfatta.

Sto per salutarle, quando all'improvviso cambio idea.

"In realtà," ammetto, "stavo uscendo!" Rido per la situazione imbarazzante, rido per sfogare la tensione, rido di me stessa. Anche Adelaide ride, non so se per i miei stessi motivi o per contagio.

"Potevi dircelo! E dove vai di bello?"

"Oh, solo... a vedere un negozio."

"Solo a vedere un negozio?" ribatte Adelaide, sperando che io aggiunga qualcosa.

"Un tempo c'era un rigattiere, qui sotto, ma stanno per venderlo. Non vorrei che lo facessero, ecco tutto. È lì che sto andando."

"Ma che peccato che lo vendano! È un delitto. Veniamo con te."

"Con me?"

# 13.

In principio era il diluvio universale.

Mio padre ci aveva spiegato che lo si menzionava in quasi tutte le culture del mondo antico. Dalla Scandinavia all'Egitto, dall'India alla Cina, dalla Grecia all'Indonesia, erano tutti d'accordo che ci fosse stato un tempo in cui le acque avevano ricoperto la Terra, sommergendo le montagne e sfiorando i cieli. In pochi erano sopravvissuti, solo i prescelti: chi si era preparato, chi aveva costruito un'arca.

"Cosa carichereste sulla vostra arca per sopravvivere?" ha chiesto una sera a me e ad Andrea.

"Un frigorifero," ho replicato subito.

"Un *frigorifero*?" È parso deluso. "Un frigorifero non è indispensabile." Ha fatto un sospiro profondo. "Dovresti saperlo, puoi farne benissimo a meno."

"L'essiccatore?" ho ribattuto allora, sperando che fosse una risposta migliore.

"Sciocchezze," ha scosso la testa lui. "Ne hai uno enorme sopra la testa. Il sole."

Ha lanciato un'occhiata interrogativa a mio fratello. Lui ha ricambiato lo sguardo senza rispondere, lasciando intendere che non gliene importava niente di prepararsi per un'evenienza simile. Da quando era stato in città e aveva scoperto il mondo fuori dalla Rocca, non ci credeva più.

"Possibile che non vi venga in mente niente?" è sbottato papà tornando con gli occhi su di me. .

Nel vedere la sua delusione, mi si è aperta una voragine nel petto e mi è sembrato di precipitarci dentro. Il cuore ha iniziato a pompare. Per sopravvivere... per sopravvivere... cosa caricherei sulla mia arca? Ma la mia mente era in blackout.

"Un negozio di alimentari?" ho tentato infine, pur sapendo di sbagliare.

"I negozi sono un'invenzione inutile! I negozi sono l'origine di tutti i nostri mali!"

Era la risposta più sbagliata che potessi dare. Andrea si è tirato su a sedere, forse per difendermi nel caso in cui papà avesse alzato le mani, cosa che non ha fatto. Si è limitato a mettersi in piedi e a guardarci rammaricato.

"La risposta giusta era semi," ha sibilato infine.

"Semi?" ho ripetuto con un filo di voce.

"I semi occupano poco spazio e racchiudono una quantità di cibo pressoché illimitata. Dovreste saperlo."

Era un'idea intelligente, elegante, estrema, proprio come lui, e io non ero stata in grado di arrivarci. Per ogni domanda di mio padre esisteva soltanto una risposta corretta, per questo era facile sbagliare. Esigeva la perfezione.

"E poi ci caricherei Andrea, sulla mia arca," ho sdrammatizzato. "Occupa un sacco di spazio, ma è insostituibile."

Mio fratello si è sporto dal letto per darmi una spinta giocosa, ma era scuro in volto.

"Sulla vostra arca dev'esserci posto solo per l'indispensabile," ha sentenziato papà. "Il resto non è che un peso."

Intendeva dire che gli altri non erano indispensabili?, mi sono chiesta una volta che è uscito dalla stanza. La prospettiva di ricominciare da zero in un mondo ripulito dalle acque o dal fuoco, senza punti di riferimento, mi terrorizzava; senza il mio coniglio di peluche, l'oca di ceramica, i miei libri o i film che ci faceva vedere la mamma non ce l'avrei mai fatta. Forse non erano indispensabili, ma di certo erano essenziali. Secondo me il vecchio Noè, con la sua barba bianca, avrebbe chiuso un occhio su tutte le cose inutili che volevo portarmi dietro. Nel suo mondo nuovo ci sarebbe stato posto anche per loro.

La conversazione mi aveva lasciato un malessere che conoscevo, la certezza di non meritarmi l'affetto e la considerazione di mio padre, che rimaneva sempre e comunque inaccessibile. Come un Dio.

Nel silenzio della notte, mi sono aggrappata al ricordo del *Nuovo mondo*. Pur sentendomi colpevole, ho pensato e ripensato a quel posto lontano, forse origine di tutti i nostri mali, ma dove le persone erano gentili e facevano qualcosa di bello e appagante, senza per questo sentirsi colpevoli.

All'improvviso, una parte di me spera di trovare *Il nuovo mondo* chiuso, la saracinesca abbassata, come sempre negli ultimi cinque anni, senza nessun cartello. Sarebbe come quando in un sogno ci si sveglia di colpo rendendosi conto che non si può più intervenire per modificare quanto stava accadendo, ma non importa, tanto non stava accadendo realmente. E se il cartello non ci fosse più? La vita avrebbe scelto per me. Sarebbe più facile.

Invece il cartello è lì, e la porta è spalancata. Riconosco la ragazza dell'agenzia attraverso la vetrina. Cerchietto anche oggi e scarpe col tacco. È sola e si guarda intorno come in balìa di un dissidio interiore. Sotto sotto questo posto le piace o davvero lo considera un'incombenza da sbrigare al più presto? I vestiti firmati esprimono la sua vera personalità oppure sono solo una corazza di protezione? Vive imbrigliata in un contegno che in realtà non le appartiene? Saranno elucubrazioni infondate le mie, ma ho l'impressione che sia una persona un po' a metà. SetaMistoLana. Ecco come la chiamerò.

Adelaide sta varcando l'ingresso con la figlia per mano. "Ma quanto è bello questo posto!"

Gli occhi di SetaMistoLana ci raggiungono subito, mi fa un cenno per farmi capire che mi ha riconosciuta, poi fissa con uno sguardo tra il perplesso e il divertito Adelaide nel suo vestito argentato e la bambina con la corona.

"Qua le mie creazioni starebbero be-nis-si-mo!" esclama Adelaide, senza lasciarsi intimidire. Mi stringe l'avambraccio come se fossimo intime. "Cioè, te l'immagini?"

Non so come potrei immaginarmelo, penso sorridendo, dal momento che non le ho mai viste.

"Il negozio è in vendita," chiarisce SetaMistoLana, nel caso il cartello VENDESI non fosse abbastanza esplicito.

"Credo sia fuori dal mio budget..." Adelaide si gira verso di me. "Ho appena seicento euro sul conto. E tu?"

Sento le guance avvampare. Io non ce l'ho nemmeno, un conto. Tengo tutto in una cartellina: i contanti, le ricevute, il blocchetto su cui faccio i calcoli di fine mese. Non avanza mai molto, nonostante ci stia attenta, ma ho un fondo emergenze e infortuni e cerco di mettere da parte qualcosa per la pensione.

Sarei venuta qui soltanto per dare una sbirciatina da fuori, senza farmi vedere. Solo per assicurarmi che *Il nuovo mondo* abbia riaperto davvero, che non sia stato ancora venduto, e che, forse, ci sia una remota possibilità di salvarlo. Per sentirmi un po' più forte, ecco perché sono venuta.

"Certo che per lavorare di domenica dev'essere un affare importante," butta lì Adelaide a SetaMistoLana.

"Il business non va mai in vacanza. Non in questa città," risponde lei controllando le notifiche sul telefono. "La prima cosa da fare è sgombrare tutto."

"Sgombrare...?" ripeto io, incerta.

Sgombrare posti così dovrebbe essere un reato. Che cosa rimarrebbe? Solo muri e umidità e polvere.

"Queste cose hanno un valore," mi lascio sfuggire.

Adelaide mi guarda con approvazione.

"Un valore?" chiede SetaMistoLana aggiustandosi il cerchietto.

"Hanno bisogno soltanto di un po' di cura."

"Mi stai dicendo che renderei milionario il mio svuotacantine?"

"Milionario non lo so, ma si possono ricavare un bel po' di soldi vendendole."

La mia temerarietà mi stupisce e sembra piacere ad Aria e Adelaide. Se prendo tempo ho più speranze di rintracciare Margaret, ecco quello che penso.

Per la prima volta, SetaMistoLana mi guarda come se mi vedesse davvero. "E chi la comprerebbe questa roba?"

Mi stringo nelle spalle, cercando il tono giusto. "Un sacco di gente..."

È come quando ti butti in acqua senza saper nuotare: puoi solo fare di tutto per rimanere a galla.

La ragazza mi lancia uno sguardo scettico e riprende a compulsare il cellulare. Ma io ho una missione. E mi è venuta un'idea.

"Se vuoi posso lasciarti il mio numero. Nel frattempo mi informo, conosco quasi tutti nel quartiere e... molti appassionati di vintage."

Mi guarda, valutando se accettare. Poi risponde: "Va bene, lasciamelo, non si sa mai".

Tiro fuori dallo zaino un post-it e lo annoto sopra velocemente. Glielo consegno.

"Potevi farmi uno squillo," ribatte lei senza sapere bene che farsene, del foglietto.

"Mi piace scrivere sulla carta, mi sembra di lasciare un segno nel mondo."

Adelaide e la bimba applaudono, con mio grande imbarazzo.

“Okay, andiamo,” fa poi Adelaide per cavarmi d’impaccio.

“Lasciate pure aperta la porta, poetesse!” grida SetaMistoLana avviandosi verso il retro. “Così magari entra qualcun altro.” E aggiunge a bassa voce, ma non abbastanza da non farsi sentire: “Qualcuno con meno idee e più soldi!”.

Una volta fuori, Adelaide mi chiede di lasciare il numero pure a lei.

“A che cosa ti serve? Puoi scendere a bussarmi,” rispondo. “Sono al piano di sotto.”

“Lo farò prima di quanto immagini.” Mi afferra la mano. “Anzi, meglio ancora. Sali subito da noi. Voglio mostrarti le mie creazioni.”

# 14.

Per ventidue anni non ho visto altra abitazione oltre la Rocca e quella di mia nonna. Le sognavo, le case degli altri, come sognavo le loro vite. Divoravo con gli occhi quelle che comparivano nei film, attenta a ogni dettaglio. Dove custodivano le chiavi, che tipo di frigorifero tenevano in cucina, se c'erano tappeti o il letto a baldacchino (anch'io ne avrei voluto uno), a che piano stavano, se c'era il giardino. Nei film le case rispecchiavano quasi perfettamente la personalità di chi le abitava, mentre col mio lavoro ho scoperto che nella vita non è proprio così. Le case vere rappresentano una parte imperscrutabile di noi, a volte sorprendono perfino chi crede di conoscerci.

Il salotto di Adelaide è pieno di piante e giocattoli ed è disseminato di vestiti d'ogni foggia e colore, stampati, di tulle, di seta, ricamati. Sul frigo sono appese decine di cartoline e di post-it, una dozzina di libri sono impilati in equilibrio sul sellino di una bicicletta da bambina. Al centro della stanza c'è un divano rivestito di velluto blu elettrico. Avrei voglia di tuffarmici.

Magari l'atmosfera sembra quella di un atelier, ma in realtà è l'appartamento di un'adulta che ha una figlia, di qualcuno che è andato avanti rispetto a quando era giovane e sprovveduto, ancora incerto sul da farsi. È in disordine, perché la vita è disordine. Tutto il contrario di casa mia, dove ogni cosa è sempre al suo posto, senza tracce del passaggio di qualcuno che non sia io.

Aria corre a nascondersi nella gonna di tulle di un abito giallo canarino.

"Ecco le mie creature," dice Adelaide mostrandomi orgogliosa gli abiti che disegna e cuce in ogni ritaglio di tempo libero. Il banchetto con la macchina da cucire è sotto la finestra.

Adelaide fa la commessa in un negozio di una catena di fast fashion, mi racconta, ma ciò che davvero la entusiasma è la sartoria. Solleva il vestito giallo dal divano e se lo appoggia addosso. Il vestito ha un corpetto morbido e un'ampia gonna a strati da cui Aria, ancora nascosta, emette dei gridolini. È bellissimo.

"Ventiquattro ore di lavoro. Tulle di seta. Interamente cucito a mano. Toccalo..."

Allungo le dita e mi sorprendo: ha la consistenza di una nuvola.

"Forza, vieni fuori," esclama Adelaide rivolta alla figlia. "Tu hai i tuoi."

Aria esce dalla gonna e scappa verso la stanza da letto. Per un attimo penso a quanto vorrei che la loro vita fosse la mia.

"Quindi, tu sei una di quelle persone che riescono ad assemblare i mobili senza inveire contro tutto il Creato?" mi chiede Adelaide.

"Sono di quelle che inveiscono solo contro sé stesse."

"E potresti aiutarci a montare una libreria?"

Mi sta già mostrando una scatola pesante e compatta, nascosta dietro al divano.

"Quando ho ordinato una libreria pensavo arrivasse una libreria, invece è arrivata questa. Cioè, il pezzo più grande sarà venti centimetri. E io ho sempre odiato i Lego."

"Fammi vedere," rispondo, sentendomi forte e un po' più matura di qualche attimo fa, solo per il fatto di poterla aiutare.

Nel tirare fuori i pezzi, però, mi rendo conto che non è legno solido, ma compensato di betulla, e non ci sono neanche i buchi per le viti.

"Posso montartela, ma non reggerebbe a lungo. Non penso ne valga la pena. Facciamo così: te ne cerco una in giro. Meglio una libreria di seconda mano ma robusta, che una nuova ma fragile. Non trovi?"

Inclina la testa. "In che senso *in giro*?"

"La gente si disfa di cose recuperabili. Ci vuole solo un po' di fortuna."

Mi guarda con quello che ai miei occhi appare un misto di ammirazione e incredulità.

"Armandosi di pazienza, e sapendo dove cercare, è probabile trovarne una carina. Io so dove cercare, la pazienza ce la devi mettere tu."

Si stringe nelle spalle. "La scatola era lì da un secolo. Non penso che cambierà molto se i nostri libri aspetteranno ancora un po'. Mi sa che ormai ci hanno preso gusto a starsene sparsi qui e là." Poi indica la scatola: "Ma di questa che ne facciamo? L'ho comunque pagata settantanove euro e novanta".

"Facciamo Pinocchio."

"Cioè?"

"La trasformiamo in taglieri, vassoi, sottobicchieri, sculture... O magari in una casa delle bambole," aggiungo, ispirata dalla vista di Aria che è tornata da noi.

"Sììì! Una casa delle bambole!" batte le mani lei, felice.

"Aggiudicato," esclama Adelaide, contenta quasi quanto sua figlia. "Una casa delle bambole! È il sogno di Aria. Grazie davvero. Noi siamo negate nel bricolage. Però siamo simpatiche, no?"

Mi rivolge un sorriso a trecentosessanta denti.

"Molto," confermo, studiando i pezzi di compensato per nascondere l'imbarazzo. "Le dimensioni ci sono, si tratta solo di disegnare un progetto... Avete carta e penna?"

Aria corre di là a prenderli, pronta a farmi da assistente.

Il suo entusiasmo mi riporta all'infanzia, mi rivedo bambina alla Rocca. Se aveva ceduto il tetto della rimessa o perdeva un tubo, se il generatore smetteva di funzionare, nostro padre indiceva una riunione con me e mio fratello, dove analizzavamo il problema e offrivamo soluzioni. Lui non si esprimeva: accoglieva le nostre proposte e cercavamo di metterle in pratica. Non sempre funzionava alla prima, ma era importante dimostrare di potercela cavare da soli. Usare la testa prima di usare le mani, diceva. E ogni volta che lo diceva, mi tornava in mente lo Spaventapasseri del *Mago di Oz*: "Un cervello è l'unica cosa che vale la pena possedere a questo mondo, che si sia cornacchie o uomini". Non ci avrebbe cresciuto, aggiungeva nostro padre, come i nostri coetanei, schiavi inconsapevoli della Terribile illusione, di una società del consumo dove non si pensava più, non si sapeva *fare* più niente, non si poteva essere sé stessi, solo semplici varianti di un modello base. Erano discorsi che mi facevano sentire importante, che mi davano la certezza che tutti i miei sforzi erano per una giusta causa. Riuscire nelle operazioni con papà mi faceva stare bene.

Se ci dimostravamo incapaci di trovare una soluzione a un problema, però, si rabbuiava e ci fissava con un misto di risentimento e amarezza, come se gli facessimo un torto, e per punizione ci chiudeva nello sgabuzzino, a volte per ore. A riflettere, diceva. Girava la chiave nella serratura e spegneva la luce da fuori. Lo chiamava "il pensatoio".

Nello stanzino non c'erano termosifoni né finestre, era gelido d'inverno e soffocante d'estate. Mio padre sosteneva che il disagio aiutava a non assopirsi, a pensare con lucidità. Al buio, giocavo a indovinare il contenuto delle conserve solo tastandone il vasetto e l'etichetta. Facevo le moltiplicazioni difficili. Saltellavo per scaldarmi. Andavo indietro nella memoria in cerca del primo ricordo della mia vita. Il tempo nel pensatoio non passava mai. Non mi veniva in mente niente, chiusa là dentro. Era come non esistere. Era peggio di morire.

"È bellissima!" squittisce Aria, riportandomi alla realtà.

Lo schizzo della casa delle bambole è finito, l'ho eseguito senza quasi rendermene conto. Nel petto mi è calato un macigno. Ogni volta che ripenso alla Rocca, tutto quello che mi circonda si fa scuro e mi sembra di precipitare in un buco nero. Anche respirare mi costa fatica. È lontana anni luce, ma io sono ancora lì.

"Allora in questi giorni modello i pezzi e la assemblo, okay?" dico alla bambina.

"Sì! Vieni a vedere camera nostra?"

La stanza è festosa. Alla struttura di un letto a castello sono appesi un cappello a cono da fata e un boa di piume fucsia. Oltre al letto a castello, ci sono un tavolo e una sedia a misura di bambino con sopra disegni e matite. Sul lato opposto, invece, una lunga rastrelliera è stipata di creazioni sartoriali coloratissime. In terra, ordinatamente in fila ci sono una decina di paia di scarpe. Aria si sta infilando delle ali di farfalla, di certo opera della madre.

All'improvviso sono completamente presente: mi rendo conto che non solo sono in casa di qualcuno, ma ci sono senza una ragione precisa. Senza un compito. Per una volta, non è lavoro. Mi godo un insolito tepore nel petto, la sensazione di non essere soltanto una mano attaccata a un cacciavite, e mi avvicino agli abiti.

Il sogno di Adelaide sarebbe vivere delle sue creazioni di sartoria, mi dice, così da poter lasciare l'attuale lavoro, che la prosciuga un giorno dopo l'altro, rendendola esausta; tutto questo per vendere vestiti di materiali scarsi, inquinanti, fabbricati da gente sfruttata, a clienti sempre di fretta e indifferenti, sorvegliata da un responsabile dall'atteggiamento padronale e misogino.

D'altra parte non è così semplice, avrebbe bisogno di più tempo per dedicarsi agli abiti che crea, dovrebbe farsi conoscere, tenere i prezzi bassi per avvicinare i clienti, trovare un posto da adibire a showroom... "Tutto un casino. Solo sogni senza ali," commenta, guardando quelle della figlia.

Le ci vorrebbe un lavoro meno impegnativo e meglio remunerato, mentre fabbrica le ali per il suo sogno, ma tutti i colloqui che ha fatto non hanno portato a niente. I datori di lavoro vogliono ragazze dinamiche e preparate, ma nessuno sembra disposto a pagarle quanto meriterebbero o a garantire orari che permettano di avere una vita al di fuori del lavoro.

"Immaginati un angolo dedicato ai miei vestiti in un negozietto magico come *Il nuovo mondo*. Varchi la soglia e sei in un'altra dimensione, ti lasci tutto alle spalle. Sei circondato di bellezza, di opportunità, anche quella di indossare l'abito che avevi sempre sognato... Che pazzia che vogliano sgombrare e vendere quel posto senza interessarsene minimamente."

Adelaide sembra rattristata quanto me e questo mi fa un certo effetto. Senza averlo deciso, le racconto di Dorothy, di come teneva al negozio, e di Margaret, che ha misteriosamente rinunciato. Adelaide si incupisce ancora, poi alza lo sguardo e proclama: "Sono stufa di aspettare".

"In che senso? Di aspettare cosa?"

"Appunto, cosa? Questa è la vera domanda. Ormai nella nostra società non si fa che aspettare. Aspettare che ci venga resa giustizia, che le cose cambino, che il futuro migliori, che accadano i miracoli, oppure arrendersi, ma certe volte non si sa neppure a che cosa arrendersi, e così si aspetta e basta."

Non vorrei ammetterlo, ma per quanto mi riguarda è proprio così. La mia vita è una lunghissima attesa che non mi stupirei se risultasse infinita.

"E lo spirito combattivo del passato?" incalza Adelaide. "Prima si lottava! Ci si opponeva, si ostacolava, si sabotava... E questo portava a risultati concreti. Tu ci tieni a questo negozio, vero?" mi chiede. "Lo si capisce lontano un miglio."

Non posso che annuire, fissandomi le dita screpolate, e intanto mi sforzo di intuire dove vuole andare a parare. Non devo sforzarmi troppo a lungo.

"Bisogna boicottare le visite al negozio mentre cerchiamo di rintracciare Margaret," sentenzia Adelaide con l'espressione di chi non ammette repliche.

Il fatto che abbia usato il plurale mi smuove dentro qualcosa, sento che potrei scoppiare a piangere. Una reazione assolutamente inopportuna, che cerco subito di soffocare.

"Un'idea un po' folle," azzardo invece.

"Certo. Ma cosa sarebbe la vita senza un po' di follia?"

*Magari non troppa*, vorrei dire...

"Cominciamo dalle basi," prosegue lei in tono pratico, "stacchiamo il cartello."

"Il cartello VENDESI?"

"E quale se no? Ci andremo stasera stessa."

Mi scappa una risatina a metà tra un ghigno e uno starnuto. Le parole della signora Dalia tornano a ronzarmi in testa. *Tu non hai scuse, eppure non vivi.*

"È una pazzia... ma è meglio di niente," dico alzando le mani in segno di resa.

"Bene, è deciso. Però aspetta un attimo, manca un dettaglio importante. Perché non provi uno dei miei vestiti?"

"Grazie, ma..."

"Ne ho uno che ti starebbe benissimo."

"È che..." Non so bene come metterla giù. "Non mi piace dare nell'occhio."

"Ti svelo un segreto: dai già nell'occhio. Una ragazza vestita da idraulico, con una gigantesca borsa degli attrezzi, e sempre sola. Più nell'occhio di così..." Poi aggiunge, prima che io varchi la soglia: "Ti svelo un altro segreto: lo sapevo già che ti chiami Gea, che sei l'artefice degli origami letterari, e ti ho anche visto appendere i cartelli in tutto il condominio".

# 15.

Eugenio sta per attaccare la seconda tortina alla Nutella, parte del pasto che sua madre mi ha affidato ieri al *Nulla*. Pilucco la mia porzione di lasagne, per fargli compagnia. Sono troppo abituata a dormire con lo stomaco quasi vuoto, pronta a scattare in piedi se ce ne fosse bisogno.

Ripenso al cartello che giace sotto il mio letto, VENDESI. Per il furto, Adelaide ha voluto che indossassimo dei passamontagna che ha cucito lei stessa: fucsia con gli strass.

"Non il massimo per passare inosservate," mi sono permessa di dire, ma lei mi ha risposto che nessuno si stupisce di niente, figuriamoci chi avrebbe fatto caso a noi, alle otto e mezzo di domenica sera. Comunque non c'era tempo da perdere, aspettavo il figlio di un'amica a casa mia per le nove.

"A che cosa pensi?" chiede ora Eugenio, pulendosi la bocca con il tovagliolo.

Racchiudere in un'unica frase quello che ho in testa è impossibile. Sono tutta un pensiero. La mia routine è saltata, le carte si sono mescolate, i punti di riferimento sono sfumati.

"Penso al *Nuovo mondo*."

"Dovresti uscire dal quartiere ogni tanto," butta lì lui, facendo sparire in bocca l'ultimo pezzo di tortina.

"Che te ne fai di una città quando hai un quartiere?"

"Non sai quant'è bella la città che cambia giorno per giorno, perfino ora per ora. E che spettacolo è di notte.” Gli si sono illuminati gli occhi, come ogni volta che parla dei suoi giri in corriera. “La 91 percorre tutta la circonvallazione, non si ferma mai. Uno potrebbe salirci sopra e girare in eterno, la città che scorre fuori dal finestrino. Qualunque preoccupazione, piccola o grande, si ridimensionerebbe fino a diventare un puntino. E poi sparire.” Alza le spalle.

Capisco perché questo sia un pensiero rassicurante per lui. È più o meno quello che mi dico io quando passo le serate sprofondata nella poltroncina a fiori del salotto, fantasticando di non uscire mai più di casa: sarebbe assurdo, certo, ma anche una possibilità concreta, se solo lo volessi, e questo mi fa sentire meglio. Mi dà l’impressione di avere una via di fuga.

Eugenio ha ancora addosso la sua divisa. Se non l’avessimo confezionata insieme l’avrei scambiata per l’originale. Abito blu, camicia azzurrina, cravatta rossa, d’inverno il gilet bordeaux.

La divisa rimane sempre a casa mia, su un appendiabiti in salotto. Eugenio ha un doppione delle chiavi. Dopo scuola, sale da me a cambiarsi e poi monta sulla 91 delle 13.56, si siede sempre vicino al finestrino. Torna verso le cinque, si sfila la divisa, si riveste, attraversa il cortile e sale a casa sua. Ci salutiamo dalla finestra. Il sabato e la domenica, fa un turno lungo tutto il giorno. Ai genitori racconta che studia in biblioteca. Non accetterebbero che coltivi il sogno di fare l’autista, pensano che nel suo futuro debba esserci la tavola calda. Io lo copro perché capisco quanto gli sia necessario, il suo sogno. Tra l’altro i libri se li porta davvero, e so che li legge.

Eugenio chiama gli autobus “corriere” per via di sua nonna. L’estate, per andare al mare dal paesino del primo entroterra dove abitava lei, prendevano la corriera tutti i giorni.

“Quando si è ammalata,” mi ha raccontato Eugenio, “le ho promesso che avrei imparato a guidarne una per andare a prenderla all'ospedale e riportarla a casa. Non ho fatto in tempo... Ma voglio imparare comunque. Così un giorno, quando la raggiungerò, lo farò in corriera."

Mi è sembrato un ottimo motivo. Se tutti scegliessero così il proprio mestiere, forse sarebbe un mondo migliore. Un mondo con più sorrisi e meno malumore, questo è certo.

Alle dieci e trentaquattro mi squilla il cellulare. Non rispondo mai al telefono, uso solo i messaggi, ma qualcosa mi dice che potrebbe essere importante. E poi con me c'è Eugenio, mi sento più al sicuro.

Accenno un "Pronto?" uscendo sul balcone.

"Scusami, ti disturbo?"

È una voce femminile. Rispondo di no, senza aggiungere altro. Meglio non dare troppa confidenza, nel caso volesse cercare di vendermi qualcosa. Detesto mettermi a discutere per far valere le mie ragioni contro qualcuno che vuole propinarmi qualcosa a scatola chiusa.

Perché un no non basta? Succede troppe volte nella vita: uno vuole dire no, un semplice e inoffensivo no, e dall'altra parte ribattono, ma perché no? Come sarebbe bello se il mondo accettasse più spesso un no come risposta. Vuoi comprare una scorta di detersivo per un anno? No. Vuoi cambiare auto, gestore, cellulare, casa, gatto, cane, dentifricio? No. Vuoi sedici paia di mutande al prezzo di dodici, andare su Marte, un hamburger consegnato in un minuto? No, no e no. Vuoi muscoli d'acciaio, vivere centoventi anni, perdere dieci chili? No. Vorrei poter dire di no.

"Mi chiedevo se ci sono aggiornamenti sulla possibilità di vendere le cose del negozio d'antiquariato," trilla la voce. "So che è domenica sera, ma sai, il tempo è relativo. E noi ne abbiamo poco."

SetaMistoLana! Che occasione insperata! Poco fa, con Adelaide, siamo giunte alla conclusione che l'ideale sarebbe se io riuscissi a rimanere un po' sul posto, durante le visite al negozio, mentre elaboriamo un piano. Tornando a casa, mi è venuta un'idea al riguardo. Saltando i gradini a due a due mi sono sentita leggera, pur non sapendo se avrebbe funzionato, e adesso lei mi sta offrendo la possibilità di metterla alla prova.

"Sì, in effetti..." dico schiarendomi la voce.

Temevo di dover essere io a prendere l'iniziativa e affrontare questa conversazione vis-à-vis, magari domani al negozio, con tutte le difficoltà del caso, i tremolii, i passaggi a vuoto, l'incertezza della voce. Al telefono si nota meno l'imbarazzo e questo mi dà già margine per il bluff.

Il cuore pompa a mille. "Sono riuscita a sentire un po' di commercianti e antiquari qualificati e, sulla base di quello che gli ho potuto raccontare, si sono dimostrati abbastanza interessati."

"Sento che c'è un però."

Lancio un'occhiata a Eugenio attraverso la porta a vetri. Legge un fumetto, ignaro del teatrino che ho appena messo in piedi.

"Ce ne sono due, di 'però'," preciso, spero con il tono giusto.

"Ovvero?"

Faccio un'altra pausa, ma più breve, il tempo di riordinare i pensieri e formulare la frase nel modo migliore possibile.

"Il primo," dico, "riguarda l'inventario. Vogliono l'elenco di tutto ciò che è in vendita, pezzo per pezzo, con tanto di foto e informazioni dettagliate." Pausa di ricognizione. Tono rammaricato. "Non credo che voi lo abbiate... Mi sbaglio?"

"Non penso proprio," ribatte lei, delusa.

"D'altra parte, fare un bell'inventario non è un'impresa impossibile. Solo laboriosa e specifica."

"D'accordo, ma chi ha tempo?"

"Facile, io."

"Ah." SetaMistoLana è presa in contropiede. "Okay..."

Casa mia è completamente inventariata, vorrei aggiungere, ma preferisco tenermelo per me. Suonerebbe di sicuro esagerato, anche se è vero.

Visto che non dice altro, continuo.

"Veniamo al secondo 'però': le cose le vorrebbero aggiustate, rimesse a nuovo, pronte per essere rivendute..." Pausa tattica. "Ci sarebbe un bel po' di lavoro da fare."

"E chi potrebbe farlo?" sospira, sempre più scoraggiata.

Nonostante non mi veda, sfodero un'alzata di spalle, insieme al tono umile di chi si sacrifica senza fartelo pesare. "Facile facile," rispondo. "Sempre io."

Segue un silenzio talmente lungo che temo di aver fallito. Probabilmente, sta per declinare. E invece: "Domani sarò al negozio, se vuoi passare... Ne parliamo".

Cerco di trattenere l'entusiasmo, mentre dico che va bene e la saluto. Piccola grande vittoria. E per di più, inattesa. Penso che sarebbe il caso di provare a congratularmi con me stessa, se solo sapessi come fare. Allora guardo Eugenio, e gli sorrido attraverso il vetro.

Apro l'armadio di mogano del salotto. Avrei dovuto sostituirlo con uno in metallo, più sicuro sotto tutti i punti di vista, ma questo era della nonna e ci sono affezionata. Quando sono arrivata, era stipato di lenzuola che sapevano di lavanda vecchia. Alcune lise, altre macchiate. Anche lei faceva economia. La maggior parte le ho trasformate in stracci per pulire la casa. Le altre, le uso. Ne prendo un paio, ora, e improvviso un letto al centro della stanza.

Nell'armadio custodisco anche una serie di oggetti curiosi recuperati in giro. Per esempio, una radio solare portatile. Ecco una cosa che piacerebbe a mio padre! Frequenze AM / AF / SW / NOAA con tanto di torcia, allarme e bussola.

Eugenio si diverte a passare in rassegna gli oggetti che conservo e a inventarsi con me il loro passato. Li chiama "i tuoi tesori". Il suo preferito è un'antica macchina fotografica a soffietto. Gliela consegno, adesso. "Per il tuo compleanno."

"Ma se è fra tre mesi!"

"Allora per Natale."

"Quello è tra un secolo," ride lui.

"Insomma, non dev'esserci sempre un motivo per fare un regalo."

Ha quasi le lacrime agli occhi. "L'hai riparata!"

"Non potevo mica dartela rotta. Gli oggetti ci piacciono vivi, non impagliati."

"Posso dormire qui, stasera?"

Ogni volta mi guarda speranzoso, come se ci fosse bisogno di chiedermelo.

"Secondo te, questo letto per chi lo sto preparando?"

## 16.

Nell'appartamento sopra il mio, di fronte ad Adelaide e Aria, si è trasferito da poco un ragazzo che soffre d'insonnia. Non sono ancora riuscita a vederlo bene in faccia, lo incrocio di rado e porta sempre una felpa nera con il cappuccio tirato sulla testa. Dietro c'è scritto: *Non può piovere per sempre.*

È uno studente, ho sentito dire da qualcuno. Pensavo che gli studenti facessero feste, mangiassero la pizza con gli amici sul divano lasciando pile di cartoni e bottiglie vuote in giro e tenessero la musica a tutto volume. Questo studente, invece, non sembra avere né amici né uno stereo. Si fa sentire in un altro modo: di notte cammina avanti e indietro per ore.

Anch'io spesso faccio fatica a dormire, ma perché non rimanere a letto a leggere o non sedersi a guardare il cielo? Certo, le stelle sono sbiadite, in città non è mai davvero buio, ma si possono passare ore a guardare le luci disegnare traiettorie nella notte, a sognare pianeti ed extraterrestri.

Da piccola, quando mi svegliavo dopo un incubo, sgattaiolavo in bagno e aprivo la finestra. Cinquanta centimetri sotto il davanzale c'era il mattone sporgente, ero allenata a scendere. Mi sdraiavo sul prato dietro casa ad ammirare il cielo. Quella calotta nera tempestata di stelle ridimensionava la mia vita. Cosa contava che non conoscessi nessun coetaneo, che non fossi mai entrata in una scuola, che non avrei visto il mondo perché era troppo pericoloso, che cosa contava, quando l'universo esisteva da più di tredici miliardi di anni? Cosa contava quella sorta di nodo alla gola che mi veniva di punto in bianco e non se ne andava, cosa contavano la paura delle catastrofi e il terrore di morire che a volte diventava *voglia* di morire, quando le galassie più piccole del nostro universo contenevano centinaia di milioni di stelle?

Avevo visto le foto fatte dalle sonde spaziali in un libro che studiava mio padre. Saturno era una sfera perfetta con intorno gli anelli separati da piccole lune. Nettuno era tutto cielo. Urano aveva il cuore di ghiaccio. Marte era un deserto rosso. Venere, un gingillo d'oro. Mercurio, una perla screziata di blu. Sfere colorate e misteriose che giravano su sé stesse e intorno al sole, sospese nella polvere di stelle.

"Ah, meravigliosa, straziante bellezza del Creato," mi ripetevo, citando il rifacimento di *Otello* a opera di Pasolini che ci aveva fatto vedere la mamma.

Avrei voluto farmi bastare quello che avevo, invece tutto ciò che desideravo in quelle notti era partire per lo spazio dove non esisteva fine e poi girarmi ad ammirare la Terra da lontano. Come nella famosa foto della sonda *Voyager 1*, *Pale blue dot*, era solo un puntino. Tutto avrebbe cambiato prospettiva: le case sarebbero diventate scatole di fiammiferi, le strade scie di una lumaca, i palazzi mazzi di asparagi, e i miei grandi problemi i giochi di una bambina.

Per mio padre l'astronomia era una sorta di manuale d'istruzioni per il futuro, per me un libro di poesia. Non può essere davvero perduto, chi ha ancora voglia di esplorare.

Anche oggi, quando mi sento giù, penso all'universo e ai suoi segreti. Il nostro pianeta è un miracolo, ma nessuno sembra farci caso. Siamo l'improbabile, quasi l'impossibile, e ci diamo per scontati.

Sono simili a questi i pensieri che tengono sveglio il mio vicino? È un'ora che sta camminando sopra la mia testa, *un due tre*, *un due tre*, *un due tre quattro*, *un due tre quattro*. Provo a ricostruire i suoi movimenti. In cucina apre e richiude frigo e sportelli, accende e spegne la luce del bagno, apre e richiude rubinetti, armeggia con qualcosa di pesante in quello che credo sia il salotto...

Inutile tentare di riprendere sonno. Mi alzo, e, avvolta nella coperta, vado nella stanza laboratorio, attenta a non svegliare Eugenio.

Tiro fuori l'elegante carta da lettere che mi ha regalato la mamma. "Se ti senti sola," mi aveva detto consegnandomela la mattina del mio decimo compleanno, "scrivi una lettera e spediscila. Non si è mai veramente soli se si ha qualcosa da dire." È uno dei regali più belli che abbia mai ricevuto, uno dei pochi, perché mio padre non credeva nei regali, quindi a casa nostra non ce li facevamo quasi mai. È spessa, bianco avorio, e ha delle giraffe dipinte ad acquerello sul bordo inferiore dei fogli e sul retro delle buste. Dentro la scatola ci sono fogli e cartoncini di due diversi formati.

Prendo un cartoncino piccolo, pesco la stilografica dalla tazza con le penne e mi metto a scrivere. Poi, sempre avvolta nella coperta, scalza, apro la porta di casa e salgo al piano di sopra.

Non accendo la luce delle scale. Preferisco rimanere al buio, per evitare di essere vista da qualcuno e scambiata per uno yeti o una nuvola con i calzini a cuori.

Da sotto la porta d'ingresso del ragazzo filtra la luce. Mi chino cercando di tenere la coperta sollevata in modo che non tocchi terra, e faccio scivolare dentro il biglietto.

*Dormire è distrarsi dal mondo.*
*J.L. Borges*

I passi si interrompono. Sento il fruscio del biglietto sul pavimento. Attendo col cuore a mille per il rischio che apra la porta. Invece riprende a camminare come prima, a ritmo ancora più serrato. Ignorando il mio implicito consiglio.

# 17.

Spesso trovavo mia madre sdraiata sul divano ad ascoltare musica lasciando vagare lo sguardo nella stanza, abbandonato. Mi capitava di sorprenderla a ballare nella penombra, con le braccia alzate, le dita sottili che nuotavano nell'aria; si lasciava cullare da melodie dolci-amare, persa in un'altra dimensione. Potevo trovarla immersa nella lettura di un libro, così assorta da non avermi neanche sentito entrare, oppure a dipingere o a studiare qualche bell'oggetto che papà aveva portato a casa. Sulla soglia, i miei occhi si ancoravano a lei, guardarla era come stringere il filo di un palloncino perché non volasse via. Quando finalmente si accorgeva della mia presenza, mi faceva segno di avvicinarmi.

"L'arte è un modo di viaggiare senza bisogno di andare da nessuna parte," sussurrava. "È la nostra fortezza, nessuno potrà espugnarla."

Era con questo spirito che istruiva me e Andrea. Cultura e bellezza erano le armi più potenti contro le cattiverie del mondo, erano ciò che ci avrebbe salvato.

Io avrei voluto soltanto una cosa: poter salvare lei, essere salvata da lei.

Adelaide ha spalancato la porta di casa con addosso un vestito a balze rosso fuoco. Mi aveva fatto promettere di avvertirla *subito* se ci fossero state novità sul negozio ed eccomi qua, alle otto e mezzo di lunedì mattina, nel suo ingresso.

Ero rimasta per un pezzo sullo zerbino a forma di cuore, indecisa se bussare. Temevo che ci avesse ripensato: perché investire tante energie in un'impresa simile, e con una come me? Ci sarei rimasta davvero male a sentirle dire che non aveva tempo per queste fantasticherie, e magari che la casa delle bambole non le sembrava più un'idea così buona, potevo tenere i pezzi per farne qualcos'altro. Non avrei avuto il cuore di confessarle che avevo già cominciato a lavorarci.

Tutt'a un tratto, però, ho sentito Aria ridere oltre la porta mentre la madre la rincorreva, e la voglia di rivederle è stata più forte delle mie paure. Com'erano, Aria e Adelaide di mattina? Quel senso di famiglia che trasmettono, era sempre lì? Mi sarebbe piaciuto provarlo ancora ed ecco che le mie nocche erano già all'opera e la porta si è subito aperta. Adelaide e Aria erano vestite a festa, con i capelli arruffati e le guance rosse, sorridenti.

"Il lunedì mattina ci vuole un po' di brio. E poi stamani non lavoro..." si giustifica Adelaide lisciando la gonna di tulle con la mano.

"C'è una novità," comincio subito, e le riferisco la telefonata di ieri sera con SetaMistoLana.

Ne è entusiasta. "Metterti dentro il negozio ad aggiustare le cose, tenendo così d'occhio anche le visite. Lo vedi? Sei *formidabile*!"

Dice di volermi accompagnare al negozio, ma invece di seguirmi fuori, mi invita a entrare. Cerco di farle presente che non sappiamo quanto tempo l'agente immobiliare rimarrà lì, eppure non riesco a smuoverla di un millimetro. "Se ha bisogno di noi aspetterà, il segreto è farsi attendere nella vita," insiste conducendomi in camera sua.

"Provala," mi ordina poi, allungandomi una sottoveste di satin color oro vecchio.

Scuoto la testa. "Grazie mille, ma proprio..."

"Non farti pregare." Tiene il vestito dritto contro di me, come se fosse un'arma. "Provalo e basta. Smetti di pensare, immagina. Arrenditi al flusso."

Apre la porta del bagno e infila la gruccia in un anello della tenda della doccia. L'abito ondeggia contro il tessuto impermeabile, scintillando come fosse d'oro per davvero. È chiaro che Adelaide si offenderebbe se mi tirassi indietro, quindi non mi resta che seguirla. Una volta rimasta sola in bagno, fisso l'abito sentendo crescere il panico. Non ricordo l'ultima volta in cui ho indossato un vestito elegante, ma dev'essere stato almeno quindici anni fa.

All'inizio mia madre ci teneva. Apriva l'armadio e mi mostrava i suoi vestiti più eleganti. Le facevo provare tutto, solo per il gusto di stare a guardare. E molte cose le mettevo anch'io, per divertirmi.

L'aspirazione di mia madre al bello era anche la sua croce. Mio padre e mio fratello non avevano una grande sensibilità estetica, per questo spesso la ferivano. Lei si rabbuiava, smetteva di parlare, si mangiava le unghie fino a farle sanguinare. Incassava finché non riusciva più a sopportarlo, poi esplodeva. Le usciva una rabbia inaudita, come un'onda anomala. Imperversava per tutta la casa e distruggeva quello che le capitava a tiro. Non ci aveva per caso insegnato a non mettere i gomiti sul tavolo? Perché non ci veniva mai spontaneo di rendere la tavola un po' carina? Ci voleva molto a cogliere qualche fiore in giardino e a infilarlo in un vaso? Perché suo marito, che pure sapeva quanto lei ci teneva, apparecchiava con la scodella direttamente sulla tovaglia? Perché lasciavamo i calzini in giro? Come mai indossavamo sempre tute e salopette? Perché non era mai domenica da noi? Era questo il mondo per cui si era sacrificata? Ci sputava addosso le domande, e noi tutti allora ci davamo un gran da fare per esaudire i suoi desideri. Tutto tornava bello, o almeno bello abbastanza perché lei potesse sopportarlo.

Col tempo, questi attacchi si erano diradati. Aveva smesso di crederci anche lei, nell'abbellire e nel rendere più che dignitoso qualcosa che era, con ogni probabilità, destinato a scomparire.

Aveva cominciato a passare intere giornate stesa a letto con il mal di testa. Il mal di testa, io credo, affondava radici nella vita che si era lasciata indietro. E le radici si aggrovigliavano nei ricordi, rimanevano impigliate nelle scelte fatte e, soprattutto, in quelle mancate. Strapparle via era sempre più difficile.

Sto ancora fissando il vestito color oro vecchio e mi sembra che lui mi fissi a sua volta. È questione di poco, mi dico per convincermi, basta concentrarsi sui gesti concreti. Devo sfilarmi la salopette e la maglietta e infilarmelo facendolo passare dalla testa, cercando di non strapparlo, lasciare che mi scivoli lungo i fianchi e uscire davanti ad Adelaide. Mentre ripasso mentalmente le operazioni, sono già svestita.

L'abito mi sta abbondante sia sul petto che sui fianchi ed è troppo lungo per me. Esco con una sensazione molto diversa da quella che mi ero immaginata.

Adelaide si fa una grassa risata, più per la mia espressione che per come porto il vestito, credo. "Okay, c'è da lavorarci un po'."

Ha una serie di spilli stretti tra le labbra, con mosse rapide ed esperte pinza il vestito sui fianchi e sul décolleté. Con un piccolo gesto della mano cerco di farle capire che non ce n'è bisogno, vorrei dirle che non saprei proprio quando indossarlo, un vestito così. Mica ci posso andare a fare le riparazioni. Ma lei alza l'indice per chiedermi di tacere. "Farò in un secondo."

"Perché ti piace tanto travestirti?" chiedo, e me ne pento

subito. Mi è uscito un tono sbagliato, quasi aggressivo, potrebbe prenderlo come un insulto. "Non intendevo... Non volevo dire..."

"*Travestendomi* mi esprimo," ribatte lei tranquilla.

Cala un silenzio un po' irreale, a cui non sono abituata. "Era solo una curiosità," mi affretto a precisare. "A me le tue creazioni piacciono molto."

"Una persona mi ha fatto male davvero, in passato. Voleva che gli appartenessi, mi faceva sentire un'immagine senza contorno. I contorni li disegnava lui per me. All'inizio mi piaceva, mi dava sicurezza. Finalmente mi sentivo qualcuno. Ma poi quei contorni hanno cominciato a starmi stretti, perché m'imponevano di essere solo quello che decideva lui. Volevo andare oltre, ridipingerli con i miei colori. Volevo essere anche altro, di più. Ma non mi era permesso. Ero stretta fra le linee che erano state disegnate per me."

Dice tutto questo in tono quieto, come se stesse descrivendo una pittura intricata davanti ai suoi occhi. "Dalla nostra relazione è nata Aria, e non penso di averla chiamata così per caso. Era l'aria che mi mancava, lo spazio per vivere pienamente. Quando una storia finisce, tu pensi di aver perso qualcuno, ma spesso ci guadagni te stesso. L'altro giorno mi sono imbattuta nell'unica foto che mi è rimasta di quel periodo, non penso che mi riconosceresti. Avevo la pelle grigia, gli occhi spenti e spaventati, i capelli senza forma, fissavo l'obiettivo come un coniglio davanti ai fari di un'auto. Tutto mi spaventava. Sentivo di non avere più forza. Nemmeno per scappare."

Cerco di immaginarmela, ma non è facile. Adesso è luminosa e colorata come anch'io vorrei essere, quasi una diva o una dea in incognito.

"E poi c'era Aria e io, per lei, cos'ero disposta a fare?, mi sono chiesta un giorno. Qualcuno aveva fissato i miei contorni, ma mai e poi mai avrei potuto permettergli di stabilire quelli di Aria. Ecco perché ho fatto le valigie. Ho scelto il colore, ho scelto di sentirmi leggera, ho scelto di essere tutti i personaggi che voglio, di cambiare contorni ogni giorno, se lo desidero. Non voglio più permettere a nessuno di ingabbiarmi, definirmi, possedermi. Io e Aria siamo sole, ora. Ma siamo libere e siamo insieme."

Ho paura di dire qualsiasi cosa, perfino di respirare. L'anta di una delle due finestre aperte sbatte all'improvviso. Sobbalziamo, ma tiriamo un sospiro di sollievo: era solo un colpo di vento.

"Mi dispiace averti costretto a rivangare," dico infine. "So che il passato può non passare, non importa che sia finito, e non importa da quanti anni, ti sta addosso come un vestito troppo stretto e ti impedisce di muoverti, e..."

Mi blocco, Adelaide ha capito. Mi ha messo una mano sul braccio con uno sguardo molto diverso dal solito. Che io abbia trovato un'amica?

# 18.

Adelaide mi chiede di accompagnare Aria all'asilo insieme a lei, prima di andare al *Nuovo mondo*. Vorrei declinare per via dei *se*. Se la donna dell'agenzia se ne andasse? Se nel frattempo cambiasse idea? Se qualcuno entrasse e comprasse il negozio proprio stamattina all'apertura?

Ma poi le guardo. La bimba tiene una mano in quella della madre e una intorno alla bretella dello zainetto a forma di unicorno. Mi rivolgono un'espressione speranzosa. Non accompagnarle significherebbe distruggere qualcosa di vivo e perfetto nella sua semplicità. Improvvisamente mi accorgo che forse è proprio così che mi stanno trattando, come un'amica. Ma com'è possibile? Cosa ho fatto per meritarmelo?

L'asilo è vicino alla piazza e ha un bel giardino protetto da una siepe. Da fuori si sente il vociare dei bambini e delle maestre. Ferma davanti al cancello, guardo Adelaide e Aria percorrere il vialetto. Non riesco a non pensare al fatto che mia madre non mi ha mai accompagnato da nessuna parte e l'unica cosa che stringevo io, da piccola, era il filo che la teneva legata come un palloncino, perché non volasse via. Non conta, cerco di dirmi. Conta quello che sta succedendo ora. Qui e ora. Aria si è voltata e mi sta salutando con la mano. Sono parte di una cosa bella. Qualunque cosa sia.

Tra non molto la mia nuova amica tornerà e si aspetterà

da me la giusta dose di energia per la nostra avventura. Mi ripeto nella mente una delle lettere di Dorothy, che ho riletto talmente tante volte da averla quasi imparata a memoria.

*22 maggio 1971*

*Cara Margaret,*

*auguri! Mentre mi avvicino ai cinquanta, tu hai appena passato i trenta. È un'età importante... Come mi piacerebbe vederti oggi. Hai messo dei fiori tra i capelli? Indossi un vestito colorato? Stai festeggiando? Festeggiare è importante, il passato non ritorna. Bisogna celebrare il presente. Godersi i traguardi.*

*A proposito di traguardi: sono appena le sei del mattino e ho alzato la saracinesca del mio nuovo negozio da un'ora. Non mi pesa. Anzi! Non posso spiegarti la felicità di avere, finalmente, un posto tutto mio: "Il nuovo mondo".*

*L'ho chiamato così perché qui dentro puoi fare il giro del mondo senza mettere il naso fuori e perché qui c'è tutto quello di cui ho bisogno. Il bagno, un angolo cottura e un materasso sul retro. La stufa me l'hanno regalata le ragazze. Siamo alla periferia di Milano, alle spalle i campi e accanto il Naviglio con i barconi. Il quartiere è popolare, molti di quelli che ci vivono sono operai. C'è un clima interessante. Sono riuscita a ritagliarmi un angolo di mondo e a piantarci una tenda. La chiamo felicità.*

*Vendo cose che mi piacciono. È triste tenere per sé quello che amiamo, venderlo è bello: lo custodisci per un po' e poi lo lasci andare, fai felice qualcun altro, lanci qualcosa di te nel mondo.*

*Margaret mia, è importante imparare a lasciar andare ciò a cui teniamo. È quello che provo ogni volta qui dentro e ogni volta che penso a te. Mi faccio forza al pensiero che stai bene, che verrai. Se tu potessi vedere questo posto!*

*Tre o quattro volte l'anno guido un furgone fino a Londra e lo riempio di cose da portare qui.*

*Come mi piace Portobello Road! L'aria londinese! Camminano tutti a testa alta, vestiti come gli pare, e amano fare affari. Non so se tutte le storie che mi raccontano sugli oggetti sono vere, ma non importa. Quello che conta è che ogni oggetto ne abbia una. Anche le bugie che raccontiamo dicono qualcosa di noi.*

*Ho tanti clienti fissi. C'è la panettiera che colleziona portasigarette (l'altro giorno sono riuscita a procurargliene uno cinese dell'Ottocento). Una signora sciancata in cerca di pizzi antichi. C'è Dalia, una donna più giovane di me, energica. La festa di primavera che ho organizzato qualche giorno fa ha cambiato la sua vita, ma questa è un'altra storia... Te la racconterò quando vieni.*

*Io e le mie ragazze abbiamo bisogno di te. Ogni venerdì sera, ci riuniamo per la nostra rivista. Finalmente in Italia è stato legalizzato il divorzio, ma esiste ancora l'adulterio, e persino – non ci crederai – un abominio chiamato "delitto d'onore". Ti sembra possibile, nel 1971? Le cose devono cambiare. E se vogliamo che cambino, dobbiamo cambiarle noi. È bello non essere sole, sentirsi parte di una "famiglia". Un'amica importa sciarpe peruviane e le ho riservato un angolino nel negozio. Un'altra si è messa in testa di leggere i tarocchi, così viene qui con il suo mazzo a giorni alterni. Non lo avrei mai detto, ma attira clienti.*

*Certo, ci sono persone a cui non piaccio, qui intorno. Queste persone sono contro le nostre riunioni, sono contro di me, che vivo sola, che sono "una divorziata", una mina vagante. Alcuni arrivano a sputare per terra quando passo. Ma io tengo alta la testa, come i passanti di Portobello Road. Non ho paura di nessuno. Al contrario, sono sempre più convinta che siano loro ad aver paura di me.*

*Margaret, tesoro... Quante notti ho passato a chiedermi come sarebbe se tu fossi qui.*

*Per il tuo compleanno, vorrei regalarti un po' di quello che ho capito in questi anni: goditi ciò che sei, perché nessun altro è come te; non aver paura di rompere le regole, perché il tempo le rompe tutte; se davanti a te non ci sono strade, aprine una.*

*La felicità non è una colpa.*

*Con amore,*

*Dorothy*

## 19.

Quando vivevo alla Rocca, la Fine era sempre con me. Aprivo gli occhi, la mattina alle sei, insieme alla Fine. Mentre facevo la doccia gelata, la Fine era lì che mi fissava. Non mi lasciava nemmeno durante gli allenamenti. Pranzava e cenava nel posto vuoto a capotavola. Mi seguiva ovunque andassi. Ogni volta che mi distraevo, assorta in qualcosa, e poi tornavo presente, la trovavo ad aspettarmi.

Mi assicuravo di avere tutti i sensi all'erta. Tenevo le orecchie aperte, perché avrebbe potuto essere annunciata da un suono, un sibilo, uno scoppio, una sirena, il rombo di un aereo militare. Strane luci nel cielo avrebbero potuto rivelarsi alieni o meteoriti pronti a colpirci come quello che aveva causato l'estinzione dei dinosauri.

Ogni volta che nel mondo là fuori succedeva una catastrofe, mi sentivo vicina alla Fine. Ero sempre più certa che la prossima emergenza sarebbe toccata a noi. Ero abituata alle scariche di adrenalina che mi davano questi pensieri. Ne avevo paura, ma provavo anche un elettrizzante senso di anticipazione, come se fino ad allora non avessi visto che i titoli di testa della mia vita, e il vero film dovesse ancora cominciare. Avrebbe potuto succedere in qualsiasi momento.

Al *Nuovo mondo* non sembra esserci nessuno. Siamo arrivate tardi, mi rimprovero. È giusto prevedere, è giusto prepararsi, avevo ragione a preoccuparmi dei *se*. Altro che lasciarsi andare "al flusso"!

Adelaide, su tutt'altra lunghezza d'onda, accarezza rapita dei cristalli di Boemia e inizia a leggere il cartellino, quando sentiamo vociare sul marciapiede.

SetaMistoLana sta discutendo con il proprietario del bar tabacchi di fianco.

Magro, dinoccolato, i capelli lunghi raccolti in una coda, occhiaie violacee sotto gli occhi neri. Non sta mai fermo, parla gesticolando e ha il vizio di alzare la voce lanciando frasi dure contro i passanti o i vicini, o commentando la politica e lo sport. Lo conosco di vista, ma non abbiamo mai scambiato nemmeno un cenno di saluto. Pattuglia il quartiere come se gli appartenesse; d'altronde ci è nato, ma non è l'unico, vorrei dirgli, e il fatto che il suo negozio catalizzi gli individui più sgradevoli e molesti della zona non mi intimidisce. Sono sfuggita a lupi ben peggiori, quando vagavamo per i boschi intorno alla Rocca. Lupi in carne e ossa.

"Se butti via tutta 'sta robaccia," lo sento urlare indicando il negozio con un gesto minaccioso, "si ragiona meglio! Devo capire gli spazi, come faccio con il negozio pieno di spazzatura?"

SetaMistoLana afferra il telefono, fa per leggere le notifiche, lo rimette nella borsa.

"Capisco," replica. "Nel frattempo, se vuole, mi segno la sua offerta."

"La mia offerta la faccio poi al tuo socio."

Lei incassa, si irrigidisce. Adelaide esce dal negozio infastidita e s'intromette: "Se nel frattempo vuole segnarsi la *nostra* offerta. Siamo pronte a concludere in tempi brevi".

La guardiamo tutti sbalorditi.

"Un'offerta?" risponde SetaMistoLana in tono professionale. "Accomodiamoci."

E la precede all'interno del negozio.

"Ma che è 'sta pagliacciata?" salta su lui, un gatto a cui è stata pestata la coda. Si arrotola le maniche fino al bicipite, quasi si preparasse a una scazzottata. Poi rimane a fissarci, sprezzante. "Pagliacciata!" grida ancora.

"Vi ascolto," fa SetaMistoLana, una volta dentro. Ma quando ci riconosce la sua espressione di sollievo si incrina. "Volete davvero fare un'offerta?"

"Eh, magari!" sospira Adelaide.

"Qui non stiamo giocando," sbuffa l'altra, col tono da madre.

"Abbiamo visto come ti stava trattando quel tipo e... abbiamo pensato di salvarti."

"Non ho bisogno di essere salvata, grazie tante. So sbrigarmela da sola. È lavoro."

"Certo, certo," intervengo io. "Scusaci."

"Ma chi diavolo ha tolto il cartello VENDESI?!" esclama poi lei, accorgendosene soltanto ora.

"Sarà mica stato il tabaccaio?" chiede Adelaide, indicando col mento l'uomo che, ancora fuori, ci guarda in cagnesco.

SetaMistoLana affonda le mani nelle tasche del suo vestito azzurro cielo. Vedo che tormenta il cellulare in una delle due e forse le chiavi nell'altra. È furibonda. Per il cartello, per la nostra messa in scena, per tutto quanto.

"Non ho davvero niente da dire su questo quartiere, se non che non vedo l'ora di chiudere l'affare. Chi offre di più si aggiudica il negozio, punto. Non me ne importa di come mi tratta."

"Peccato che ti fai questo," sussurra Adelaide.

"Ho già dei problemi a tenere a bada il mio *socio*. Questo affare è importante, e se permettete lo gestisco io. Oppure anche voi sapete fare il mio lavoro meglio di me?"

Scuotiamo la testa imbarazzate, come due figlie disubbidienti.

"Quindi potrei contare su di te, per inventario e messa a nuovo?" mi domanda a bruciapelo, come se niente fosse.

"Certo, puoi contarci."

"Bene, così aggiungo un bel gruzzolo alla vendita." Passa l'indice sulla mensola di una vecchia credenza, raccogliendo uno strato di polvere nera. Il mobile scricchiola, lei mi lancia uno sguardo preoccupato.

"Ti ha salutato," le dico per tranquillizzarla.

"Questa roba cade a pezzi."

"Ci vuole solo un po' di pazienza."

"Quanta di preciso?"

"Questo mi è un po' difficile prevederlo." Lancio un'occhiata in giro. "Ma prometto che sarò veloce."

"Be', potrei comunque procedere con le visite..."

"Naturalmente sì," mi affretto a dire.

Proprio quello che voglio.

"Bene, non perdiamo altro tempo. Ci vediamo domattina?" conclude allungandomi la mano dalle unghie curate per sigillare il patto.

Gliela stringo, forse troppo forte. Non so come andrà, ma non si può più tornare indietro. Forse i titoli di testa della mia vita sono finiti, e il film è finalmente cominciato.

Scandaglio rapidamente un'ultima volta il negozio per affinare il mio piano di lavoro, poi seguo Adelaide fuori dal negozio, scontrandomi con Priscilla.

"Ti ho vista attraverso la vetrina!" esclama lei sbirciando dentro. "Eccolo, il famoso *Nuovo mondo*! Bel posticino, anche se avrebbe bisogno di una pulita come si deve... Senti, ho una buona notizia per te. Ti avrei telefonato." Fruga nella borsa ed estrae un bigliettino. "Margaret Smith. 14, Park Crescent, W1B 1LT, Londra, Regno Unito."

"Oddio!" Vorrei abbracciarla. "Grazie."

"La signora ha rifiutato l'eredità," aggiunge con aria grave. "Le informazioni sono strettamente riservate, ma so che per te è importante. Se vuoi, ho anche il numero di telefono."

Mi tremano le dita nell'afferrare il foglietto.

"Park Crescent!" esclama Adelaide, alle mie spalle. "È uno dei posti più eleganti di Londra."

"Come lo sai?" le chiedo, sollevata che sia ancora qui.

"Ci ho vissuto tre anni, a Londra, ho fatto la nanny in una famiglia straricca che abitava là, è a Londra che ho incontrato quello che è stato il disastro più grande della mia vita. Ma ormai è acqua passata." Fa un gesto con la mano. "Me ne sono andata e non ci tornerò mai più."

"Però sai l'inglese," ne deduco. "Telefoneremo a Margaret insieme?"

"Volentieri. Domattina, se ti va, ora devo scappare al lavoro. Se la tua Margaret vive in Park Crescent, sarà ricchissima. Figuriamoci se non riusciamo a convincerla a rimettere in sesto questo posto."

"Lo spero proprio," sospiro.

Se Dorothy andava a Londra a comprare gli oggetti a Portobello, perché non la incontrava? Perché Margaret ha rifiutato l'eredità della madre? Avevano rotto i rapporti? Le sono mai state recapitate le lettere? Improvvisamente mi faccio prendere dallo sconforto. Una ricca signora inglese che non ne ha voluto sapere di questo piccolo negozio, del nostro piccolo quartiere, di sua madre, dei suoi sogni, per quale motivo adesso dovrebbe farsi persuadere da noi?

"Vedrai che ce la faremo," insiste Adelaide stringendomi il braccio, come se mi avesse letto nel pensiero.

"Quando le cose vanno così veloci, significa che si è in discesa," rincara Priscilla.

Adelaide le sorride. "Io lo chiamo destino."

"E frenare è vietato."

# 20.

Rientro a casa fischiettando, penso al destino e al piano inclinato, che di certo conosco meglio, dato che intorno alla grande vasca in pietra che raccoglieva l'acqua piovana avevamo costruito dei canali in pendenza per irrigare l'orto.

Sono in preda a un entusiasmo che però sento colpevole. Temo di incappare nella *hybris* degli antichi Greci, di cui parlava sempre mio padre: il peccato di chi si compiace di sé e così facendo si attira la punizione del fato o degli dèi. Non ci sono abituata, a sentirmi così. Forse non felice, ma speranzosa. Non è poco.

Presa da questi pensieri, pesto un biglietto sul pavimento dell'ingresso. Qualcuno deve averlo fatto scivolare sotto la porta. Lo raccolgo e cerco di ripulirlo dall'impronta dello scarponcino. È un foglio di carta a righe strappato da un quaderno ad anelli. La grafia (inchiostro gel nero) è criptica e minuta come quella dei dottori. Riesco a decifrarla soltanto dopo qualche tentativo:

*I veri sognatori non dormono mai.*
*Edgar Allan Poe*

Rileggo la frase più volte ad alta voce. È chiaramente in risposta alla citazione di Borges.

Che cosa sogna, il mio vicino? È un romantico? Un artista? La sua è una frase poetica, e dimostra che, oltre ad aver visto il film *Il corvo*, da cui è tratta la citazione sulla sua felpa, ha letto per lo meno Edgar Allan Poe. Ma questo non lo autorizza a tenermi sveglia...

Mi sento ispirata, così mi affretto nella stanza laboratorio e tiro fuori un nuovo biglietto con le giraffe, impugno la stilografica e scrivo.

*Il poeta non dorme mai, ma in compenso muore spesso.*
*Alda Merini*

Ora che l'ho scritto, ci rifletto. Che faccio? Mi sembra una risposta così perfetta che sarebbe uno spreco non consegnargliela. Anche solo per il divertimento di immaginarlo spremersi le meningi per trovare qualcosa di buono da ribattere. Ma perché poi dovrebbe farlo, il nostro camminatore seriale? È uno studente che passa le notti insonne a ripassare? Mi ha mai vista?

No, quest'ultima domanda non va bene, invade il campo della fantasia. Nessun volo pindarico per Gea, resta a terra, stai con i piedi ben piantati, *staa schisc...*

Aspetterò stanotte, e se mi gira gli recapiterò il messaggio. Non dovrà vedermi nessuno, però. Che non si pensi che intrattengo relazioni strane con un soggetto fastidioso per la comunità, che, peraltro, non ho mai visto in volto.

# 21.

“Ti eri dimenticata di chiudere a chiave,” mi fa notare Adelaide, in piedi sulla soglia di casa mia, non appena apro la porta.

È con la figlia, che dopo essersi stropicciata un occhio mi fa ciao con la mano.

“Hai ragione, grazie di avermi avvertita.”

Non le confesso che non chiudo mai a chiave. Se devi scappare, i secondi che ci metti ad aprire potrebbero esserti fatali e per quanto riguarda i ladri, possono pure portarsi via i miei oggetti, ne troverò degli altri. È questo il bello del mondo: non smette mai di girare.

“Ti abbiamo svegliata?” chiede Adelaide.

“Figurati, sono in piedi da un pezzo.”

Il mio biglietto è servito a qualcosa, il vicino del piano di sopra non ha camminato troppo stanotte. In compenso, io ho passato ore a rigirarmi in testa questa novità, senza riuscire a prendere sonno. Un genio: potrei scrivere un manuale di autosabotaggio. Se fa rumore, non dormo; se non fa rumore, non dormo perché penso al perché non fa rumore. Mi chiamerò anche come la dea Madre Terra, ma sono la donna senza la terra sotto i piedi.

Alle sette mi ha telefonato il proprietario del chiosco di

fiori sull'angolo est della piazza. Durante la notte si è guastato il suo impianto d'irrigazione a ciclo continuo. Sono andata subito da lui.

Ho controllato che l'elettrovalvola incriminata si aprisse e chiudesse con il comando fisico, dunque senza l'utilizzo della corrente, e che tutte le valvole di mandata fossero aperte e l'acqua arrivasse correttamente, quindi ho usato un tester per verificare il trasformatore. Funzionava. Ho provato allora a vedere se la corrente arrivava al solenoide attraverso il filo d'arrivo. Visto che ci arrivava, ho installato il solenoide di un'elettrovalvola funzionante su quella incriminata: lo spruzzo d'acqua è ripartito.

"Ecco il colpevole," ho concluso, rigirandomi il solenoide tra le dita.

Dopo avermi pagata, il fioraio mi ha regalato otto gigli un po' ammaccati, salvandoli dalla spazzatura.

Attraversando la piazza felice, con il mazzo di fiori profumati, ho notato una ragazza in lacrime seduta su una panchina. Le ho chiesto se aveva bisogno d'aiuto. La sua storia d'amore era finita, mi ha detto, lui se n'era andato.

"Si può lasciare qualcuno alle sette di mattina?" ha protestato. "Dovrebbe essere illegale! Gli avevo pure preso due biglietti per l'Olimpia al Forum di Assago."

Ho sfilato tre gigli dal mazzo e glieli ho allungati. "Uno per la te che stava con lui, uno per la te prima di lui, e uno per la te di adesso. Soprattutto per lei."

La ragazza mi ha sorriso con occhi riconoscenti, confortata, e senza dire niente mi ha teso i biglietti per la partita. Non ho avuto cuore di confessarle che lo sport non mi interessa un granché. Nonostante i miei sforzi, dove ci sono un campo e una palla, una piscina olimpica, un cronometro, non faccio che perdermi in pensieri prosaici, tipo chiedermi se è già stagione di funghi, se ho chiuso bene la confezione di silicone o quali siano esattamente i consigli di Polonio a suo figlio nell'*Amleto* (l'ultimo lo ricordo bene: "Sii leale verso te stesso, poiché dovrà seguirne, come la notte segue il giorno, che non sarai sleale verso nessuno").

Era evidente che quella ragazza voleva disfarsi dei biglietti al più presto, e meglio se potevano tornare utili a qualcuno. Quel qualcuno sapevo io chi poteva essere, perciò li ho accettati di buon grado.

La proprietaria del negozio *Biancheria Bullo dal 1987* ha un figlio di dieci o undici anni patito di basket. Sono andata subito a trovarla. Il negozio era ancora chiuso, ma lei era già dentro che faceva l'inventario e c'era anche il figlio che, con la cartella sulle spalle, riscuoteva la paghetta.

"Oggi è il tuo giorno fortunato," ho esclamato quando mi hanno aperto, e ho sventolato i biglietti.

"Non ci credooo... Per la finale!" ha gridato il ragazzino.

Voleva abbracciarmi, penso, ma si è fermato in preda all'imbarazzo. La madre, per sdebitarsi, mi ha offerto un asciugamano con sopra ricamato: *Il meglio deve ancora venire*. L'ho ringraziata e l'ho infilato nello zaino, sapendo già a chi regalarlo.

Economia circolare di quartiere, non deludi mai.

"Ci fai entrare?" domanda ora Adelaide in piedi sulla soglia. "Così chiamiamo Margaret."

Sobbalzo e la rimetto a fuoco. Sta sbirciando oltre la mia spalla, curiosa, mentre Aria mi fissa con gli occhi sgranati, probabilmente senza riuscire a capire perché me ne stia impalata, senza lasciarle passare.

"Venite, certo." Fingendo disinvoltura, faccio un passo indietro.

Mostrargli il mio appartamento mi sarebbe piaciuto, ma non pensavo che accadesse proprio stamani. Credevo di dover essere io a cercare Adelaide più tardi. Provo a fare mente locale sulle condizioni generali delle stanze e con sollievo mi ricordo dei gigli. I fiori fanno miracoli ovunque.

Adelaide e Aria entrano guardandosi intorno come se fossero in un museo. Le incisioni che ho appeso all'ingresso sono carine, ma non pensavo meritassero tanta attenzione.

"Wow," esclama Adelaide fermandosi sulla soglia del salotto. "Praticamente hai un negozio intero, qui dentro."

"È che le cose..."

"Hanno un valore," mi sorride. "È bellissimo, qui. Mi fai venire in mente un sacco di domande. Ma, ahimè, il tempo stringe. Mmm," aggiunge annusando i gigli infilati in un vecchio flacone di ammorbidente, al centro del tavolo della cucina.

Poi si lascia distrarre dalle mensole su cui conservo giornali, scatole, elastici, imballaggi, barattoli...

"Usiamo il mio telefono?" propongo, appoggiandolo con delicatezza tra di noi. Ho speso tutti i soldi che mi ha dato Priscilla per una ricarica. Basterà?

"Un Nokia 3310!" esclama lei, divertita. "Perfino il tuo telefono è un pezzo d'antiquariato."

Mi sforzo di ridere, mentre digita il numero sul tastierino. Questo cellulare l'ho ereditato da Geppo, amico ferramenta, solo qualche anno fa. Riceve e spedisce messaggi e telefonate, ha pure la segreteria. Di che altro dovrei aver bisogno?

"Ripetimi cosa devo dire," mi ordina Adelaide.

Sento crescere l'ansia. "Io le racconterei del negozio e cercherei di capire cos'è successo, perché lo ha rifiutato... Se tu riuscissi a tradurre in simultanea, magari decidiamo via via cosa dire. Aspetta che imposto il vivavoce."

"C'è pure il vivavoce qua sopra?"

"Certo che c'è il vivavoce."

"Poi mi fai giocare a Snake!"

Adelaide sogghigna per la sua stessa battuta, prima di premere il pulsante di avvio della chiamata con improvvisa serietà. Uno squillo, due, tre...

"Buongiorno, chi parla?" La voce femminile è risoluta,

nella sua gentilezza. Neutrale, impostata. Troppo giovane, direi, per essere Margaret.

Faccio segno ad Adelaide di procedere. Lei chiede se la signora Smith è in casa. Purtroppo no, non è in casa. E rientrerà quando? È sul Lago di Como, non sarà di ritorno prima del weekend. In Italia! Qui vicino! Destino... La si può rintracciare su un cellulare?

"Non sono autorizzata a dare il numero agli sconosciuti, spiacente."

Brusca frenata. Adelaide non si arrende, racconta del negozio e della vendita, e spiega che abbiamo poco tempo. La voce non abbassa la cortina di cortese freddezza. Non sa come aiutarci, non può fare niente per noi. L'unica cosa da fare è attendere il ritorno della signora Smith.

"Si potrebbe lasciare un messaggio?" suggerisco di chiedere ad Adelaide. "È una questione di vitale importanza."

"Forse questo è fattibile. Sì, in effetti, lo è," traduce Adelaide.

"Oltre a tutto quello che le abbiamo già detto, potremmo magari proporre che si fermi a Milano, sulla via del ritorno dal Lago di Como, per visitare il negozio di Dorothy? Possiamo azzardare un appuntamento? Sarebbe così gentile da farcelo sapere?"

Sarebbe così gentile, sì.

La salutiamo, ringraziamo, chiudiamo la telefonata.

"Evviva!" Adelaide è raggiante.

"Non è andata così male," dico cercando di mantenere i piedi per terra. "Forse c'è qualche speranza."

Ma Aria interrompe qualunque cosa Adelaide stesse per rispondere, gridando dalla stanza laboratorio: "Che bella!".

La troviamo intenta ad ammirare la casa delle bambole in costruzione, con occhi pieni di meraviglia. Fa un timido tentativo di toccarla, ma ritrae subito le dita.

"Presto sarà finita," le assicuro.

"In pratica, tu vivi in un altro universo," commenta Adelaide guardandosi intorno.

Il suo sguardo si posa su ogni dettaglio. Dalla parete portautensili al fil di ferro e alle tenaglie in un angolo del ripiano, la carta dei cioccolatini con cui voglio tappezzare le pareti della casa delle bambole, gli origami in attesa di una citazione, la scatola con le batterie...

*Un universo molto vicino al vostro*, vorrei rispondere, *e allo stesso tempo molto lontano.*

"Mi piace da morire," approva infine lei. "Sei molto d'ispirazione."

"Io?"

"Oh!" fa subito dopo, controllando il telefono. "Devo correre a portare Aria a scuola!" Afferra la mano della bambina. "Starei ore qui dentro, Gea, ma dobbiamo fuggire, scusa."

Nel giro di due minuti, madre e figlia sono di nuovo sul pianerottolo.

"Dimenticavo." Adelaide estrae dalla grande borsa a tracolla un bellissimo piumino con il manico in legno e me lo consegna. "Me lo ha lasciato la mia cara nonna. Può esserti utile al negozio, vero?"

"Più di quanto tu creda."

"Porta anche fortuna."

E la fortuna aiuta.

# 22.

Esco, finalmente diretta al *Nuovo mondo*. Comincia il mio lavoro lì dentro. Mi sento al primo giorno di scuola come lo avevo sempre immaginato. Al piano terra, affiggo al volo un cartello che attendeva da tempo nella mia cucina.

L'ASCENSORE CONSUMA ENERGIA, CI TOGLIE ENERGIA,
LASCIAMOLO A CHI NE HA DAVVERO BISOGNO...
CHI DI NOI HA MENO BISOGNI È PIÙ SIMILE A UN DIO!

L'ho scritto con l'uniposca rosa e ci ho aggiunto il disegnino di un fulmine, per sdrammatizzare.

Attraverso il cortile con lo zaino in spalla e un senso di anticipazione che mi fa sentire leggera, tanto che opto per una piccola deviazione. Hanno falciato da poco i campi vicino al Naviglio, ed è lì che vado. Affretto il passo lungo il canale, saluto le papere con un sorriso complice, mi specchio nell'acqua fredda che, lievemente increspata, nasconde il mio sguardo pieno di sonno, eppure sono certa di avere negli occhi un guizzo nuovo.

Il campo odora di erba appena tagliata, individuo subito la piantaggine che è cresciuta qua e là.

La piantaggine mi piace perché è miracolosa ma umile. Cresce ovunque, nei prati, nei parchi giochi, lungo i sentieri, nelle aie di campagna, nei giardini condominiali, nelle crepe dell'asfalto, sui bordi delle strade. Vive dove può essere calpestata, ma resiste al calpestio.

Per cogliere la piantaggine uso le cesoie. Più tardi, seduta al tavolo della cucina, separerò i fiori e le foglie. Ogni parte della pianta ha le sue proprietà, che sono infinite: antibatterica, antinfiammatoria, astringente, cicatrizzante, lenitiva, decongestionante... E come se non bastasse, è buona da mangiare. La userò fresca se ne ho bisogno, ne essiccherò un po', la distribuirò a Trofeo e alla signora Dalia, magari anche ad Adelaide; il resto lo metterò in freezer per averla a disposizione tutto l'anno.

*Zac!*, tagliano le cesoie. Inserisco la piantaggine recisa nel sacchetto che mi sono portata dietro. *Zac!*, tagliano ancora, e mi sembra di sentire il canto di mia madre, accovacciata vicino a me con il suo cestino di vimini; raccogliere le erbe medicinali era una cosa che facevamo insieme.

*Zac!*, canta la mamma, e adagia la piantaggine con cura nel cestino. Sceglie sempre canzoni che hanno a che fare col tempo perduto e con le scelte, e la sua voce sembra provenire da un luogo lontano e inaccessibile. *Zac!* Le dita sottili percorse da un fremito. Mamma, la tua voce è un lamento. Di cosa ti stai pentendo?

*Zac!* Sento arrivare l'onda, ora, il respiro si fa superficiale, il battito del cuore accelera. *Zac!* Mia madre continua a cantare la sua nenia senza che io possa far niente. *Zac!* Le cesoie mi scivolano dalle dita, cadono sull'erba, riunisco le mani in grembo, guardo in basso perché il cielo è troppo. Aspetto.

Una parte di me riesce a restare ancorata a quello che stavo facendo, ci crede ancora abbastanza per non lasciare che il mondo, il Naviglio, il campo sfumino del tutto. Mi appoggio a terra, cerco di riprendere fiato. Sento il fresco sotto i palmi che schiacciano la terra umida. Respiro.

Riesco a riprendere in mano le cesoie e a raccogliere piantaggine fino a riempire completamente il sacchetto, che ficco nello zaino. Sono più calma, adesso. Faccio scorrere la zip, il ronzio nel silenzio della campagna mi ricorda un insetto cieco intorno a un pistillo. Sono io?

"Faccio un salto in agenzia, ci vediamo più tardi," mi informa SetaMistoLana, dopo aver alzato la saracinesca e aperto la porta del negozio. "Mi raccomando."

Ci scambiamo uno sguardo. Non ci conosciamo per niente, eppure dobbiamo fidarci l'una dell'altra. Facciamo per aggiungere qualcosa, ma nessuna delle due sa bene cosa, e quindi ci salutiamo con un semplice cenno del capo.

Resto sola. Il negozio, immerso nella penombra, è umido e freddo, nonostante la primavera al di là della vetrina. Spalanco la porta per lasciar entrare l'aria.

"Ciao," dico a tutte le cose che mi aspettano in silenzio. "Io sono Gea."

Mi guardo intorno senza sapere da dove cominciare e con quale spirito. Certo, ho un piano segreto, ma perché non fare un buon lavoro nel frattempo? Salva una cosa e questa un giorno salverà te.

"Vi spolvero un po', così ci conosciamo meglio, d'accordo?"

Non penso siano più abituate a sentirsi rivolgere la parola da un essere umano, spero che non abbiano niente in contrario. Ho tirato fuori il piumino e sto per mettermi all'opera quando qualcuno bussa alla vetrina. Mi volto di scatto, convinta che l'agente immobiliare abbia dimenticato qualcosa o, peggio, che ci abbia ripensato. Invece è Adelaide.

"La segretaria di Margaret mi ha già richiamato," mi comunica attraverso il vetro, facendo il gesto del telefono ed esagerando il labiale.

Mi precipito fuori. "E...?"

"E... Margaret *verrà*!"

"Cosa?" Mi rendo conto di non averci veramente creduto fino a questo preciso istante. "Verrà qui al negozio?"

"Esatto."

"Cos'altro ti ha detto?"

"Nient'altro. Solo che sarà qui domenica prossima."

Cerco di tenere a bada l'entusiasmo, mentre rivedo Dorothy muoversi con grazia nel suo negozio. Quanto l'ha aspettata! Poi penso a mio padre, per il quale vendere e comprare era una colpa, e mi sento triste di essere felice, eppure forte all'idea che Margaret sarà qui e che questo dipenda un po' anche da me.

"Dobbiamo impedire che il negozio venga venduto nel frattempo," dice Adelaide. "Ci serve un piano."

Sentirla alleata mi riempie i polmoni d'aria. È una sensazione completamente nuova. Non sono più sola, mi ripeto incredula. Ho un'amica. Se qualcuno me l'avesse detto solo una settimana fa avrei risposto che sarebbe servito un miracolo o una magia.

Una volta che Adelaide se n'è andata, cerco di concentrarmi sugli oggetti che mi circondano. Lo strato di polvere che li ricopre è spesso e appiccicoso. Prima di usare il piumino è meglio portare fuori tendaggi e tessuti.

Comincio da un grande tappeto persiano arrotolato che è piombato su un tavolino basso, centrando il gruppo di statuine cinesi di porcellana che avevo già visto quindici anni fa. Mi faccio una nota mentale di cominciare da quelle, quando mi dedicherò alle riparazioni.

Il tappeto è pesantissimo. Una volta trascinato fuori, lo appoggio in piedi sul marciapiede, sotto il nuovo cartello VENDESI. Nel toccare il muro, dal tappeto fuoriesce uno sbuffo di polvere che mi ricopre completamente, ingrigendomi la salopette e i capelli. Soffio in alto il ciuffo e sparo una salva di starnuti. Pazienza.

Porto fuori due tende di broccato, altre due di pizzo, tre poltroncine coordinate in stile vittoriano, una poltrona modernista in legno di faggio con i cuscini rivestiti di velluto rosso fuoco, tre tappeti tondi Bauhaus, due kimono, una pila di scialli peruviani tessuti a mano, cinque veli da sposa, due vestiti in taffetà, venti metri di seta grigia cangiante. Per finire, un preziosissimo set di asciugamani di lino parte del corredo di Ada Lovelace, considerata la prima programmatrice al mondo, come racconta il cartellino.

"Cos'è, il mercatino delle pulci?" sento dire alle mie spalle.

Non ho bisogno di girarmi per riconoscere SetaMistoLana.

"Bisogna fargli prendere un po' d'aria. Nel frattempo spolvero dentro, così mi rendo conto di cosa dev'essere aggiustato." Dato il suo sguardo scettico, continuo. "Il fatto è che se prima non pulisco le cose... non posso ripararle."

"Ho fissato delle visite per domani. Questa roba non dovrà più esserci, qui fuori, ti avverto."

"Certo."

"Non farmi pentire... E tieni d'occhio il cartello, se puoi. Qui i ladri si accontentano di poco, mi pare di capire."

Le indico il negozio: è già più arioso, il pulviscolo danza nella luce del giorno e alcuni pezzi d'arredo cominciano a emergere come tratti di un paesaggio dietro un finestrino appannato su cui qualcuno ha passato una mano. "Guarda che bello!"

SetaMistoLana alza gli occhi dal telefono prima di cominciare a starnutire, tossire e stropicciarsi gli occhi. Non ha apprezzato lo spettacolo, anzi, si allontana di qualche passo per respirare.

"Sei allergica alla polvere?"

"Chiunque starnutirebbe qui dentro, sembra di essere alla Parigi-Dakar!"

"Ho della piantaggine, fa passare qualsiasi attacco di rinite..."

"Fai passare la polvere."

"Ho quasi finito questo primo passaggio."

"Via col secondo, efficientiamo."

Tiro fuori dallo zaino sapone di Marsiglia, aceto, bicarbonato, olio d'oliva. "Quindi, che visite ci sono domani? Chi viene a vedere il negozio?"

Alza le spalle. "Una *sciura* per una boutique, l'area manager di una catena di fast food e il tuo simpatico amico qui di fianco, che non molla." Indica con la testa il muro che ci separa dal bar tabacchi.

"Mmm, chi vincerà?" azzardo con finta nonchalance.

"Fammi indovinare... Uhm, forse chi pagherà di più?"

"E io che pensavo che i soldi non comprassero la felicità..."

Mi guarda interessata. "Ora ho un appuntamento in centro, quindi vado. Stasera mi aspetto di trovare il negozio in condizioni accettabili. *Business is business.*"

Una volta che è sparita a bordo della sua Mini, corro da Geppo. Ho con me due mazzi di asparagi, oltre a un po' di piantaggine. In cambio, gli chiederò di farmi un doppione delle chiavi del negozio, perché ho un'idea. Anzi, due.

# 23.

Meglio riparare il recinto del pollaio che rincorrere le galline, mi dico strofinando con la spugnetta abrasiva l'aeratore del rubinetto che ho tenuto a mollo in acqua e aceto.

La manutenzione può sembrare superflua. Se le cose funzionano, perché intervenire? La risposta è che non puoi sapere in quale momento si guasteranno. Bisogna imparare a immaginare il futuro.

Osservo l'aeratore con attenzione: non c'è più alcuna traccia di calcare. Lo riavvito al rubinetto e apro l'acqua. Trofeo, in piedi accanto a me, osserva con partecipe disinteresse. Lui non fa manutenzione perché ha perso speranza in quello che verrà, ma mi permette di farla al posto suo.

L'acqua torna a scorrere fluida. Aggiungo del bicarbonato all'aceto rimasto nel lavello e strofino per far splendere l'acciaio. La manutenzione è affetto per il mondo. È non dare niente per scontato. È spingere la morte un po' più in là. Non bisogna mai smettere di amare le cose, se vogliamo che sopravvivano.Il mondo si spegnerebbe se il sole smettesse di guardarlo.

Prima di cucinare per me e Trofeo, tiro fuori dallo zaino la pasta al ragù che mi è avanzata da ieri sera e mi avvicino alla gabbietta sul tavolino del salotto.

"Ciao, Pelé," sussurro.

Un fruscio, poi, fremendo, il topo albino fa capolino dalla scatola di Kleenex rovesciata. Esce zampettando, fa tre giri veloci su sé stesso rincorrendo la propria coda, quindi salta e si protende perché io lo prenda in mano. Gli accarezzo il manto soffice e candido, gli do un bacetto sulla schiena, me lo struscio contro la guancia e lo rimetto nella gabbia. Per finire, gli riempio la ciotolina con dei pezzetti di pasta.

"Ecco qua, caro mio. Ti viziamo, eh?"

Pelé è nato in laboratorio e, se non fosse stato per l'associazione benefica che l'ha salvato, ci sarebbe rimasto fino alla fine dei suoi giorni, soffrendo tante di quelle torture e aberrazioni che avrebbe accolto la morte con sollievo.

Il suo destino ha incrociato quello del mio amico per coincidenza, come sempre nei rapporti felici. Si dà il caso, infatti, che uno dei volontari dell'associazione che l'aveva salvato avesse deciso di provare a proporre porta a porta le adozioni delle ex cavie. L'esperimento non è durato che un paio di giorni, ma nel primo di questi ha bussato alla porta del nostro condominio, scala D, terzo piano. Si è trovato davanti Trofeo con ai piedi le pantofole e uno sguardo che sembrava irritato, in realtà era spaventato all'idea di dover avere a che fare – senza parole – con questo sconosciuto.

Pelé a quel tempo non aveva ancora nome, solo un numero identificativo: 17017. Il volontario lo aveva condotto con sé per dimostrare agli eventuali affidatari quanto i topi siano animali intelligenti, giocherelloni e affettuosi. DiciassetteZeroDiciassette si era distinto tra i fratelli per questo; era stato facile e divertente addestrarlo a convivere con l'essere umano, tanto che aveva trascorso la maggior parte del tempo fuori dalla gabbia, sulle spalle dei volontari.

Quel pomeriggio, non appena la porta di Trofeo si è aperta, Pelé è sgusciato via dalla mano del volontario e si è lanciato giù sul pavimento, ha attraversato la soglia e, senza curarsi del ragazzo che lo chiamava – "DiciassetteZeroDiciasette! Torna qui!" –, si è arrampicato sui pantaloni della tuta di Trofeo ed è salito rapido fino in cima alla sua spalla, aggrappandosi con le unghiette alla sua felpa.

Trofeo è rimasto immobile, mentre il topo gli solleticava il collo. Riusciva a vederlo con la coda dell'occhio. Lui aveva paura dei roditori, ma in questo caso era stato diverso: come si può temere chi ti sceglie in modo inequivocabile? Non c'è stato modo di fargli dimostrare le sue abilità di topo addestrato. Eppure, la prova della sua capacità di amare l'ha data spontaneamente: DiciassetteZeroDiciassette ha scelto il suo padrone e non sembrava disposto a separarsene.

Senza proferire parola, Trofeo ha firmato i fogli per l'adozione.

"Lei è un uomo fortunato, ha trovato un amico," gli ha detto l'inviato dell'associazione, prima di consegnargli i documenti e un opuscolo con le istruzioni per l'accudimento.

Come ci si occupava di un topo? Trofeo ha letto l'opuscolo più volte e sottolineato a matita le regole essenziali, poi ha preso il borsello e sono usciti. DiciassetteZeroDiciasette è diventato Pelé prima che raggiungessero il piano terra (senza che Trofeo aprisse bocca, peraltro) e non ha mai abbandonato la tasca della tuta del suo padrone durante la missione al negozio di animali, dove si sono procurati una gabbietta, la lettiera di segatura, il beverino, la ruota e tutto il resto.

Pelé è intelligente, agile, un acrobata tenero e spericolato. Io e lui abbiamo legato fin dal principio. In due o tre giorni si è abituato alla mia presenza, poi mi è salito sul palmo della mano aperta, infine ha lasciato che lo portassi un po' in giro per la casa. Non mi ha mai morso, anche se so che può farlo, se si spaventa.

Per evitare che mangi fili elettrici, tappeti, piante o libri, la sua ciotola dev'essere sempre piena: oltre a semi, sedano, carote o ravanelli, frutta e formaggio, due volte alla settimana gli spetta qualche leccornia. Di solito gliele porto io, avanzi dal *Nulla* tipo pasta, spezzatino o torte di verdura. Spesso gli procuro pure strisce di giornale con cui farsi il nido, perché i topi sono animali molto puliti e desiderano che la carta venga cambiata spesso; conservo per lui anche i rotoli di carta igienica e le scatole vuote di Kleenex, con cui può giocare a nascondersi o tentare equilibrismi.

"Me lo presteresti Pelé, domani?" chiedo timidamente a Trofeo tornando in cucina.

Trofeo si lascia cadere sulla sua sedia abituale e accende la televisione.

"Solo per qualche ora, dovrebbe accompagnarmi in un posto. Giuro che ci sto attenta come a un figlio," aggiungo per tranquillizzarlo.

Trofeo cambia canale. Forse è curioso di sapere cosa farò con Pelé, ma negli anni ha imparato a parlare con i silenzi. Ne ha di diversi tipi, quello tremante di quando è nervoso, quello pacato dei momenti di felicità, quello svagato di quando corre con la fantasia, il silenzio fremente contro i soprusi, quello borbottante di quando è soprappensiero... Oppure il silenzio volutamente distratto, come in questo caso, che significa che acconsente, anche se preferirebbe di no, perché Pelé è quanto di più caro ha al mondo, ma comunque si fida di me e se glielo chiedo è senza dubbio per una questione importante.

"Bene, preparo la cena," annuncio tirando fuori dallo zaino il sacchetto con il cavolfiore.

Prendo la farina dallo sportello in alto e un paio d'uova dal frigo. Con la solita sensazione di pace che provo quando sono qua, lavo e mondo il cavolfiore. Immergo le cime nell'uovo, poi nella farina, le adagio su un piatto che ho coperto con la carta assorbente mentre l'olio si scalda.

Intanto la voce narrante di un documentario commenta l'attacco a una gazzella da parte di due leonesse. Ogni tanto mi giro per controllare Trofeo: ha gli occhi socchiusi, sembra pronto a balzare nello schermo. So che fa il tifo per la gazzella e mi chiedo che piacere ricavi da una scena del genere. Cerca una conferma che sono i più deboli a soccombere, che è così che vuole la natura? Ma ne siamo proprio sicuri? Mi piacerebbe chiederglielo, eppure non oso. Poi lo sfrigolio del cavolfiore nell'olio sovrasta per un attimo il narratore, dandomi tregua da quell'ingiusta sopraffazione.

Mangiamo seduti a tavola, davanti ai lampi iridescenti della televisione senza più volume.

Nell'andarmene, vedo che mi ha lasciato dieci euro accanto allo zaino. Sempre la stessa storia.

Vorrei dirgli che è l'economia circolare di quartiere: il cavolfiore che gli ho cucinato me l'ha regalato Alì, la pasta era un avanzo, non ho affrontato alcuna spesa, e ci mancherebbe che accetti denaro per cucinare a un amico o per fargli la manutenzione del rubinetto della cucina. Anche Trofeo mi dà qualcosa in cambio: sé stesso. Eppure so che se rifiutassi quei dieci euro potrei offenderlo, è il suo modo di essermi riconoscente. Glieli infilo di nascosto nella tasca del giaccone appeso all'ingresso.

"Ciao Trofeo, grazie!" esclamo a tutta voce, visto che è già in camera sua per il riposino. "Però devo dirlo... Secondo me non vince sempre il più forte!"

# 24.

Una città o un quartiere si rivelano nella luce incerta dell'alba, quando le cose sono mobili e nulla è ancora stabilito. Anche oggi mi sono svegliata presto e ora passeggio sul Naviglio, i primi raggi di sole solleticano i ciottoli del selciato, mentre l'acqua è solcata da imbarcazioni lillipuziane, foglioline, scintille e detriti sparsi. Le saracinesche si alzano, biciclette sfrecciano, furgoni scaricano casse qua e là. I cani frugano e annusano dappertutto, le persone cercano negli schermi e negli auricolari la prova di essere vive.

Essere vivi. Ancora nessuna catastrofe, mi dico, anche se ho una missione difficile. D'altra parte sono abituata a mettermi alla prova, per quanto mi spaventi non voglio tirarmi indietro, e oggi mi attende un bel teatro: tutto è pronto, non mi rimane che godermi lo spettacolo.

Mentre aspetto SetaMistoLana davanti al negozio controllo lo stato della vetrina, visto che ieri ha lasciato la saracinesca alzata. Stanotte non l'ho toccata, per non tradirmi. È una fortuna che qualcuno non abbia sfondato il vetro, ma forse hanno ragione quelli che dicono che le cose più preziose vanno messe in bella vista, così nessuno ci farà caso. La vetrina è appannata e chiazzata in più punti. Con aceto e acqua calda si potrebbe rimediare facilmente, ma non lo farò certo il giorno delle visite.

Eccola che arriva, SetaMistoLana, sempre elegante, in contrasto con la strada ancora un po' malandata, nonostante la strombazzata riqualifica del quartiere.

È accaduto qualche anno fa, per via di un enorme progetto di ristrutturazione. Una ex fabbrica è diventata un complesso di loft abitativi molto chic, con un parco, lampioni e vialetti curati. Il grande studio di architettura che si è occupato del progetto si è offerto di "riqualificare" parte della zona per compensare il disagio dovuto ai lavori, che hanno rallentato la viabilità per qualche anno oltre a interrompere luce e gas un considerevole numero di volte a tutti gli abitanti dell'isolato.

Sarebbe potuto sembrare un atto di generosità, se il vero obiettivo non fosse stato chiaro a tutti quelli con un paio di occhi: adeguare il quartiere al tipo di pubblico che lo avrebbe frequentato, cosa che è stata presa come un insulto da chi ci viveva da tempo. Il nostro quartiere non aveva niente che non andava. Era imperfetto, sì, ma chi ci crede alla perfezione?

Io prego ogni giorno: lasciatemi *Il Nulla*, lasciatemi il ferramenta, lasciatemi l'ortolano in canottiera, lasciatemi la pasticceria gestita da una coppia di settantenni, lasciatemi l'erboristeria con le sue misture. Lasciatemi i vecchi alberi, le panchine scrostate e l'odore del vecchio quartiere sonnacchioso.

Il risultato finale dell'intervento di riqualificazione è stato un semplice maquillage: hanno rinnovato l'asfalto, rappezzato qualche aiuola, livellato i marciapiedi (ma solo in alcuni punti), ripitturato i dissuasori, piantato qualche alberello rachitico che non è mai cresciuto. Allo stesso tempo, il Comune ha commissionato un enorme murales a tema culturale sul muro spoglio che delimita la piazza e recintato un'area giochi. Forse anche per allietare chi, durante le passeggiate domenicali, vuole sfuggire alla ressa del Naviglio in cerca di qualche negozietto o di un posto tranquillo per l'aperitivo.

Dopo quell'intervento di urbanizzazione, i prezzi degli affitti e il costo della vita sono lievitati. Di posti ne hanno aperti parecchi. In piazza proprio accanto al *Nulla*, la caffetteria in stile americano parte di una grande catena, così che Angelina ha perso qualsiasi possibilità di attrarre clienti nuovi; un posto che vende gelato crudo quasi sotto casa mia, che io non ho ancora capito in che senso, crudo. Mi accontento del cono di Lucilla, del *Gelato dei sogni*, storica insegna del quartiere, che però è in difficoltà da tempo e rischia di chiudere. Mangio molto più gelato di quello che dovrei, per aiutarla a rimanere aperta.

Negli ultimi anni, una ragazza timida, tutta nervi e tatuaggi, e il fidanzato socievole, tutto muscoli e tatuaggi, hanno aperto un "concept store" che vende libri di viaggi e biciclette. Sebbene a mio parere potrebbero chiamarlo semplicemente negozio, è molto carino, e poi i locali erano sfitti da tempo, quindi evviva la giovane coppia.

Da qualche mese hanno aperto ben due ristoranti d'asporto di poke. I proprietari non li abbiamo mai visti, chi ci lavora arriva da fuori, svolge le mansioni in automatico, pesca cibo da vaschette d'acciaio per versarlo in cartoni o contenitori di plastica, e dà l'impressione di fregarsene tanto dei clienti quanto delle sorti del negozio. Circa tre anni fa, nella via parallela alla nostra è stato inaugurato un supermercato *Cityexpress*: costa tutto il doppio, forse per pagare il *city* e l'*express*, e lo frequentano solo gli inquilini dei loft. Noi andiamo al mercato del sabato mattina oppure in panetteria, o al piccolo alimentari gestito da Ettore, energico ottantenne rubizzo, e da suo nipote.

I nostri posti sono le loro persone. Il pescivendolo è Franco, ormai vedovo; Giuseppe, detto Geppo, il ferramenta, con la moglie e le due gemelle; Angelina, il marito ed Eugenio sono *Il Nulla*; l'erborista Penelope, con i suoi occhialetti tondi e il Parkinson; perfino il tabaccaio, che pensa di vivere in un western; la cartolibreria gestita da Alida ed Enrica, una coppia di donne molto acide ma dal cuore di biscotto. *Il nuovo mondo* sarebbe Margaret, Adelaide e forse anche un po' me. Un concetto così grande che faccio fatica a pensarlo per intero.

"La stanza principale è dotata di un'ampia luce su strada. La prego di notare gli infissi di fattura antica, un valore aggiunto per un negozio di moda, e ha un angolo cassa già strutturato."

SetaMistoLana lo indica con un gesto elegante.

La signora che è con lei – piega voluminosa, trucco pesante, una quantità di bracciali e collanine come se avesse saccheggiato una gioielleria – si guarda intorno con aria assorta. Forse sta provando a immaginare la sua boutique.

"Non faccia caso alla ragazza," continua SetaMistoLana, indicandomi col mento. "È delle Belle Arti."

"Non ci sarà per caso qualche impedimento? Quelli si mettono sempre di mezzo."

"No, tutt'altro, si occupa di riportare alla luce elementi preziosi..."

"Sarà..." replica la signora, sospettosa.

Sorrido. Non capisco perché SetaMistoLana si sia inventata una storia simile, ma meglio per il mio piano. Ho spolverato una collezione di statuine, le ho lavate e asciugate con cura e ora è la volta della colla cianoacrilica per una a cui si è staccata la testa. Ne stendo uno strato sottile su una delle due parti da riunire, poi le accosto e tengo premuto per una ventina di secondi.

"Il negozio è luminoso, in una via silenziosa ma di passaggio, limitrofa a complessi condominiali eleganti di recente ristrutturazione, in un quartiere in grande crescita, dove innovazione e tradizione si incontrano. E poi a due passi c'è il Naviglio, il cuore d'acqua della città. Questo ha tutte le carte in regola per essere un ottimo investimento." SetaMistoLana fa una pausa per lasciar sedimentare tutte queste informazioni positive. "Prego, le mostro il retro."

Una volta scomparse, sistemo la statuetta su una base di plastilina che la terrà in posizione durante l'asciugatura della colla, e mi chino alla mia sinistra. Apro la gabbietta che ho tenuto coperta con un tappeto.

"È il tuo momento!" sussurro.

"Come può notare, il retro è molto spazioso, e gli scaffali di metallo possono restare, se ne avesse bisogno," sento raccontare dal fondo. "Qui ci sono angolo cottura, letto e bagno, pare che la proprietaria ci abbia vissuto, per un periodo. Erano altri tempi, ma questo ci dice molto sull'isolamento termico..."

"Un topooo!" Trambusto. Passetti concitati. "Aiutooo!"

Accorro, per paura che Pelé venga colpito.

"Non preoccupatevi," le rassicuro. "Dov'è? Ci penso io."

Pelé mi guarda tremante da sotto un tavolino. La signora è salita su un vecchio sgabello e ha stretto lo scaffale con le unghie laccate di rosso. Afferro il roditore, fingendo di esserci riuscita a fatica.

"I topi sono di casa qui," borbotto tra me e me passando accanto alla signora.

Una volta di là, accarezzo e bacio Pelé sul manto bianco prima di rimetterlo nella gabbietta e lascio cadere cinque Cheerios nella ciotola.

"Te li sei meritati, amico. Grazie." Ricopro la gabbia con il tappeto. "Ancora un po' di pazienza e ti riporto dal tuo padrone."

Subito dopo, la signora esce a passo rapido con gli occhi incollati al pavimento, esclamando un vago: "Le farò sapere!".

"Cosa ci faceva un topo lì dentro?" sibila SetaMistoLana, disgustata.

Mi stringo nelle spalle. "Forse arrivano dal magazzino del bar tabacchi."

Lei fa una smorfia, lisciandosi la camicetta di seta col fiocco. "Ti spiacerebbe controllare se c'è qualche passaggio? A me fa davvero troppo schifo."

"Nessun problema... I topi sono pur sempre parte del Creato."

"Non del mio," ribatte lei prontamente.

La visita successiva dura una vita. Un uomo in completo grigio valuta il negozio da fuori per quella che mi sembra un'eternità, prendendo appunti su una cartellina e tempestando di domande SetaMistoLana. Nella stanza principale sostano per mezz'ora abbondante, impegnati a discutere fittamente di volumi, ricerche di mercato, modalità di consegna dei fornitori, magazzino, "che dev'essere nascosto, perché i clienti non vedano troppo...".

Solo all'idea di mangiare uno dei loro hamburger mi viene la nausea.

Finalmente, passano al retro. "Questo è lo spazio che potreste trasformare in cucina e..."

"Ma non c'è traccia della canna fumaria!" esclama l'uomo con rabbia.

"Come!" trasecola SetaMistoLana. "Non può mica essere sparita."

"L'avranno chiusa, chissà quanto tempo fa!"

"Verifico, le faccio sapere... Mi informo."

"Se mi dice che la canna fumaria c'è, ci dev'essere. Se è murata, significa che non c'è. Mi ha fatto perdere tempo."

Abbasso gli occhi sul mobiletto che sto lucidando, mentre il tipo se ne va infuriato, rincorso dalla voce di SetaMistoLana: “Non penso sia un problema, vedrà che si può risolvere!”.

I miracoli del cartongesso, mi dico ripensando al mio intervento nottetempo grazie al doppione delle chiavi, e strizzo l’occhio alla statuetta cinese.

Meno quattro giorni all’arrivo di Margaret.

Resistiamo.

## 25.

Per mio padre, la Fine era l'Inizio. Il principio del nuovo mondo, la realtà per la quale ci stavamo preparando. Il tempo in cui, finalmente, si sarebbe dimostrato più forte, astuto, preparato, capace degli altri. Era il tempo in cui ci avrebbe protetti. Il tempo in cui chi lo aveva ostacolato e offeso si sarebbe infine pentito, accorgendosi dell'errore di valutazione. Il tempo in cui sarebbe diventato un eroe.

La sua vita aveva preso questa deviazione tutto d'un tratto, intorno ai venticinque anni, sull'onda di un grande entusiasmo. Aveva infilato l'essenziale in valigia ed era passato a prendere la fidanzata: sarebbero partiti in macchina per l'Appennino, in cerca del posto ideale dove installarsi. Avrebbero realizzato il loro sogno senza più alcun indugio: una vita immersa nella natura, lontano da tutti, sottratti alla corruzione e alle ipocrisie, eludendo per sempre la Terribile illusione della società.

Il mondo accademico lo aveva deluso in modo definitivo, la sua laurea a pieni voti in Ingegneria fisica non aveva valore in quell'ambiente dominato dal clientelismo, e tutti i suoi sforzi sarebbero stati inutili in un mondo retto da giochi di potere, da intrallazzi politici e dall'indifferenza delle persone verso il pianeta, verso gli altri, verso sé stesse.

Non era questa la società in cui avrebbe voluto crescere

dei figli, lo vedeva chiaramente, e non c'era altra soluzione se non quella di raggiungere l'autosufficienza in un mondo a sé, dove avrebbero scelto come vivere giorno dopo giorno.

La sua fidanzata era una studentessa di Lettere dai grandi ideali e non se l'era fatto ripetere due volte. Scappare da una vita in serie per costruirsi un'esistenza più significativa, autentica, finalmente protetta dalle delusioni, era anche il suo sogno. Mio padre era carismatico e lei lo amava. Si fidava di lui. Con lui si sentiva importante, amata, e protetta.

Dopo qualche settimana avevano scovato una casa colonica mezza distrutta sul limitare del bosco. Aveva un giardino, uno spazio per l'orto e una stalla. Ci sarebbe voluto qualche anno per rimetterla a posto, certo, ma questo non li spaventava. La città era diventata gradualmente un ricordo lontano. Erano spariti i concorsi, le aspettative, le vittorie e i fallimenti. C'erano solo lui e la mamma, giovani e innamorati. Poi Andrea, e infine, io.

Al negozio, stamani, trovo SetaMistoLana in compagnia del suo socio.

È un signore anziano, altrettanto benvestito, con i capelli grigi pettinati all'indietro e l'aria di uno che sa trattare con tutti senza scendere a compromessi con nessuno. Il gessato gli calza come se ci fosse nato dentro, e questo, insieme alle scarpe allacciate dal modello classico, tradisce la notevole fiducia in sé stesso.

Adesso appoggia una mano sulla spalla di SetaMistoLana con una certa sicurezza e intimità, tanto che mi chiedo che rapporto ci sia tra loro.

"Papà..." si lamenta lei, rispondendo senza saperlo alla mia domanda.

Suo padre? Non me l'aspettavo! Allora è un'azienda di famiglia!

A ben vedere, i due si somigliano. Dal padre, SetaMisto-

Lana ha ereditato il naso importante e il taglio della bocca, gli occhi però sono diversi: quelli di lei sono luminosi e chiari, quelli di lui piccoli e scuri, vicini. Occhi a cui non sfugge niente.

Vorrei andarmene, ma ormai mi hanno vista. Saluto SetaMistoLana con un timido cenno del mento, mentre lei mi fa segno di entrare. Proprio in quel momento, mi passa accanto il tabaccaio, urtandomi. Il tizio va incontro al padre e scambia con lui un'energica stretta di mano. Scivolo all'interno del negozio cercando di non farmi notare e raggiungo le statuine cinesi per controllare com'è venuto il lavoro.

"La stanza principale, luminosissima, è dotata di un'ampia luce," comincia SetaMistoLana rivolta al tabaccaio. "Notare gli infissi antichi che..."

"Non me ne frega niente della luce, né della vetrina, visto che sarà tutto oscurato."

"L'angolo cassa..."

"La cassa la metto dove dico io, e di certo non in un angolo. Dove credi che vada la cassa?"

Lei si irrigidisce, lancia un'occhiata al padre.

"Al centro, no?" si risponde da sé il tabaccaio. "Non è forse la cosa più importante? Devi caderci dentro."

Il padre annuisce. "La cassa al centro, lo sa anche un bambino." E fulmina la figlia con uno sguardo.

SetaMistoLana fa per replicare, ma l'uomo prende il tabaccaio per il braccio facendolo voltare, così che lei si ritrova ad affrontare due schiene. Sta per alzare il tono, lo capisco da come il suo corpo si protende, ma poi rinuncia.

"Senti, veniamo al sodo," fa il tabaccaio al padre. "Il cartello fuori lo potete togliere. Questo posto lo compro io. Dimmi la cifra."

SetaMistoLana mi raggiunge. "Ehi," dice quasi con calore, in modo del tutto inaspettato.

Come vorrei sapere il suo nome, ma non oso chiederlo per paura di essere inopportuna.

"La cassa al centro. Dove credi che vada la cassa?" sussurro allora, imitando la voce stridula del tabaccaio.

Lei trattiene una risata.

"Qui sarà tutto oscurato, così il mio cervello si troverà a suo agio," faccio ancora.

Alza gli occhi al cielo per esprimere il suo disappunto verso quel tizio.

"Comunque, io mi chiamo Gea," le dico tutto d'un fiato.

"Bel nome," risponde, e non capisco se è una battuta.

Non mi comunica il suo.

"Il bagno lo si riesce a mettere a norma per i disabili," sento dire sul retro, "ho già controllato."

"Okay, il bagno ci vuole," sbuffa il tabaccaio, "ma dev'essere a norma per i disabili? Cosa ci vengono a fare, loro, qui dentro? Fortuna non mi pare che ne abbiano."

Vorrei rimuovere la statuetta dalla base di plastilina, ma la frase mi ha mozzato il respiro.

Mettere il bagno a norma pare sia d'obbligo, ma il tabaccaio è convinto di poter trovare una scappatoia.

"Non voglio spenderci un euro," insiste, come se il posto fosse già suo. "Una mano di bianco, il buco nel muro per il passaggio e poi c'è solo l'investimento delle macchine. Ma per quello sono in una botte di ferro, ho trovato una partita di slot praticamente regalate. Invece i monitor e i computer te li danno le agenzie di scommesse. Meglio di così..."

Mio malgrado, non posso fare a meno di ascoltare. Devo sapere fino a dove riesce ad arrivare l'animo umano per qualche quattrino in più, e magari un po' di divertimento.

"La gente crede di poter vincere, ha questa arroganza. Ognuno è convinto di essere quell'uno su un milione che sbanca. Chi sono io per negargli quest'illusione?"

L'altro lo ripaga di un sorriso accondiscendente precedendolo verso l'uscita. "Vedo che ha le idee chiare, bene, ma il prezzo resta quello che le ho detto. Non è trattabile."

All'improvviso non sembrano più così amici. Il padre di SetaMistoLana si sistema la cravatta, come a mettere distanza con l'interlocutore. Non ha smesso di sorridere, ma ora lo fa in modo più duro.

"E chi la spende quella cifra per questo magazzino puzzolente chiuso da una vita?" alza la voce il tabaccaio.

"Qualche interessamento c'è già. Il quartiere si sta rivalutando... nel caso non se ne fosse accorto," replica l'agente immobiliare continuando a dargli ostentatamente del lei.

"Voglio proprio vedere che offerte ti arriveranno."

"Staremo a vedere."

"Non è che mi stai sfidando? Ti ho detto che questo posto lo prendo io."

"Le basta mettere sul piatto una buona cifra, per usare una metafora attinente al suo progetto."

"Se s'azzardano a venderlo a qualcun altro gli do fuoco," borbotta il tabaccaio in un sussurro iroso, passandomi accanto per uscire. Poi dice a voce alta, indicandomi: "Pensavo che i meccanici aggiustassero le macchine, non le cianfrusaglie".

Ride della sua stessa battuta, ed è in quel momento che il padre di SetaMistoLana mi nota. Alzo gli occhi dalla statuina cercando di rimanere impassibile, anche se mi accorgo di aver irrigidito i muscoli delle gambe e del collo.

"In realtà, *Gea* non è un meccanico," interviene SetaMistoLana, a sorpresa. "Sta riparando queste cose. *Pregiate*."

"Fatele sparire al più presto, c'è un cassonetto qui dietro l'angolo," ironizza il tabaccaio.

Una volta uscito, lei si rivolge al padre. "Tipo sgradevole. E poi un punto scommesse..."

"Devi chiudere un *deal*, non fare amicizia. Dobbiamo guadagnare per poter continuare a fare il nostro lavoro. Pensi che smettendo di aprire punti scommesse la gente perda il vizio? Che smetta di sentirsi frustrata o di coltivare sogni irrealizzabili? I clienti sono clienti, bisogna saper trattare con tutti."

Dal modo in cui lei lo guarda sembrerebbe stupita di riuscire a stupirsi di suo padre. Come può aver detto una cosa simile? Vorrei confessarle che conosco bene quella sensazione, ma ho paura di risultare fuori luogo, non abbiamo nessuna confidenza. Fino a prova contraria, siamo qui solo per affari.

SetaMistoLana esce stizzita, senza salutare, e io rimango a fissare la soglia. Per fortuna anche il padre decide di andarsene: si sfila dalla tasca le chiavi della macchina, quindi si volta verso di me. "Valgono davvero qualcosa queste carabattole?" Ma prima che io possa rispondere, aggiunge: "Forse quello del tizio non è poi un così cattivo consiglio," e se ne va.

Rimango sola nel negozio, con un masso sul cuore.

Cerco di fare pace con quello che ho appena sentito, ma non ci riesco. È vero, forse non si possono sradicare i bisogni degli altri, ma allo stesso tempo si possono proporre nuovi modi di soddisfarli. C'è sempre, voglio credere, la possibilità di far vincere la bellezza e la pienezza e il valore. Non riesco nemmeno a immaginare come questo posto, che per anni è stato all'insegna delle seconde opportunità, possa accogliere un'attività che non ne lascia più alcuna a chi lo frequenta. Non riesco ad accettare che un padre deluda la figlia rifiutandosi di ascoltare le sue ragioni.

Per non farmi risucchiare da questo tipo di pensieri cerco di tornare con la mente al lavoro. Devo valutare le condizioni degli oggetti in legno. Sono molti e avranno bisogno di una cura particolare, ma la mia mente è ingolfata di *se*, assillata dalla visione di questo posto invaso dalle slot machine e da persone che ciondolano con biglietti in mano o fissano i monitor, mentre le campanelle elettroniche suonano a ripetizione il

*Mi dispiace, ritenta, sarai più fortunato*, e poi lo stropiccio dei biglietti strappati dopo l'arrivo delle corse e la sconfitta degli scommettitori. Eppure, una voce dentro di me dice: Forse potrò impedirlo. Forse Margaret si lascerà convincere.

All'improvviso, sento bussare alla vetrina dietro di me. Mi giro, temendo che SetaMistoLana sia tornata a chiedermi di andare via, a informarmi che tutti questi magnifici oggetti finiranno nelle mani di uno svuotacantine e la vendita col tabaccaio è conclusa.

Invece, mi trovo davanti Priscilla.

"Ho pensato di passare per sentire com'è andata la telefonata alla signora inglese."

"Grazie, è andata anche meglio del previsto. Domenica dovrebbe essere qua..." Mi sforzo di sorridere. "Se qualcuno non ci soffia il negozio prima," e indico il tabaccaio accanto.

"Oh, quello," fa lei stringendo i denti, "meglio stargli alla larga."

"Ma è lui che vuole allargarsi... Senti," mi viene in mente all'improvviso, "ti sembrerà una domanda strana, ma non è che per caso il tuo ex marito si è lasciato indietro qualche vecchia maglietta di cotone?"

"A bizzeffe. Brutte come solo lui poteva sceglierle, e sformate. Vanno bene lo stesso?"

"Perfino meglio."

## 26.

Nel tragitto dal negozio a casa mi scopro a pensare che non ho ancora ricevuto nessuna risposta dal mio vicino. *Il poeta non dorme mai, ma in compenso muore spesso.* Che si sia offeso?

Era una metafora, l'avrà capito, il poeta muore nel senso che si esprime annullandosi in ogni poesia, o almeno io penso che sia questo il senso. O c'è il poeta o c'è la poesia, mai tutti e due. Lui si è definito sognatore, io l'ho definito poeta. Forse avrà pensato: cosa vuole questa da me? Non può semplicemente infilarsi dei tappi nelle orecchie e lasciarmi camminare avanti e indietro sulla sua testa? Di camminare però ha smesso, di colpo.

Stamani l'ho visto attraversare il cortile reggendo una pila sbilenca di scatole e scatoline. Cosa ci sarà stato dentro? Sono rimasta a osservarlo nella speranza di scoprirlo, e soprattutto che si girasse, così da riuscire finalmente a vederlo in faccia, ma quando l'ha fatto, il suo volto era coperto dalla pila di scatole. Di che colore ha gli occhi? Cosa c'è nel suo sguardo? Quanti anni ha? Perché non ha risposto al mio biglietto?

Forse il nostro scambio epistolare è finito qui. Privo di conseguenze. Non avrà tempo da perdere con una conversazione campata in aria come la nostra. Avrà una vita vera, problemi e possibilità su cui ragionare. Una relazione da portare avanti, magari, anche se non l'ho mai visto in compagnia di nessuno, una famiglia da cui andare a pranzo la domenica. Mentre io...

Nell'aprire la porta, immersa in questi pensieri, calpesto un biglietto. È scritto con inchiostro nero, come quello che l'ha preceduto. Il mio cuore salta un battito e poi accelera, come un cavallo spaventato da un ostacolo improvviso. Fisso per terra, senza il coraggio di chinarmi a raccoglierlo, lasciando che la vista si sfochi in modo da non decifrare le parole. Cosa può aver risposto? Faccio ipotesi: *Vivi e lascia vivere*; *Finiamo qui la nostra conversazione...*

Mi sfilo lo zaino e lo appoggio nell'angolo dietro la porta, come ogni giorno. Tiro fuori due bamboline che ho trovato abbandonate sul marciapiede. Dopo un bagno saranno come nuove, la casa per Aria ha bisogno di inquiline.

In cucina, mi lavo le mani. L'idea che il biglietto se ne stia lì sul pavimento, ad attendere, mi regala inquietudine e gioia, ma faccio appena in tempo ad asciugarmi i palmi sulla salopette che l'ho già afferrato.

*Rifiutare la morte significa rifiutare la vita.*
*Ursula Le Guin*

Non ha messo un punto alla nostra conversazione, come temevo. Mi ha risposto! Non so cosa fare con il mio corpo, sto passeggiando su e giù per il corridoio, continuando a rileggere la frase. *Rifiutare la morte significa rifiutare la vita.* Ripenso alla Rocca. A come abbiamo vissuto per tanti anni, architettando sempre nuovi modi per sfuggire alle fatalità. Corro nel laboratorio, prendo un nuovo biglietto con le giraffe, impugno la stilografica:

*E io che pensavo che vivere fosse spingere la morte un po' più in là...*

Troppo personale? Forse è pericoloso. Mi passo la penna da una mano all'altra, alla ricerca di un'alternativa. *Rifiutare la morte significa rifiutare la vita.* Serve una frase impersonale, ma che colpisca. Mentre ci rifletto riprendo in mano il suo biglietto. Solo così noto l'appunto scritto dietro:

*Avrei bisogno di una mano con una teca da fissare al muro. So che ci sai fare. Se hai voglia, fai un salto su?*

Rileggo. Una teca da fissare al muro. La mente va subito al mio trapano professionale, mi chiedo che punta ci vorrebbe e che tipo di fischer. Una teca pesa. Ma quanto? Dipende da cosa deve contenere. Una teca? Cosa se ne farà di una teca?

*Fai un salto su...* Non riesco a credere che mi stia invitando a casa sua. Per un lavoro. Si fida, pensa che saprò aiutarlo.

E se non fosse altro che uno scherzo di pessimo gusto? Vale la pena rischiare? Non hai scuse, eppure non vivi, ha detto l'altro giorno la signora Dalia.

Rileggo la mia risposta, non è poi così male. È reale. Sono io. Faccio un lungo respiro, rifletto. Infine, volto il biglietto e aggiungo:

*...ma forse è meglio tirare a sé la vita. O appendere una teca. Passo presto.*

# 27.

"Cucù... Permesso?"

La voce mi ha sorpreso alle spalle facendomi sobbalzare. Voltandomi trovo Priscilla che, in piedi in mezzo al negozio, ha appena lasciato cadere a terra un sacco pieno di panni.

"Fanne pure ciò che vuoi!"

"Sei la mia salvezza, grazie."

È sabato e sono così irrequieta che mi dimentico perfino di chiederle come sta. L'idea è quella di rimettere a nuovo più cose possibile, così che domani Margaret trovi il negozio nella sua forma migliore e si lasci convincere a ricomprarlo.

"*Bonjour!*" esclama Adelaide, affacciandosi sulla soglia. Indossa un vestito bianco corto con uno scollo a cuore e un paio di scarpe da ginnastica fucsia. Da dietro le sue gambe appare Aria, anche lei vestita di bianco. Ci saluta con la mano, poi chiede a Priscilla: "Tu sei la padrona di Zucchero?".

Priscilla annuisce. "Ma ora è dal parrucchiere... Ci va più spesso di me!"

Adelaide si guarda intorno con una smorfia di apprensione. "Mi pare ci sia ancora un bel po' di lavoro da fare." Fa il gesto di rimboccarsi le maniche, anche se non le ha. "Il piano qual è?"

Aria imita la madre.

"L'idea è quella di trasformare queste vecchie magliette in stracci per lavare, ravvivare, cerare tutti i mobili in legno che ci sono qui dentro," spiego, indicando prima il sacco con gli indumenti dell'ex marito di Priscilla, poi il pianoforte, la credenza, i tavolini, le sedie, gli sgabelli.

Adelaide si avvicina al sacco e passa in rassegna le magliette. "Speravo di poter recuperare qualcosa per le mie creazioni, ma direi proprio di no," commenta scoppiando a ridere.

Anche Priscilla pare divertita, oltre che sollevata.

"Vi faccio vedere," dico tirando fuori un paio di forbici dallo zaino. Prendo una maglietta e la taglio per largo.

"Posso farlo io?" domanda Priscilla, con slancio improvviso.

"Accomodati," le allungo le forbici come se fossero una bacchetta magica.

Priscilla afferra una maglietta del suo ex marito e comincia a tagliarla, all'inizio un po' titubante, poi sempre più decisa. "Ah, che soddisfazione! Che soddisfazione!" ripete, guardando gli scampoli di tessuto atterrare sul pavimento.

Aria acchiappa i ritagli ridendo e li fa volare.

"Senti..." Priscilla mi guarda, dopo aver tagliato tutte le magliette. "È sabato. Non ho assolutamente *niente* da fare. Rimango ad aiutarvi."

"Grazie, a volte uno non ci pensa, ma basta una mano per rimettersi in piedi."

Aria alza le sue. "Io ne ho due!"

"A proposito." Apro lo zaino e consegno a Priscilla il regalo che ho rimediato alla *Biancheria Bullo dal 1987*. "Per scusarmi del danno che ti ho fatto l'altro giorno."

"*Il meglio deve ancora venire*," legge lei tenendo sollevato davanti a sé l'asciugamano. "Ma grazie, non dovevi. È davvero... un bellissimo pensiero."

Non so se si riferisce al dono in sé o alla frase ricamata.

“Cos’è, la riunione delle allegre comari di Windsor?”

Alzo gli occhi dal coperchio del pianoforte, cui sto dando l’ultima mano di cera. SetaMistoLana è appoggiata allo stipite della porta, tailleur sartoriale, tacchi stiletto, una cartellina tra le braccia e l’espressione vagamente divertita. Non l’avevo sentita entrare.

Mi accorgo ora che ci siamo interrotte di botto, come in una coreografia. Su mia indicazione, Aria stava passando uno straccio umido su una mini Thonet, Priscilla immergeva un panno in una mistura di olio d’oliva, alcol e succo di limone per ravvivare la superficie di un grande tavolo basso, Adelaide passava un mozzicone di candela sui bordi dei cassetti della credenza, perché scorressero meglio.

SetaMistoLana ha i capelli sciolti, senza il solito cerchietto a trattenerli. Questo dà l’impressione che sia di fretta o che abbia dimenticato qualcosa. Sembra di buon umore e come sospesa, lanciata in qualcosa di nuovo.

“Se vuoi unirti...” Alzo uno straccio intriso di cera.

“Sono tentata, ma... no. Grazie,” sorride ironica. “Di tutto questo lavoro in nero io non voglio sapere niente, okay? Ma prima fate, meglio è, quindi chiuderò un occhio.”

“Offerte all’orizzonte?”

“Stiamo per riceverne due.”

“Come?!” mi lascio sfuggire.

“Sia l’hamburgheria che il tuo amico di là sembrano molto determinati. Ma aspettiamo che diventi ufficiale.”

L’hamburgheria non rinuncia? Il tabaccaio insiste? Avrei dovuto immaginarlo, questa strana felicità non poteva che essere passeggera. Nessuno può evadere da certe galere, specie quando ha costruito le sbarre con le sue stesse mani...

“Gea!” mi chiama una voce alle mie spalle. “È stato Eugenio a dirmi che ti avrei trovato qui. Ho provato a telefonarti...”

"Ciao, Angelina." Tiro fuori il cellulare dalla tasca, è scarico. Chissà da quanto.

"Ho interrotto qualcosa?" domanda Angelina guardandosi intorno. "Che bel posto! Altro che vecchio negozio. Sembra di essere a Downton Abbey."

"Hai visto?" le dico cercando di allontanare i cattivi pensieri. Prendo un bicchiere di cristallo. "Cin, cin!"

"*Santé*, vorrai dire!" replica lei, china su una poltroncina. "Guarda che chicca, color ametista! Pensa te..." mormora poi leggendo il cartellino, "apparteneva a un Lord di origini scozzesi che si è ucciso per amore!"

"Come ci starebbe bene, in casa mia," sospira Priscilla. "Al posto di quelle anonime poltrone beige."

"Possiamo vendergliela," interviene SetaMistoLana.

"Io vorrei quella." Adelaide sta indicando una libreria di bambù in fondo al negozio. In effetti, sarebbe perfetta per casa sua.

SetaMistoLana alza un sopracciglio. "Pagate e avrete."

Mi guardo intorno. Ora che gli oggetti cominciano a risplendere, ora che ci siamo noi a farlo vivere, questo posto potrebbe quasi sembrare un negozio vero.

"Tu sei la proprietaria del *Nulla*." Adelaide si è rivolta ad Angelina.

"Purtroppo..."

"Non dire così, è uno dei pochi posti autentici rimasti qui intorno."

Lei si lascia scappare un sorriso un po' incerto.

"Ho un problema alla macchina del caffè" mi informa, "per questo ti stavo cercando, è un pezzo che non ti fai vedere..." D'improvviso si ferma. "Sentite, a chi importa! Non ne posso più del *Nulla*. Che restino senza caffè."

La guardo allibita. "Ma che cosa è successo?"

"Il solito: mentre mio marito gioca a carte, io sgobbo per la gloria... che non arriva! Sono stufa di stare lì a farmi prendere per il naso da tutti. Da lui, dai clienti, dai fornitori, dai consulenti, dai vicini che ci mandano i controlli... Ma poi, che fastidio gli diamo?! Basta, sono arcistufa! Non posso ammuffire lì dentro."

"Arcistufa", un termine che poteva usare solo lei. E la regina Elisabetta, probabilmente.

Scuote la testa. Per liberarsi dai pensieri, forse. "Che cosa state facendo? Posso aiutarvi? Non so stare con le mani in mano."

Accetto con ritrovato entusiasmo, la partecipazione di Angelina fa da contrappeso alla brutta notizia delle offerte in arrivo. Sono abituata a prepararmi al peggio, ma perché non prepararsi al meglio? Perché non credere nel miracolo? Almeno finché si può. Almeno per un giorno.

"C'è un sacco da fare!" grida Aria, spolverando con il piumino l'interno di una vetrinetta piena di bigiotteria.

SetaMistoLana raddrizza la schiena e si gira verso di me. "Bene, io torno dopo, Madama Dorè." Ed esce.

"*Oh, quante belle figlie, Madama Dorè, oh, quante belle figlieee...*" inizia a cantare Aria mentre io e Angelina spostiamo alcuni mobili, così da poter accedere agli oggetti stipati dietro che ancora non ho inventariato.

Angelina si unisce al canto. "*Son belle e me le tengo, scudiero del re, son belle e me le tengo!*"

Ormai è un coro. "*Oh, quante belle figlie, Madama Dorè, oh, quante belle figlieee...*"

C'è una piccola pausa, alcune non si ricordano le parole, ma è Aria, che la conosce a memoria, a rilanciare la canzone: "*Il re ne domanda una, la vuole maritare... e come la vestireste scudiero del re... Di rose e di viole... Prendete la più bella...*"

"Col cavolo!" esclama sua madre. "Queste strofe non le cantiamo. Ci fermiamo a 'son belle e me le tengo', care mie. Il re si attacca."

"Il re si attacca!" Aria si sbellica dalle risate. "Il re si attacca!"

"Certo!" insiste Adelaide. "E se proprio volete sapere chi le vestirà, queste belle figlie, le vestirò io."

"Le vestirai tu, mamma. Che sei una stilista!"

L'umore generale è alto. Solo io, nonostante i buoni propositi, mi sono di nuovo rabbuiata. Margaret è ricca, d'accordo, ma riusciremo a convincerla a ricomprare questo posto? L'ha rifiutato quando avrebbe potuto averlo senza pagare, perché dovrebbe ripensarci ora? Per quanto impegno ci stiamo mettendo, è pur sempre un vecchio negozio di mobili usati, è inutile negarlo.

Non importa se, nel mio cuore, lo sento un po' il mio regno.

# 28.

"E suo marito, dove l'ha incontrato?"

La signora Dalia mi guarda stupita.

Ho aspettato che fosse lei a menzionarlo, perché la mia domanda risultasse meno indiscreta, ma l'ho colta comunque di sorpresa, visto che non chiedo mai nulla di personale. Mi piace rimanere entro il confine.

Come da lei richiesto, le ho appena consegnato tre tele di un metro per un metro, un tubo da sessanta millilitri di olio giallo indiano, uno di cinabro rosso scuro, un violetto minerale chiaro, un verde permanente, e un pennello a lingua di gatto. Ora, vuole offrirmi un bicchierino di china.

Una delle ultime lettere di Dorothy svela qualcosa su suo marito di cui non credo lei sia a conoscenza, e ancora non so se sia giusto rivelarglielo. Per questo, sto sondando il terreno. È una sensazione strana, saperne di più del mio interlocutore, del tutto nuova per me. Mi mette un po' a disagio, ma mi dà anche la speranza di potermi rendere utile.

"Dove ho incontrato mio marito, gioia?" ripete la signora Dalia, dopo essersi seduta al tavolo. "Dove si incontrano i mariti, di' un po'?"

"Non ne ho idea, se no magari ne avrei uno, qualcuno con cui riparare il tavolo della cucina..."

Scuote la testa divertita.

"In realtà, ho sempre pensato che lo incontrerò per strada, sotto la pioggia," ammetto, "come in un film. Ma per quanto mi fiondi fuori a ogni temporale, non succede mai."

"L'amore arriva al momento giusto. E può esserci anche il sole, quel giorno, sta' tranquilla. Zucca e melone alla loro stagione, gioia."

Zucca in autunno, melone in estate, lo so. Ma arriva per tutti il momento giusto per l'amore o si può passare la vita ad attenderlo? Sull'arca di Noè salgono tutti in coppia. Noè sembra suggerire che il minimo comun denominatore per la vita sia due. Che fine farebbero le persone sole nel diluvio universale?

"A essere sincera, comunque, non saprei bene cosa farmene di un marito," ribatto. "Mi basto così come sono."

Lei sorride malinconica. "Nessuno è un'isola, gioia."

Allora perché mi sento così lontana da ogni terraferma?, vorrei chiederle. Invece dico: "Mio padre sosteneva che dentro di noi abbiamo tutto, che non c'è bisogno di affidarci agli altri, basta attingere da sé per ogni esigenza. Possiamo essere amico, genitore, confidente o qualsiasi altra cosa vogliamo, per noi stessi".

"Se fosse davvero così, io e te ci sentiremmo un po' meglio di come ci sentiamo, no?"

Accenno un sorriso per nascondere la malinconia, anche se ora capisco che non ce n'è bisogno. Tra simili ci si riconosce e la signora Dalia me l'aveva detto fin dal principio, che mi aveva riconosciuta; ero io, troppo presa da me stessa, a non rendermi conto che sì, la solitudine qualche tratto distintivo evidentemente se lo porta dietro; che sia l'esitazione prima di aprire bocca o il modo in cui evito lo sguardo altrui. Che non avessi amici veri, né parenti, lei lo aveva capito da subito.

"Ormai si fa tutto in nome dell'indipendenza," si lamenta la signora Dalia. "Ci si sbarazza dei vincoli con leggerezza.

Se una persona o un lavoro non ci vanno più bene, li lasciamo e chi s'è visto s'è visto, ci sarà qualcos'altro, e poi altro e altro ancora, in un ciclo infinito. Il prossimo treno promette sempre di portarci più lontano. Ma la perfezione è un miraggio, gioia mia."

Stappa la china e riempie i due bicchierini, quindi mi scruta per vedere che effetto hanno avuto su di me le sue parole.

Mi tende un bicchierino. "Un tempo, quando si rompeva qualcosa la aggiustavamo dieci volte prima di buttarla. Lo facevamo anche con l'amore."

Guardo la china oscillare tra le sponde di vetro smerigliato. Ne prendo un sorso.

"Non era mai come in un film," continua lei. "Ma ci accontentavamo."

Il liquore scorre giù vischioso, bruciandomi la gola. Ripenso alla Rocca, all'amore che ho conosciuto io. Un amore che aggiustava tutto, ma era troppo intransigente, troppo ostinato, per riparare sé stesso.

"E come si fa, signora Dalia, a sapere quando non c'è più modo di recuperare un rapporto?"

Mi fissa con intensità, poi risponde sicura: "È lui stesso a dirtelo, gioia".

"In che modo?"

"Il modo lo trova, basta mettersi in ascolto."

Gusto il sapore amaro che mi è rimasto in bocca. "Certe cose, certe persone, non vogliono proprio farsi aggiustare..." dico, forse cercando una consolazione. Dico, pensando a mio padre.

La signora Dalia posa la mano sulla mia. "*Alora*, non c'è niente da fare."

Sospiro nel tentativo di scacciare l'angoscia. Ho sbagliato? Era lui a sbagliare? Se fossi diversa, sarebbe cambiato qualcosa?

"Ma mi chiedevi di mio marito..." riprende la signora Dalia, salvandomi da questi pensieri cupi, senza via d'uscita. "Ebbene, sono la nona di dodici figli. La nostra vita era nei campi qui intorno. Campi a perdita d'occhio. C'era chi aveva un futuro e chi, come me, aveva un campo. Ero diventata grande, ma avevo visto solo quelli." Fissa il bicchierino, incerta su come continuare.

Non importa, vorrei dirle, temendo che stia per rivangare ricordi dolorosi, vorrei chiederle di perdonarmi per la domanda.

"In sostanza, Enzo mi ha salvata," continua lei, invece. "È passato da noi un giorno in bicicletta, per comprare latte e riso, ed è finita che si è portato via anche me. Era alto, dai modi gentili, si presentava bene, mica un cioccolataio. Mio padre ne è rimasto convinto subito. Va', m'ha detto, *el g'ha el balin in man*. E poi Enzo mi aveva promesso la città. Così, sono andata."

Finisce la china in un sorso. Non mi guarda. "*E adess sun chì.*"

Immagino Enzo come un ragazzone con i baffi e gli occhialini tondi, seduto dritto sul sellino della bicicletta, che carica sul portapacchi riso, latte e una ragazza con un fazzoletto in testa.

Dalia si versa dell'altro liquore, ma non beve subito. "Via, dammi una buona notizia."

"Siamo fortunate," annuncio, "oggi ce n'è una. È pronta?"

"Alla mia età si è pronti a tutto e non si è più pronti a niente," risponde lei asciugandosi l'angolo degli occhi con un fazzoletto.

"Ebbene: domani Margaret sarà al *Nuovo mondo*."

"*Oh, signur!*" Si preme una mano sul petto. "Una notizia così non me l'aspettavo proprio."

"Siamo riuscite a contattarla, verrà. E lei deve esserci, per conoscerla."

"Io?"

"Sarà al negozio alle cinque." Le sorrido. "Ci vediamo lì, lo faccia per me, se non vuole farlo per sé stessa," aggiungo prima di alzarmi e sciacquare il bicchierino nel lavello.

"Oh, no," scuote la testa. "Non verrò. Non posso proprio..."

Mi avvicino alla porta d'ingresso, la apro, mi guardo indietro. "Avanti, è un'occasione unica."

Lei sospira, scuote di nuovo la testa. "Tutte le occasioni sono uniche, altrimenti non sarebbero occasioni."

Mi fa un cenno di saluto con la mano, mentre io spero con tutta me stessa che cambi idea.

## 29.

È in casa. Lo sento camminare su e giù e trasportare qualcosa, trascinandolo sul pavimento. Sarà la teca? *Passo presto*, gli ho scritto sul biglietto che gli ho lasciato sotto la porta ieri sera. Mi chino per prendere la valigetta del trapano dall'armadietto di metallo nella stanza laboratorio. Salire e suonare il campanello alle sette della sera successiva è *troppo* presto? D'altra parte, con i clienti o ti presenti subito o sei in ritardo; e lui, fino a prova contraria, sarà proprio questo. Un cliente.

"È un lavoro," mi dico, accorciando un po' le bretelle allentate della salopette.

Lancio un'occhiata alla mia immagine riflessa nello specchio del bagno. La cipolla in cui ho raccolto i capelli sta crollando, ma rifarla non significherebbe necessariamente migliorare la situazione. Lascio perdere. Non vorrei avere l'aria di quella che ha passato mezz'ora a prepararsi. Tutto questo, per montargli una teca. Sarebbe ridicolo.

Mi lavo la faccia con un residuo di sapone alla rosa. Strofino una foglia di menta sui denti, sciacquo. Tento un sorriso. Posso non piacermi, ma il risultato non cambia: sono io. Se dovessi ripararmi, riparerei tutto, quindi penso non valga nemmeno la pena di cominciare. È solo un lavoro, è solo un lavoro, è solo un lavoro...

Afferro la valigetta del trapano, un respiro profondo, e salgo al piano di sopra.

Busso, come sempre. Il campanello porta con sé un'impressione di urgenza, l'ineluttabilità delle brutte notizie; bussare mi sembra più delicato. Chi bussa di solito è un vicino, una persona intima, qualcuno che non ha fretta. Vuole un po' di sale, farti assaggiare una fetta di torta, al massimo chiederti un favore.

Al primo tentativo non risponde quasi mai nessuno, ma dover riprovare mi dà modo di prepararmi. La prima volta non voglio veramente che aprano. La seconda, nemmeno. Dopo la terza comincio a pensare che potrei girare i tacchi e andarmene. Alla quarta sono più o meno pronta, ed è proprio allora che, di solito, arriva il "Chi è?", un po' tentennante, da dietro la porta.

Oggi, però, non va come al solito. Non faccio in tempo a bussare la prima volta che la porta si spalanca come se non attendesse altro, catapultandomi sull'orlo di un baratro. Proprio oggi che serviva una vera preparazione.

Sulla soglia si è palesato un ragazzo alto, con indosso una felpa completamente nera (non c'è bisogno che si giri per sapere che dietro c'è scritto *Non può piovere per sempre*) e un paio di jeans. È a piedi nudi.

Non è bello, a prima vista. Non come Cary Grant o Paul Newman nei film che ci faceva vedere la mamma, per intenderci. Al secondo sguardo, tuttavia, rivela un suo fascino barbarico. Naso grosso e fronte alta, occhi enormi, labbra sporgenti: tutto è fuori scala, nel suo viso, come fosse un ritratto fatto da un bambino. Mi osserva anche lui, con leggero stupore, dandomi l'impressione di una persona che si lascia emozionare.

Ecco il mio vicino. Il camminatore notturno, l'autore dei biglietti, il trasportatore di scatole, e io me ne sto in piedi davanti a lui come un cartello stradale, senza riuscire a farmi venire in mente niente da dire.

"Tu devi essere..."

"Sono io."

"Entra." Fa un mezzo sorriso.

Magari è divertito per come mi muovo o come ho parlato. Mi sento timida. Forse dovrei offendermi? Un formicolio mi invade le braccia, cerco di non farci caso. Sto per conoscere l'appartamento che immagino da giorni, ricostruendolo dalle sue traiettorie e dai suoi rumori.

Lo seguo dentro. Cammina con sicurezza sul pavimento di graniglia del corridoio. Ora capisco perché lo sento così bene, da sotto. I suoi piedi tonfano come se dovessero lasciare delle impronte nel cemento. Due applique antiche, di vetro smerigliato, riempiono l'ambiente lungo e stretto di una luce fredda, a intermittenza. Le lampadine stanno per fulminarsi, chissà da quanto sono lì, ma non glielo chiedo.

Il salotto è arredato in modo casuale, al risparmio. Alcuni elementi hanno l'aria vecchia di cinquant'anni, tipo il lampadario in vetro di Murano che pende dal soffitto; altri, come il divano, il tavolino basso e la scrivania, sono dozzinali e anonimi, tipici delle case in affitto per studenti.

Invece dei calzini spaiati, i cartoni della pizza e i posacenere traboccanti di mozziconi, però, l'ambiente è ingombro di strani armamentari – schedari, manuali, scalpelli, spazzole, spazzolini – ed è pervaso dall'odore di colla. Nonostante cerchi di nascondere lo stupore, non credo di riuscirci.

Il mio vicino fa un gesto vago con la mano come a indicare un po' tutto, "scusa il disordine". Ha dita lunghe e forti, leggermente abbronzate.

Gli sorrido. "C'è chi chiama casa mia l'officina."

"Allora il mio è un laboratorio..."

Riesco a mettere a fuoco delle pietre e dei pennelli nel marasma al centro del tavolo, ma cerco di non indugiare con lo sguardo su niente, per non sembrare un'impicciona.

"Ti faccio vedere la teca..." fa lui, trascinando al centro della stanza un sarcofago di vetro diviso in tanti scomparti. "Vorrei fissarla al muro," spiega in tono dubbioso. "Dici che reggerebbe?"

Mi chiedo con che cosa debba riempirla, una teca del genere, cosa intenda per laboratorio, e se l'odore di colla c'entri qualcosa.

Busso sulla parete che mi ha indicato. "È portante."

"Buona notizia?"

"Per te sì, per me pessima."

Sbatte gli occhi divertito. "Ovvero?"

"Posso appendere la teca, ma mi spaccherò le braccia col trapano."

"Mi spiacerebbe avere le tue braccia sulla coscienza."

"Vai tranquillo, hanno sopportato di peggio."

Mi sforzo di far finta di non possederle, le braccia, di non nasconderle dietro la schiena o metterle in vista.

"Allora mi faresti davvero un grande piacere a occupartene, io sono negato in queste cose."

"Un tempo c'erano i mariti, per questo. Oggi ci sono io."

Ride. "Un tempo sarei stato io il marito, immagino." Strabuzza gli occhi guardandosi la punta dei piedi nudi; poi si accorge che sto fissando una fotografia appoggiata sul tavolo, raffigura un lago azzurro al centro di un paesaggio desertico.

"Conosci Cuatro Ciénegas?" mi chiede.

"Non mi sembra..."

"Quattro laghi, ridotti ormai a circa duecento pozze blu nel mezzo di una valle desertica, in Messico." Afferra l'immagine di slancio per mostrarmela da vicino. "È uno degli ambienti primordiali della Terra. Alcuni dei batteri che si trovano lì sono i microrganismi più antichi oggi osservabili. Sono questi batteri ad aver imparato a convertire l'anidride carbonica in ossigeno, trasformando l'atmosfera terrestre da arancione a blu."

"*Pale blue dot.*"

"Conosci quella foto?!"

"La Terra vista dalla sonda *Voyager 1.* Un pallino blu nel vuoto cosmico."

I suoi lineamenti esagerati accentuano la smorfia di sorpresa. Mi guarda in modo così interessato che mi manda in tilt, anche se cerco di restare impassibile.

"Vuoi conoscere la fine della storia?" mi domanda.

"Ha una fine?"

Annuisce, ma a giudicare dalla sua espressione rabbuiata non dev'essere lieta.

"Questi batteri, lì da centinaia di milioni di anni, sono sopravvissuti a tutti i tipi di cambiamento climatico e a cinque estinzioni globali, ma non stanno sopravvivendo all'attività umana." Posa l'immagine dov'era. "Gli uomini hanno cominciato a estrarre brutalmente l'acqua di Cuatro Ciénegas per le colture di erba medica e per l'allevamento. Nel corso dell'ultimo secolo sono riusciti a prosciugarne il novanta per cento. Le conseguenze sono catastrofiche per il pianeta. E siamo vicini a un punto di non ritorno."

Si passa una mano tra i capelli. Cerco di osservarlo senza farmi notare. Devono essere questi, i pensieri che lo agitano durante la notte, mi dico con un'improvvisa sensazione di partecipazione, di tenerezza, d'incredulità.

"Bisognerebbe arrivare a capire che siamo tutti parte dello stesso sistema," sospira, "che è un meccanismo fragile e perfetto. Ogni cosa ha il suo ruolo. Il respiro del mondo è il nostro respiro."

Sento che si aspetta una risposta.

"Io non vado quasi mai al supermercato." Ecco cosa mi è uscito.

Mi lancia uno sguardo interrogativo.

"Voglio dire... che non credo nel comprare le cose. Cioè, nel comprare e buttare e..." Faccio un respiro, cerco di rallentare. "Ognuno può fare la sua parte, basta limitarsi a, basta... collaborare. Io credo nell'economia circolare di quartiere."

I suoi occhi mi studiano, mi chiede di spiegargli come funziona esattamente. Cerco di farlo con il minor numero possibile di parole. Lui sembra capire anche prima, sembra capire subito. E approva.

"Quindi, se avrò bisogno di un po' di verdura... passo a trovarti," conclude.

"Ma anche di lampadine, contenitori, giornali vecchi..."

"Vieni," mi dice. "Ti mostro una cosa."

Avvicinandosi al tavolo, prende in mano due fossili che sembrano conchiglie.

"*Phylum Mollusca*. Li ho trovati io nella Tuscia," spiega con un certo orgoglio. "Vorrei specializzarmi in micropaleontologia, la paleontologia che studia i microfossili, ma faccio pratica con quello che trovo."

Mi fa segno di seguirlo nel corridoio. La sua camminata comunica una certa urgenza, come se ogni secondo fosse prezioso e lui non potesse perderlo. Apre la porta del bagno, che è esattamente sopra al mio, anche se disposto in modo speculare. Nella vasca sono allineate cassette per la frutta con dentro dei fossili bagnati.

"Ecco che cosa faccio, quando non riesco a dormire," mi dice per scusarsi.

Davanti a me, le ragioni segrete delle sue rotte notturne. Tutti questi fossili, gli strumenti del mestiere, il suo modo di fare, sono così lontani da ciò che immaginavo... Davvero non possiamo sapere niente delle vite altrui finché non ci mettiamo un piede dentro.

"Potresti sostituire il fondo delle cassette con una rete metallica a maglia fine, tipo quelle che si usano per le gabbie degli animali," suggerisco, "così il legno non marcisce e i fossili asciugano meglio."

Sgrana i grandi occhi e arriccia le labbra in un sorriso: "Tu fai moglie e marito insieme".

"Sono abituata a contare solo su di me."

Vorrei conoscerlo meglio, sapere cosa mangia per cena, quanto tempo rimane sotto la doccia, se canta, quali parole sbagliava da piccolo...

"Quindi tu sapresti farla, questa sostituzione?" mi chiede.

"Con queste stesse braccia."

Per un attimo rimaniamo a guardarci, senza parlare. Scoppiamo a ridere.

"Allora, vado," dico infine, girandomi verso il corridoio.

Lui rimane incerto. "Okay," dice poi, facendomi strada verso l'ingresso.

Ci troviamo sulla soglia. Vorrei chiedergli qualcosa che non riesco a mettere bene a fuoco.

"Sei attratto dall'estinzione?" mi esce infine.

"Sono attratto dall'evoluzione e... dal punto di non ritorno. È un po' come andare a ritroso nella vita di una persona per scoprire le cause nascoste della sua morte e chiedersi: si sarebbe potuto evitare? Mi interessa l'aspetto positivo della questione. Quello che, nonostante tutto, rimane."

Fa una pausa, probabilmente a causa della mia reazione. "Ti sembrerà strano."

"Per niente."

Quello che rimane. Dopo le catastrofi, che cosa rimane? In fondo, forse è proprio questo che conta.

"È da tempo che non trovo più niente di strano," mi affretto a dire, "almeno da quando ho capito che gli altri trovano strana me."

"Capisco. E quando ti è capitato la prima volta?"

"Più o meno a cinque anni, quando ho incrociato un altro bambino. Probabilmente all'epoca pensavo che gli unici bimbi al mondo fossimo io e mio fratello."

Lui annuisce, ha capito al volo che è una lunga storia.

Dalla finestra della cucina, che ha la porta accostata, entra il tramonto. La luce arancione ha inondato il corridoio, facendo somigliare le applique a conchiglie su una spiaggia all'imbrunire. Le braccia mi si coprono di pelle d'oca.

"Torno domani con il fischer adatto."

Passandogli accanto sento che profuma di sapone e di carta.

"Ti aspetto," mi risponde.

Scendendo le scale condominiali mi rallegro di aver cambiato la lampadina del mio pianerottolo, e uno strano impulso mi fa venire voglia di raccontarglielo, ma non posso certo tornare indietro per questo. Decido di raggiungere il cortile, allora, per respirare un po' di tramonto e mettere in ordine i pensieri. Mi siedo su un gradino accanto alle biciclette infilate nelle rastrelliere. Respiro alzando gli occhi verso il cielo striato di arancione e rosa, ignaro di tutto, remoto, a meno che non sia tu a notarlo. Mi sento bene, e come mi piacerebbe poter dire anche questo al mio vicino.

## 30.

"Dev'essere lei!"

Abbiamo formato un capannello dietro la vetrina e sbirciamo fuori. Sono le cinque meno dieci. Una macchina scura con autista e un passeggero seduto dietro ha appena parcheggiato sull'altro lato della strada.

Guardo Adelaide, che guarda Aria, che guarda Angelina, che guarda Priscilla, che guarda me.

È tutto pronto. Angelina ha portato una torta margherita e insieme abbiamo deciso come disporre i mobili. Adelaide e Aria hanno pensato ai dettagli, mettendo in mostra gli oggetti più particolari e occupandosi delle decorazioni. Priscilla è qui nel caso ci fossero domande dal punto di vista legale. La signora Dalia non si è presentata, ma io spero ancora che arrivi, il suo intervento potrebbe risultare decisivo per la nostra causa. A essere sincera, sarebbe decisivo per me. Basterebbe una delle sue occhiate cariche di rimproveri bonari per convincermi che posso farcela.

L'autista scende e fa il giro per aprire la portiera posteriore. Trattengo il respiro. Dall'auto scende una signora con un caschetto bianco e un tailleur blu oltremare come quelli della regina Elisabetta, cammina con l'aiuto di un bastone dall'impugnatura d'argento.

Il mio cuore batte come se fossi nel mezzo di una catastrofe. Sto per incontrare Margaret, devo spiegare, farmi capire, tentare di convincerla. Raccontarle la mia esperienza. Parlarle di sua madre? Non so nemmeno io da dove cominciare.

Adelaide mi fa cenno di avvicinarmi alla soglia per accoglierla, ma le mie gambe sono legno tarlato, potrei crollare da un momento all'altro; allora mi accompagna lei, prendendomi per un braccio.

"Signora Margaret?" chiede, non appena è di fronte a noi.

"Buonasera," risponde lei con un lieve cenno del capo.

Sorrido, cercando di non tradire l'emozione. Non riesco a credere che abbiamo trasformato un azzardo in realtà. Margaret è qui.

"Sono Gea," dico, nel modo più chiaro possibile.

Non so se tenderle la mano o meno, finisco per fare un piccolo inchino. Lei mi sorride, il che mi rassicura un poco. "Ho conosciuto Dorothy qualche anno fa," continuo, lanciando un'occhiata ad Adelaide perché traduca. "Questo era il suo regno..."

Faccio un passo indietro per lasciarla entrare. Indietreggiano anche Angelina, Adelaide e Priscilla.

"È un bel posto," commenta Margaret, guardandosi intorno. Sfiora una piantana in ottone.

"Ci è voluto del lavoro per recuperare l'aspetto originale del negozio," spiego, non riuscendo a trattenere l'orgoglio, "ma siamo contente che ne sia valsa la pena."

Lei annuisce. "Decisamente, cara."

"Loro sono Adelaide, Angelina, Priscilla e... Aria," le indico una dopo l'altra. "È stato un lavoro di squadra."

"Al momento, il posto è in vendita," prende a spiegare Adelaide. "L'ha comprato un'agenzia del centro, che non ha niente a che fare col quartiere e lo cederà al miglior offerente, che sia un punto scommesse, un anonimo take-away o un negozio di telefonia mobile..."

"Mmm, capisco." Margaret sembra rammaricata. "È così anche a Londra. La città allarga i confini, le persone sono costrette a spostarsi sempre più fuori, e le strade si riempiono di posti senz'anima..."

Non mi aspettavo questo tipo di sensibilità da parte di una donna così ricca, ma immagino sia eredità della madre. Margaret solleva una fragile campanella di vetro appoggiata su una mensola e, dopo averla osservata, la risistema dov'era.

"Dorothy ha certamente messo l'anima, in questo posto," sussurro.

Vorrei aggiungere qualcosa d'effetto, ma non riesco a pensare a niente. Sento che Margaret è distaccata. Adelaide le indica il salottino che abbiamo preparato. Il divanetto, per lei, e qualche poltrona per noi, intorno al tavolino basso. Al centro del tavolino, la torta margherita di Angelina e una teiera fumante con le tazze di porcellana di un servizio inglese.

Una volta che siamo tutte sedute, si respira un po' d'imbarazzo. Margaret non dev'essere comoda, sul divano, che sprofonda un poco sotto di lei: cerca di tenere la schiena dritta reggendosi al bastone. Angelina è in punta di poltrona, con le gambe messe di sbieco come la principessa Kate. Aria è seduta in braccio a sua madre, che si sporge in avanti per non perdersi una parola della conversazione. Priscilla se ne sta un po' in disparte, senza lasciar trasparire alcuna emozione – sarà per deformazione professionale.

Verso il tè in ogni tazza cercando di non far tremare la mano e ripenso a Dorothy, che ha fatto lo stesso gesto il giorno in cui l'ho conosciuta. L'atmosfera era sicuramente più distesa, ma è bello comunque.

"Sua madre preparava spesso il tè per le sue clienti," attacco, dopo essermi schiarita la voce. "Una volta, l'ha preparato anche per me."

"Mia madre?"

"Dorothy," specifico, porgendole un piattino con una fetta di torta.

Margaret appoggia il piattino sul tavolo. Sonda i nostri volti con espressione incerta. "Ma io non sono sua figlia."

"Come?!" Adelaide la fissa basita, scordandosi di tradurre quello che tutte noi siamo già riuscite a intuire.

"Dorothy non ha avuto figli," continua Margaret osservandoci dubbiosa.

Rimaniamo immobili, come congelate.

"Aveva sposato il fratello di mia madre, Luke Freeman, alla vigilia della Prima guerra mondiale. La nostra è una famiglia molto antica e la madre dello zio Luke, la mia nonna materna, non ha mai accettato Dorothy, che veniva da una famiglia di nobili decaduti. Ma il problema vero è sorto quando hanno scoperto che lei non poteva avere figli. Dorothy desiderava tanto una figlia, e non solo perché procreare era quello che tutti si attendevano da lei, ma dopo anni di tentativi falliti mio zio la lasciò per un'altra, che si era già premurato di mettere incinta. Era l'ingiustizia dell'epoca: agli uomini era perdonato tutto, alle donne niente."

Mi tornano in mente brani della lettera in cui Dorothy parla della sua fuga, che alla luce di questa rivelazione assumono un nuovo significato.

"Non ricordo quando zia Dorothy se n'è andata, ero troppo piccola. In realtà, si può dire che non mi abbia mai conosciuta. Ci arrivavano voci sul suo conto, ogni tanto. Che era in bancarotta, che era sola, che non si era mai sistemata... Infine, che aveva aperto un negozio di cianfrusaglie nella periferia di Milano o forse di Roma."

Nessuna di noi ha la forza di dire niente, né di offendersi. Posiamo le tazze, senza più alcuna voglia di bere.

"Quando mi è stato comunicato di aver ereditato da lei proprio quel piccolo negozio nella zona Sud di Milano non ho voluto accettarlo. Sarà pieno di debiti, mi sono detta, chissà cosa c'è dietro. Ecco perché ho rifiutato senza neppure vederlo, informarmi o pormi il problema. Ora sono qui, e vedo che è un posto delizioso, sicuramente riflesso di una donna piena di verve e di iniziativa." Ci sorride. "Mi commuove che siate qua, che teniate tanto al rifugio di mia zia. Che vogliate a tutti i costi 'salvarlo'. Mi commuove che mi abbiate chiamato."

Guardo Angelina, Adelaide, Aria, Priscilla sedute composte sulle poltrone di broccato, le tazze eleganti davanti a loro che fumano ancora, la torta intonsa su ogni piattino, e mio malgrado provo un senso di vergogna per la nostra ingenuità.

Margaret prende un sorso di tè, anche se non sembra averne davvero voglia. Poi osa: "Avreste per caso un goccio di whisky per insaporirlo un po'?".

"Faccio una volata al *Nulla* a prenderlo," esclama Angelina, già in piedi.

Aspettiamo in silenzio finché non è di ritorno. Minuti interi in cui lascio fluttuare lo sguardo, evitando quello delle altre. Perché mai Dorothy sentiva il bisogno di rivolgersi a una figlia che non aveva? Con tutti gli oggetti del *Nuovo mondo* cercava forse di riempire un vuoto impossibile da colmare?

Accogliamo con sollievo il ritorno di Angelina.

"Capisco e rispetto quello che ha costruito mia zia," riprende Margaret dopo aver bevuto un sorso del suo tè corretto, e io temo di sapere dove sta andando a parare.

"Purtroppo, non posso fare niente per voi," conclude.

Stringo l'oca di ceramica nella tasca. L'aplomb di Margaret mi mortifica. Fino a pochi minuti fa ero orgogliosa di questo posto, ora lo vedo semplicemente come un vecchio negozio che, anche se in passato ha significato tanto per qualcuno, adesso può non significare niente.

Finito il tè, Margaret appoggia la tazza sul tavolino. La

porcellana rimbomba nel silenzio. Immagino il suono attraversare la strada e propagarsi in tutto il quartiere.

"Perché non lo acquistate voi?" ci chiede, con un candore che sembra genuino. "Siete giovani, avete un progetto comune."

Noi? Senza un quattrino, ognuna con le sue difficoltà...

Adelaide non ha nemmeno più la forza di tradurre le nostre fiacche risposte.

Le lacrime premono per uscire, ma le ricaccio indietro. Penso alla signora Dalia, e mi dico che in fondo è meglio che non sia venuta. Si è risparmiata una delusione.

"Volevo consegnarle queste, comunque," aggiungo, porgendo a Margaret le lettere di sua zia. Non più come scintilla per alimentare l'entusiasmo, ma come una sorta di premio di consolazione.

Margaret le prende, con riconoscenza. "Scusatemi, ma ho un volo che mi attende."

Mentre se ne va, la osservo attraverso la vetrina con la speranza inconfessabile che si volti e dica che ci ha ripensato. Avanza lentamente, il bastone rintocca sull'asfalto, un passo dopo l'altro. Quattro metri, tre, due... Raggiunge la macchina, l'autista le apre la portiera e la aiuta a salire. L'automobile scompare in fondo alla strada. Margaret è decisa. Margaret non è sua figlia. Margaret è andata via.

"Cos'è, avete visto un fantasma?"

SetaMistoLana è entrata nel negozio con il suo solito fare frettoloso, come se avesse già in mente il prossimo posto dove correre, ignara del nostro appuntamento, il cellulare in una mano e la borsa nell'altra.

Mi stringo nelle spalle. "Questo negozio ne è infestato."

"Cerca di non raccontarlo ai possibili acquirenti, almeno questo!" ribatte, tutta pimpante. "A proposito, ho una buona notizia. Visto che abbiamo più di una persona interessata, mettiamo il negozio all'asta. Un'asta privata. È un modo nuovo di alzare il prezzo. Le offerte, in busta chiusa, saranno aperte in agenzia di fronte a un notaio, tra quindici giorni. Giusto il tempo di vendere questa mercanzia e sgombrare definitivamente i locali. Poi, nuova vita per tutti."

# 31.

Il futuro degli altri era bellissimo, lo sapevo dai libri. Vivevano senza pensarci finché il destino non gli sussurrava un indizio, come quando nel folto del bosco trovavi il sentiero giusto. "Di qua!" gli sussurrava la vita. Loro seguivano il percorso e si ritrovavano avvocati, dottori, scienziati, insegnanti, infermieri, cuochi, autisti, sarti, giocolieri... Liberi nel mondo.

Il mio futuro era già scritto, invece, ed era semplice: sarei rimasta alla Rocca per sempre. Era stato deciso da mio padre, e questo in parte era rassicurante: non dovevo scegliere e rischiare di fallire, trovarmi sola e schiacciata dalle circostanze. Come adesso.

Sono stata addestrata per eventi estremi e catastrofi mondiali, ma non per un fallimento di questo genere: l'impresa personale non era prevista.

Non so proprio come reagire. Non so cosa fare. L'avventura del negozio finisce qua. Poteva essere qualcosa, e si è risolta in niente. Tutti quei meravigliosi oggetti saranno gettati via o se va bene svenduti, il negozio si trasformerà in una ricevitoria o in un ristorante di hamburger scadenti. Posti che prenderanno dalle tasche e dalle anime della gente, senza dare niente in cambio.

Mi infilo il mio pigiama più morbido e chiudo la porta

d'ingresso a più mandate. Scrivo un messaggio ad Angelina spiegandole che stasera non posso ospitare Eugenio perché non mi sento bene, poi spengo il telefono. Non l'ho mai fatto, in più di un anno. Ma di che compagnia potrei mai essere, in questo stato?

Mi trascino sul letto con la scatola di biscotti Royal Dansk che mi ha regalato per Natale la moglie di ViQuerelo. L'odore confortante di burro e cocco mi fa tornare a quando la mamma li comprava per il compleanno. Papà glielo concedeva solo perché era la sua festa. Forse dentro di me sapevo che sarei tornata bambina se avessi sollevato il coperchio ed è per questo che ho tenuto per mesi la scatola dietro il divano. Ci rivedo alla Rocca, seduti davanti al caminetto, in un momento di allegria condivisa, mentre fuori piove. Erano istanti in cui credevo davvero che avessimo quel che occorreva per vivere separati da tutto il resto e che non avrei mai avuto un futuro nel mondo, ma solo con loro.

Rincantucciata nel letto, ora, con la scatola dei Royal Dansk tra le mani, ritrovo una sensazione simile. Se nessuno mi vede, non esisto. Ho provviste per settimane, passerò il tempo a dimenticare, e quei pochi là fuori che mi conoscono si dimenticheranno di me.

"Ciao," sussurro ai biscotti, dopo aver sollevato il coperchio. Di tutti i Royal Dansk, ho sempre preferito quelli col buco. "Comincio da voi," dico allora, prima di passare mentalmente in rassegna la serie di delusioni degli ultimi tempi.

Senza neanche rendermene conto, ne ho già mangiati sette. Le cartine che li contengono giacciono impilate sul comodino, una dentro l'altra. Potrebbero diventare vassoi, culle, tavolini nella casa delle bambole di Aria. La casa delle bambole! La finirò, a questo punto, e gliela lascerò davanti alla porta di notte, con dentro le due bamboline che ho trovato per strada già lavate e rimesse a posto. Sarà una bella sorpresa. A qualcuno, per lo meno, riuscirò a far spuntare un sorriso.

L'orologio a muro segna le nove, ma in fondo perché controllo? Il mio tempo è tornato a essere una spirale, non c'è più niente da attendere. Ho appena affondato i denti in uno dei biscotti a forma di pretzel, quando sento bussare. Due colpi, silenzio. Tre colpi.

"Gea?" È la voce di Adelaide. "Ci sei?"

Il fatto che mi stia cercando mi provoca una sensazione piacevole, che però vorrei non provare: si è deboli se ci si lascia andare, io ho deciso di isolarmi dal mondo, di chiudere con tutto... Mi sforzo di continuare a masticare, senza correre ad aprire la porta. Il biscotto è più croccante rispetto a quelli dell'altro tipo, mi dico, cercando di concentrarmi sul gusto burroso e delicato.

"Gea?!" La voce di Adelaide è quasi allarmata. "Gea? Sei in casa?"

Mi accorgo che nella mia camera, che dà sul cortile, la luce è accesa, e mi chiedo se l'abbia notata. Potrei in ogni caso essere uscita per un'urgenza di lavoro oppure essermi addormentata e aver dimenticato di spegnerla. Torna il silenzio. Aspetto.

Che cosa aspetto? Adelaide sembra essersene andata. Sento una stretta allo stomaco. Che cosa avrebbe dovuto fare? Sono io, a non averle aperto. Non c'è più un possibile destino, un progetto a unirci. Noi, così diverse, non abbiamo più niente che ci leghi.

Sguscio fuori dal letto per andare in cucina attenta a non fare rumore, come durante le esercitazioni notturne con mio padre. Si era convinto che subito dopo la catastrofe gli altri si sarebbero accorti che possedevamo cibo, riscaldamento, mezzi di comunicazione, un riparo sicuro, gli strumenti per sopravvivere, e ci avrebbero attaccato. Così, negli ultimi tempi, almeno una volta al mese ci allenava a muoverci per la casa nel buio più assoluto senza farci sentire.

In cucina, apro lo sportello più alto e prendo una bottiglia di San Colombano, la stappo e me la porto in camera. Appoggio le labbra direttamente al collo e non mi fermo, se non per respirare, finché non me ne sono scolata la metà. Poi spengo la luce, mi sdraio a pancia in su sul letto e fisso il soffitto graffiato dalle luci che penetrano attraverso la finestra.

Ogni tanto chiudo gli occhi e li riapro. La luce disegna ghirigori che si rincorrono e si trasformano. Vorrei stare così per sempre, come una particella elementare staccata da tutto il resto, come se fluttuassi nell'universo. Immagino di librarmi in aria, sempre più in alto, e di attraversare l'atmosfera resa blu dai batteri di Cuatro Ciénegas, la Terra adesso è solo un puntino sfocato. Mi allontano ancora per vederla scomparire. Sono nel buio primordiale.

Ho ripreso a mangiare i biscotti: ho finito quelli a forma di pretzel e quelli tondi, sto per attaccare i rettangolari quando sento il campanello.

Guardo l'orologio, sono le dieci e quarantacinque. Ho passato quasi due ore a mangiare biscotti fissando il vuoto, risucchiata da pensieri scuri, senza scopo. Campanello e silenzio. Nessuna voce al di là della porta, questa volta. Ne deduco che non è Adelaide. Trofeo, certo, non parla, ma non è mai venuto a casa mia e che motivo avrebbe di farlo proprio oggi?

Rimango in ascolto. Il campanello suona di nuovo. Non ho la forza di muovermi. Se anche fosse successo qualcosa, sarei troppo sfinita per reagire e aiutare. Perché nessuno capisce che anch'io, a volte, avrei bisogno di aiuto?

Torna il silenzio. Mi sembra di sentire qualcuno che scende o sale le scale, non riesco a indovinarlo. Il mio vicino, penso d'un tratto. Mi sta cercando?

Riprendo a bere, non è il caso di fantasticare. Avrà di meglio da fare, la domenica sera, che preoccuparsi di me o dei fischer per la sua teca. A essere sincera, non me la sento più di fare quel lavoro. Sicuramente troverà qualcun altro. Tutto si può rimpiazzare, figurati se non posso essere sostituita io, con la mia casa piena di cianfrusaglie e il cuore sempre in attesa di una catastrofe.

Il vino mi sembra più acido del solito, una sensazione di malessere mi stringe lo stomaco. Le ombre sul soffitto danzano come se parlassero una lingua che non conosco. Mi gira la testa, mi mancano gli appoggi, ho l'impressione di sprofondare. Faccio un respiro profondo e mi tiro su.

Il cortile è illuminato dalla luna piena. Sembra una scenografia. C'è il ragazzo proprio di fronte a me che fuma affacciato alla finestra, la coppia di giovani medici dediti a continue pulizie della casa, c'è l'enorme gatto dagli occhi fosforescenti della signora del quinto piano, scala B, che troneggia sul balcone. Ci sono i colleghi professionisti che vivono con le persiane accostate.

Alla Rocca quando aprivo la finestra entrava l'odore di erba e di foglie o di fiori, di terra bagnata o di neve. Cosa ci faccio, qui?

Mi sembra che qualcuno stia bussando di nuovo alla mia porta, lievemente. Faccio qualche passo in corridoio per sentire meglio. L'orologio segna le undici e mezzo. Sì, qualcuno sta bussando. Molto piano, quasi un sussurro. Non mi giunge altro suono oltre a quello. *Toc, toc.* Di nuovo.

Nessuno mi ha mai cercata tanto come questa sera! Tutt'a un tratto esisto: la porta del mio appartamento è un vero ingresso, le persone cercano chi c'è dentro. Sarebbe una bella notizia, se riuscissi a gioirne. Prendo un sorso di vino. Rimango in ascolto. *Toc, toc.* Sopra di me sento i passi del mio vicino.

Mi trascino fino alla stanza laboratorio, impugno la stilografica. Il biglietto con le giraffe ondeggia davanti a me. Chiudo gli occhi, li riapro. Faccio presa sul banco da lavoro con le mani aperte. Cerco di concentrarmi. Forse prima o poi mi presenterò con i fischer adatti. Forse no. Ecco quello che devo dire.

*Il tempo è un grande autore. Trova sempre il finale giusto.*
*Charlie Chaplin*

Controllo dallo spioncino che non ci sia nessuno sul pianerottolo, prima di aprire la porta.

"Finalmente!"

Conosco bene l'esserino che ha parlato, e non mi aspettavo di trovarmelo in piedi sul pianerottolo: Aria non era abbastanza alta per entrare nel campo visivo dello spioncino.

"La mamma ti cerca da un sacco! Vieni?" La bambina allunga la mano perché io la prenda.

"Aria..." Ma non mi vengono le parole. Sento qualcosa di umido sulle ciglia.

Rifiutare è innaturale, ma sono ostinata. Non voglio più illudermi né illudere qualcun altro.

"Adesso non posso," rispondo con voce rotta. "Passerò un altro giorno."

"Forse la mamma ha un'idea per salvare il negozio! Devi venire!"

Scuoto la testa tristemente. "Sarò sempre vostra amica, ma per il negozio non c'è speranza. La città sta correndo verso una direzione precisa." Le dico come se lei potesse capirmi. "E noi non possiamo fermarla."

Fa cadere il braccio lungo il fianco e mi squadra. L'ho delusa.

"Allora, ciao," dice, prima di fare dietrofront e imboccare lentamente le scale.

Rimango impalata a guardarla. In mano ho il biglietto per il mio vicino. Pensavo di salire e farglielo scivolare sotto la porta, che idea ridicola. È lavoro. Avevo detto che mi sarei presentata stasera e non sono salita. Non so se sia stato lui a suonare il campanello per sollecitare, comunque domani andrò con i fischer, fine della questione.

Rientrando in casa, però, pesto un biglietto. Un biglietto sulla mia soglia, che prima, aprendo la porta, non avevo visto.

*Tu puoi ritardare, ma il tempo non lo farà.*
*Benjamin Franklin*

## 32.

Da quando ho compiuto sette anni, una volta al mese in tutte le stagioni, mio padre conduceva me e mio fratello bendati fino a un punto sconosciuto e lontano del bosco che circondava la Rocca, un posto ogni volta diverso, e ci lasciava lì. Con noi avevamo un litro di acqua potabile a testa, una torcia, una coperta isotermica, quattro barrette energetiche, un coltellino svizzero. Dovevamo ritrovare la via di casa leggendo i segni dell'ambiente circostante.

"La bussola si può rompere o qualcuno te la può rubare, ma se sapete orientarvi osservando la natura, non sarete mai persi," ci spiegava. Lui ci avrebbe tenuti d'occhio senza che lo vedessimo, assicurava ogni volta. Se fossimo finiti seriamente nei guai, sarebbe intervenuto.

Una mattina di gennaio, qualche mese dopo la nostra gita a Milano, Andrea è scivolato su un sasso ricoperto di muschio, la caviglia ha ruotato nel modo sbagliato ed è rimasta schiacciata sotto il suo peso quando è caduto urlando dal dolore. Non riusciva più a rialzarsi. Seduto sul tappeto di foglie secche che ricopriva il terreno scosceso, si è preso il piede tra le mani.

Mi sono chinata subito su di lui. "Stai bene?"

Nonostante avessi solo dodici anni, ero in grado di fronteggiare la maggior parte delle possibili emergenze: intossicazioni da gas, emorragie, ferite superficiali o profonde, congelamento, malori, folgorazioni, morsi di serpenti, punture di insetti: senza dubbio, anche una frattura.

"Riesci a muovere il piede?"

"Sì," ha risposto mio fratello, senza provarci. La sua faccia era una maschera di dolore.

"Ci riesci?" ho insistito.

Il bosco era scuro, un nuvolone carico di pioggia galleggiava sopra le nostre teste. La notte prima c'era stato un temporale.

Andrea ha steso la gamba e si è guardato il piede nello stivaletto da trekking, tentando di ruotarlo da una parte e dall'altra.

"Ti odio!" ha gridato, con quanto fiato aveva nei polmoni. Guardava in alto stringendo i pugni, come se parlasse con Dio: noi di Dio ne avevamo uno solo, ed era nostro padre.

"Dobbiamo andarcene," ha continuato con il fiato corto, girandosi verso di me.

"Sì," ho risposto, "andiamo... a casa."

Avevo intuito che intendeva qualcos'altro, ma speravo di essermi sbagliata: sarebbe stata una bestemmia.

"Non a casa," ha sussurrato. "Dobbiamo scappare, Gea."

"Che dici..." Volevo bloccargli la caviglia, ma mi tremavano le mani.

"Torniamo in città, dalla nonna."

"Non preoccuparti, sono qua con te," ho replicato, anche se un brivido mi era corso giù per la schiena; avevo troppa paura per essere davvero con lui e lo stavo scoprendo solo in quel momento. Non riuscivo nemmeno a concepire l'idea di non tornare a casa. Avevo amato la città e amavo mio fratello, ma non poteva chiedermi di scegliere.

Ho cercato un ramo che facesse al caso nostro, mentre mi guardavo intorno nella speranza di scorgere mio padre. Ho immaginato che sbucasse da dietro un albero, si precipitasse da noi, soccorresse Andrea, mi stringesse a sé dicendo che c'era lui, non dovevo preoccuparmi di niente, andava tutto bene. Sarebbe stato come svegliarsi da un incubo e scoprire che eravamo nel tepore delle coperte, al sicuro. E a quel punto non ci sarebbe rimasto alcun motivo di fuggire, sarebbe stata la prova che eravamo felici come tutte le altre famiglie, che mio fratello aveva solo vaneggiato. Potevamo restare. Non dovevamo scegliere.

"Papà?" ho chiamato più volte, ma di rimando arrivavano solo il rumore della pioggia che aveva ricominciato a cadere e i gemiti di Andrea. "Papà?" ho urlato ancora, contro gli alberi e il cielo.

"Smetti di chiamarlo!" è sbottato mio fratello. "Lo sai che non verrà! Non c'è!"

Lo sapevo? Forse non ancora, forse sono stata costretta a realizzarlo solo in quel momento. Nostro padre non ci stava seguendo nel bosco, non vegliava su di noi. Se fossimo riusciti a tornare a casa o meno dipendeva soltanto dalle nostre forze. Lo aveva fatto per non incorrere nella tentazione di aiutarci? Probabilmente. Per rafforzarci, per garantirci la sopravvivenza in caso di catastrofe? Possibile. Era amore, quello?

Basta, mi sono detta, anche se le domande continuavano a turbinarmi in testa, mentre Andrea non faceva che ripetere che dovevamo puntare verso la provinciale, ovunque fosse, trovarla e non tornare più.

Mi sono sfilata la sciarpa e l'ho usata per assicurare un ramo alla sua tibia: lui ha gridato, ma mi ha lasciato fare. Casa nostra era lontana, e non sapevo nemmeno da che parte. Ho raccolto da terra un altro ramo e l'ho dato ad Andrea perché lo usasse come un bastone. Eravamo persi in un punto indefinito del bosco, ma avremmo trovato la strada.

"Andiamo," ho detto, facendomi passare il suo braccio sopra la spalla. "Appoggiati a me."

Dovevo solo capire verso dove puntare. Ormai pioveva a dirotto. Se il bosco si estendeva soprattutto a nord della Rocca, casa nostra doveva essere a sud. Per trovarlo sarebbe bastato osservare l'ombra che proiettava il nostro corpo sul terreno, peccato però che in cielo non ci fosse il sole. Avrei dovuto controllare il fogliame degli alberi – più folto sul lato rivolto a meridione –, seguendo la parte delle pietre più pulita. Nella direzione opposta al muschio.

Andrea continuava a indicare punti lontani, spronandomi a cercare la provinciale. Io tentavo di non lasciarmi distrarre. Davanti ai miei occhi vedevo solo acqua e sfumature di marrone. Ogni tanto riconoscevo un segnale, un punto da cui eravamo già passati, ma non riuscivo a collegarli tra loro, a stabilire una traiettoria.

Tenendo stretto Andrea, ho pensato: se moriremo, moriremo insieme, non sarò da sola, e mi sono vergognata. Ho pensato: se abbandoniamo casa nostra, non sopravvivremo. Non senza ordini, non senza la sicurezza di qualcuno che pensi a rafforzarci ogni giorno. Alla prima catastrofe, soccomberemo.

Poi, ho rivisto la mamma che studiava i suoi anelli nella penombra della stanza e *Il nuovo mondo* in città e la provinciale. Se fossimo riusciti a camminare abbastanza a lungo, in qualche modo l'avremmo raggiunta. Avremmo dato certamente nell'occhio, due ragazzini fradici e soli, con uno zaino equipaggiato per la sopravvivenza e una caviglia rotta legata a un ramo con una sciarpa; ci avrebbe raggiunto la polizia, saremmo stati costretti a spiegare. E come potevamo spiegare nostro padre? Con la sua camicia a quadri, studiava tabelle complesse per salvarci: voleva il nostro bene, ma questo soltanto noi riuscivamo a capirlo.

Improvvisamente, ho visto la luce della Rocca in lontananza. Era finito il tempo della scelta.

"Siamo a casa," ho sussurrato a mio fratello, continuando a sostenere il suo peso con un braccio. "È stato il destino."

"Già, il destino," ha ripetuto lui, tremando per il rancore, "il destino che tu hai scelto per noi."

La mamma ci è corsa incontro sulla soglia. "State bene?" ci ha chiesto stringendoci in un abbraccio preoccupato. "Cos'hai fatto al piede?" ha domandato poi a mio fratello.

Lui ha alzato le spalle e si è voltato verso di me con uno sguardo ostile che non avrei mai dimenticato.

Nostro padre ci aspettava seduto al tavolo da pranzo. "Ottimo, siete tornati," ha commentato.

"Abbiamo rischiato di non farlo," gli ha urlato contro Andrea. "Potevamo morire!"

"Pensiamo alla tua caviglia, ora," ha risposto lui in tono pacato. Infine, ha aggiunto a mezza voce: "Vivere è spingere la morte un po' più in là". Sembrava parlare più a sé stesso, che a noi.

# 33.

Sono le cinque e cinque del mattino e non ho ancora chiuso occhio. Finiti i biscotti, ho lavorato alla casa delle bambole. Oltre al salotto, la cucina, il bagno e la camera da letto, ho progettato una stanza laboratorio e costruito tutti i mobili con tappi di bottiglie, pezzetti di polistirolo e altri materiali di scarto, ma ci sono ancora dei dettagli da rifinire.

Sono più di due ore che lancio occhiate furtive al telefono spento sul tavolo di fronte a me. Un oggetto che mi è sempre stato indifferente, limitato solo al lavoro, ha acquisito d'improvviso il potere di farmi chiedere nel cuore della notte chi mi ha cercata.

Non resisto più. Lo accendo e lo schermo si riempie di notifiche: sette chiamate. Due da un numero che non ho in rubrica, cinque da Angelina. Dev'essere successo qualcosa. Le scrivo, sperando di sbagliarmi. Forse ha infilato il telefono sbloccato in borsa e le chiamate sono partite per errore?

Non passa neanche un minuto che arriva una sua chiamata.

"Gea, quando ho detto a Eugenio che non sarebbe potuto venire da te, che lo aspettavo al *Nulla*, non è venuto. A casa ha lasciato un biglietto, dice che preferiva andare nel suo posto, piuttosto che al nostro bar, ma non spiegava oltre. Gea, non so dove sia! Non so cosa fare!"

Ha una voce che non le avevo mai sentito. È tremante, scomposta, fuori controllo.

"Non preoccuparti," rispondo, cercando di suonare rassicurante, "vedrai che tornerà."

Ma so benissimo che se Eugenio non è con lei la colpa è mia. Mi maledico. Come ho potuto tradire il nostro appuntamento? Non siamo isole, non viviamo solo per noi stessi, per cullare i nostri dolori, dannazione!

Angelina prende a piangere sommessamente. "Non ho ancora avuto il coraggio di chiamare la polizia, non voglio pensare al peggio. Ti viene in mente dove potrebbe essere?"

Mi viene in mente, sì. Sarei in grado di indicarlo quasi con certezza.

"Penso di saperlo," ammetto. Vorrei tanto confidarglielo, così che possa essere lei ad andare a cercarlo, ma ho promesso a Eugenio che avrei mantenuto il suo segreto a qualunque costo. Non lo tradirò certo adesso.

"Angelina, io..."

Sembra perfino aver smesso di respirare. "Non dirmi che si è messo nei guai?" sussurra poi.

"No," rispondo, subito, "non credo proprio. È che lui..." Sta per scapparmi, ma mi fermo in tempo. "Lascia fare a me, vado a cercarlo e ti faccio sapere," concludo, nonostante le implicazioni di tutto questo, perché dove potrebbe essere Eugenio? Semplice: oltre il confine. Fuori dal quartiere.

Prima di potermi pentire di quello che ho appena detto, saluto Angelina e chiudo la conversazione.

E se davvero gli fosse capitato qualcosa?, mi chiedo, cercando di non agitarmi. Devo trovarlo al più presto. Mi vesto alla bell'e meglio ed esco. È l'alba e l'aria è fresca, ma non fredda. Non come sono di solito le albe a maggio. Ripenso con terrore ai batteri di Cuatro Ciénegas. Il battito d'ali di una farfalla può provocare un uragano dall'altra parte del pianeta. Il respiro del mondo è il nostro respiro...

Sapevo che prima o poi avrei dovuto varcare la linea invisibile che ci separa dal resto della città. In un futuro lontano, non precisato, in un'altra vita, pensavo. Non ero pronta a farlo adesso.

Conosco la strada, si tratta di attraversare il ponticello fino alla chiesa e costeggiare il canale in direzione del centro; una volta sulla circonvallazione, cercare la fermata dell'autobus. Può sembrare facile, in effetti lo è, ma non per me. Più volte lotto contro l'impulso di tornare indietro. Mi guardo alle spalle, quello che sto lasciando è tutto quello che ho. Ma poi mi dico che non è vero: ho anche Eugenio. Ho un amico. E devo trovarlo.

Cinque anni fa ero arrivata alla stazione Centrale con uno zaino e il sacco a pelo. Avevo camminato fino a casa della nonna senza mai alzare gli occhi da terra, se non, talvolta, per leggere il nome delle vie. Speravo che nessuno facesse caso a me e così è stato, finché un bambino, a un semaforo, aveva indicato il mio zaino e mi aveva chiesto se tornavo da una gita dei boy-scout.

"Più o meno." Ero un po' in soggezione, persino davanti a un bambino.

"E ti sei divertita?"

"Più o meno." Non sono riuscita a trovare una risposta migliore.

Mi ero divertita? Era stata la mia vita fino ad allora. Non sapevo come altro avrebbe potuto essere. Avevo un tale peso sul cuore che mi ero sentita sollevata nel vedere che il bambino andava in una direzione diversa dalla mia.

Senza averlo programmato, ero capitata davanti all'ingresso del teatro alla Scala. Quante volte la mamma mi aveva raccontato di essere stata lì da bambina! A dir la verità, avevo sempre immaginato il teatro imponente, invece la facciata era sobria e l'edificio, dal di fuori, molto più piccolo di quanto avrei creduto. Eppure, ero certa che all'interno splendesse e mi sarebbe tanto piaciuto vederlo. L'oro e il velluto rosso, il grande lampadario che pendeva dal soffitto, i palchi e la platea fitti di spettatori, le voci che si propagavano rimbombandoti nel petto, i costumi vaporosi e sgargianti o tetri, e l'orchestra che si muoveva all'unisono...

Ascoltavamo Maria Callas io e la mamma, alla Rocca, *Armida* e *Il Turco in Italia*, *Anna Bolena*, *Macbeth*, *Medea*. Ascoltavamo Callas più di tutti gli altri, era lei che faceva commuovere mia madre, era Callas che trovava celestiale e che le faceva dimenticare qualsiasi dolore.

"Mamma," avevo sussurrato quel giorno davanti al teatro alla Scala, in ricordo delle tante volte in cui mi aveva promesso che ci saremmo state insieme. "Sono qui davanti, ma tu dove sei?"

Infine avevo raggiunto l'acqua del Naviglio e mi ero tranquillizzata. Non potevo essere troppo lontana da casa della nonna.

Mi ritrovo più o meno nello stesso punto, ora, e sono da poco passate le sei e mezzo del mattino. La circonvallazione si sta animando. Le macchine sfrecciano. I proprietari dei bar alzano svogliatamente le saracinesche.

Ho individuato la linea e la fermata, l'autobus si avvicina. All'improvviso mi rendo conto di quanto sia assurda, la mia idea. Come faccio a sapere su quale autobus è salito Eugenio?

"Ci decidiamo?" Il mio indugiare sul primo scalino ha innervosito l'autista, forse ha fretta di arrivare al capolinea per smontare dopo il turno di notte.

La linea è attiva ventiquattr'ore su ventiquattro, come mi ha spiegato Eugenio.

Mi scuso e salgo a bordo. L'autobus riparte di scatto, costringendomi ad aggrapparmi al corrimano per non cadere. È formato da due corpi uniti da una fisarmonica di gomma e sfreccia sulla corsia preferenziale, mentre la lunga coda sobbalza. Eugenio, sopra, non c'è.

La città è una serie di cartoline nitide e sfocate oltre il finestrino. So che la linea percorre tutta la circonvallazione, descrivendo un grande cerchio intorno al centro. Al capolinea basta attraversare la corsia per invertire il senso e tornare indietro. Mi viene un'idea: scenderò a una fermata e aspetterò lì, controllando ogni autobus che si ferma, sia in un senso che nell'altro, per essere sicura di non perdermi Eugenio.

Non sapevo di dover prenotare la fermata e l'autista, che deve avere davvero fretta, ne salta molte, visto che non ci sono persone in attesa. Quando finalmente riesco a scendere, mi trovo piuttosto lontano rispetto a dove ero salita. Sono passate le sette. Il traffico nel viale si sta intensificando. Davanti a me, un hotel a due stelle e un Burger King. Dietro, una rosticceria cinese e un negozietto di elettronica. Saprei orientarmi in qualsiasi bosco, ma la città è un'altra faccenda. Non possiede un'intelligenza propria e primordiale. Mi sento persa, senza punti di riferimento.

Se non trovo Eugenio? Se gli è successo qualcosa? Se quando torno a casa Angelina ha fatto un gesto inconsulto? Se per colpa mia... Arriva il panico, il cuore accelera. Cerco di concentrarmi sugli autobus che si fermano davanti a me. Tengo la mente occupata leggendo le pubblicità affisse sul fianco di ognuno, contando i secondi in cui rimangono fermi prima di ripartire, ribattezzando i conducenti con nomi inventati: Carletto, Dimitri, Tosse Secca, Sandro, Guglielmo, Mastro Lindo...

Mi sento meglio, ma è già passata più di un'ora, si sono fermati una ventina di autobus e di Eugenio neanche l'ombra. Da uno è scesa un'enorme signora piena di sacchetti con dentro la sua vita, si è seduta sulla panchina di metallo accanto a me per riposare i piedi sproporzionatamente gonfi e parlare con sé stessa.

Poi, all'improvviso, sull'autobus che mi si è appena fermato davanti, tra la gente diretta al lavoro, si fa largo l'obiettivo di una macchina fotografica. Eugenio la abbassa e mi fissa sbalordito. Siamo una visione l'uno per l'altra. Ero lì lì per tornare indietro e chiamare la polizia, invece eccolo, al di là dal finestrino, con al collo la macchina che gli ho regalato.

Faccio un balzo in avanti per riuscire a salire sul suo autobus prima che le porte si richiudano. Siamo ai capi opposti, cerco di farmi largo. Non appena gli sono vicino, lui si rianima, felice di vedere che sono proprio io in carne e ossa e non un miraggio.

"Gea! Sei sulla corriera!" esclama con entusiasmo e disinvoltura.

Mi scatta una foto.

*Eravamo preoccupati!*, vorrei dirgli, ma non ci riesco.

Non mi dimentico che, se ci troviamo in questa situazione, la colpa è solo mia. Per fortuna sta bene, e non sembra che gli sia successo niente di grave. Anzi, ha l'aria di uno studente in gita.

"Eugenio," dico allora, aggrappandomi al suo braccio, "torniamo a casa."

"Gea, guarda fuori..." fa lui di rimando, indicando il finestrino con occhi che brillano.

Vedo un giardinetto, un grande discount, un distributore di benzina e un susseguirsi di palazzi. Vedo gente, tanta gente senza nome. Se il tempo si fermasse e mi restituisse la fotografia di quest'attimo, almeno potrei soprannominarle, queste persone, e immaginare la loro storia per sentirle più vicine, per renderle più vere.

La signora seduta di fronte a noi, con i capelli fermati da una pinza e un bambino aggrappato alle gambe, potrebbe essere Italia; il ragazzo rotondo, stretto in una camicia troppo piccola, che cerca di sparire per lasciar passare tutti, Pane Bianco; la ragazza con lo zaino del computer e i tacchi alti,

La Gru... Ma il tempo corre veloce, e loro si susseguono senza sosta, ognuno preso dalla propria vita.

"E quindi, com'è andata con Margaret?" Eugenio mi stringe il polso. "Riaprirà, il tuo negozio?"

Il *mio* negozio.

"Eugenio, scendiamo, torniamo a casa."

"Quando riapre?" chiede lui speranzoso, anche se deve aver intuito. "Non è venuta?"

"È venuta. Ma non è figlia di Dorothy. Dorothy non aveva figli. Non ci aiuterà."

Le ho riportate come se fossero informazioni di una vicenda che non mi riguarda, ma Eugenio non si lascia ingannare. "Ti rendeva felice," sospira lanciando uno sguardo al conducente.

Guardo anch'io l'autista, vorrei chiedergli di prendere l'autostrada e di portarmi via, vorrei sentire l'ebbrezza della velocità, la corsa sfrenata verso l'altrove, e al diavolo tutto il resto.

"Eugenio, torniamo indietro."

"Non voglio tornare al *Nulla*, non lo sopporto. Odio l'odore di mangiare, odio rimanere lì, fermo, dietro quel bancone, a guardare i clienti. Odio i tavoli unti, le briciole sotto le scarpe, la cassa, gli avanzi di cibo nel cestino, i bicchieri con il segno delle labbra, il secchio con il mocio annerito... Soprattutto, odio vedere mio padre che passa dietro al bancone per sciacquarsi la bocca, e ancora di più odio lo sguardo stanco della mamma, che deve sopportarlo. Per me, quel posto è l'inferno!"

C'è chi si gira a guardarci, ma non ci facciamo caso. Dobbiamo parlare ora o mai più, dobbiamo parlare nel marasma della città perché non ci riusciremmo nel silenzio di casa mia.

"Anch'io a un certo punto ho pensato..." Ma mi blocco. Non ce la faccio. "Cerca di aprirti con i tuoi genitori. Confidagli il tuo sogno. Prima o poi capiranno..."

"Tu la fai facile! Non devi rendere conto a nessuno. La tua famiglia non c'è più."

La mia famiglia non c'è più. L'ha detto con la leggerezza di un tredicenne scappato di casa. Non l'ha detto per ferirmi, ma l'ha fatto.

In realtà sono io che non ci sono più per loro, vorrei dire, invece lascio scivolare lo sguardo sul finestrino lievemente appannato, prendo le distanze da tutto in cerca di un luogo sicuro, dentro di me. Forse, l'unico.

# 34.

Mia madre si era ammalata senza fare rumore.

Poiché passava già molto tempo a letto per via dei suoi mal di testa, le persiane chiuse e una pezza bagnata sugli occhi, era riuscita a nasconderci per mesi il suo nuovo dolore. Era cominciato, abbiamo scoperto in seguito, come un normale mal di pancia. Qualche fitta più o meno intensa, soprattutto di notte. Le fitte erano poi diventate più frequenti e più taglienti, tanto da costringerla a trattenere il respiro. Eppure, ogni volta che passavano, lei cercava di convincersi che non ne sarebbero tornate altre.

Credevo che fosse più triste del solito e non trovasse una buona ragione per alzarsi dal letto, nutrirsi, passare il tempo con noi, dipingere o ascoltare musica. Certe sere, osservandola di nascosto, sospettavo che desiderasse in tutti i modi l'arrivo di quella dannata Fine, una volta per tutte. Per sgravarsi, finalmente, dal peso dell'attesa. Per avere la prova che la sua vita non era stata buttata.

Sono stata io a trovarla – un pomeriggio in cui mio padre e mio fratello erano nel bosco a tagliare la legna – raggomitolata sul letto, le mani avvinghiate allo stomaco: urlava e piangeva, contratta, dura come una pietra.

In un lampo tutti i fatti strani dei mesi passati si sono trasformati nelle tessere di un puzzle che è stato fin troppo facile comporre. Il suo corpo accartocciato, attraversato dagli spasimi, mi terrorizzava. Le ho accarezzato la schiena, i capelli, le spalle, le gambe, finché non si è calmata un poco.

"Aiutami," ha sussurrato.

Avevo passato i primi ventidue anni della mia vita a prepararmi alle catastrofi. Una sciagura così, però, mi era stato impossibile prevederla. Ero cresciuta con l'idea che fossimo immortali perché ci preparavamo.

Sul suo comodino, accanto alla sveglia, ho notato un mortaio con dentro una mistura scura di erbe. L'ho capito subito: papà sapeva, e quello era il modo in cui cercava di curarla. Ho cominciato a tremare.

Ero in grado di guidare la Panda carta da zucchero di papà, anche se non avevo mai fatto più di qualche chilometro lungo le sterrate che attraversavano i nostri campi. Non sapevo nemmeno dove fosse l'ospedale più vicino, ma non avevo scelta.

Riparare un corpo rotto non è come aggiustare un oggetto, mi sono ripetuta durante le lunghe ore in cui hanno tenuto mia madre in sala operatoria, non è un lavoro fai-da-te, era fuori dalla nostra portata. Dovevamo per forza affidarci agli altri, e per fortuna quegli altri c'erano. Il personale dell'ospedale si era dato da fare con celerità e premura. Nessuno ci aveva respinto.

Camminavo su e giù nella sala d'attesa illuminata al neon. Avevano chiamato mio padre dall'ospedale, lui aveva urlato, poi aveva chiesto di parlare con me, aveva urlato ancora e aveva riattaccato. Ogni tanto guardavo fuori dalla finestra per vedere se stesse arrivando. Niente da fare.

Quando hanno riportato mia madre in reparto, mi sono seduta vicino a lei. Il soffitto era percorso da una lieve crepa, avrei voluto una scala e dello stucco per farlo tornare intonso. Le crepe, ora lo sapevo, andavano riparate subito.

"Tu e Andrea ve ne dovete andare," ha sussurrato la mamma d'un tratto, con gli occhi chiusi.

Era come se la voce non venisse da lei, ma da un posto segreto dentro il suo corpo, un posto recondito, di cui nemmeno lei era pienamente consapevole. "Io e papà sapremo badare a noi stessi. Ce la caveremo."

"Che dici, mamma! Presto torneremo a casa e saremo tutti insieme."

"Siamo stati tutti insieme abbastanza. Troppo. E cosa abbiamo ottenuto? Che per lasciare casa nostra sareste costretti a scappare. Ecco, dovete farlo. Devi farlo per me, che non ne ho avuto la forza. Il nostro sogno si è trasformato in un incubo, la voglia di libertà in una catena... Solo che tuo padre non se ne rende conto. È troppo lontano, ormai. È lontano anni luce. Non è più con noi. E non c'è niente che voi possiate fare per salvarlo. Te lo giuro, devi crederci. Niente. Però potete ancora salvare voi stessi. Sei forte, Gea. Sei capace. Sei piena di qualità straordinarie. Sei preparata per il mondo, anche se ti sembra il contrario."

Ha fatto una pausa, e non sapevo se avrebbe parlato ancora. Sono rimasta in attesa, con il cuore in gola e l'assurda sensazione che mi parlasse dall'oltretomba.

"Sarà una specie di morte, ma la morte è parte della vita," ha continuato. "Il mondo, là fuori, ti aspetta. È lì per te. Non puoi limitarti a guardarlo dalla finestra. Ogni minuto vissuto nel mondo sarà intenso e prezioso. Potrà essere doloroso, correrai dei pericoli, ma sarà solo la dimostrazione che sei viva. E lo scopo della vita è vivere, non avere paura."

Le ho stretto la mano, sperando che aprisse gli occhi. L'ha fatto. Ha sollevato le palpebre e mi ha vista, forse per l'ultima volta, mi ha vista per quello che ero davvero, come io stavo vedendo lei: finalmente sé stessa.

*Se*. Se ce ne fossimo accorti per tempo. Se mio padre non avesse seguito cure alternative. Se l'avessimo portata prima all'ospedale... Ma alla Rocca i *se* erano altri.

"Se fosse rimasta a casa, avrebbe vissuto," ha protestato mio fratello, vangando con violenza il terreno.

Indossava un paio di stivali e una vecchia camicia stinta di papà. Si stava anche lasciando crescere la barba come lui. Dal giorno della nostra disavventura nel bosco si era chiuso sempre più in sé stesso. Si era come spento, conformandosi invece di lottare. Aveva smesso di criticare nostro padre e non mi aveva più proposto di scappare. Sembrava arreso al fatto che il modo in cui vivevamo fosse l'unico possibile. La morte di nostra madre, ora, doveva avergliene fornito la prova definitiva.

"È stata la mamma a chiedermi di portarla all'ospedale." Ho cercato il suo braccio con la mano, ma si è divincolato.

"Lei non sapeva cosa voleva."

"Certo, perché soffriva troppo. Erano mesi che soffriva. Abbiamo fatto la scelta giusta."

"Hai fatto la scelta peggiore. La mamma non c'è più. E la colpa è solo tua."

Ho lottato con tutto il mio essere per non credergli, per non cadere nella trappola. Convincermi che aveva ragione mi avrebbe gettato in una voragine dalla quale sarebbe stato impossibile risalire. Il peso della colpa mi avrebbe schiacciata per sempre. Ho preso un respiro e ricacciato indietro le lacrime. La colpa non era mia. Avevo provato a salvare la mamma come lei stessa mi aveva chiesto, nel modo del mondo. Ci eravamo fidate della medicina, della realtà. Esistevano infiniti punti di vista e il mio non aveva meno valore di quello con cui ero cresciuta: le parole di mio padre non erano legge. Lo avevo intuito a Milano, nella mia unica esperienza lontano dalla Rocca, ma soltanto in quel momento stavo imparando ad accettarlo.

Se solo mio fratello avesse visto la mamma in ospedale, se solo fosse venuto a salutarla, se solo avesse potuto assisterla e ascoltarla, come avevo fatto io.

"La malattia è sofferenza, ma l'ospedale è stato la morte," ha detto Andrea, ripetendo quello che aveva sentito poco prima da nostro padre.

"C'era la possibilità di salvarla!" mi sono difesa.

"Allora perché non l'hanno fatto? Ti svelo un segreto: gli ospedali sono sistemi economici. Un vivo è un posto letto in più, e quindi un costo. Salvarti non è nel loro interesse."

Non volevo farmi prendere dal panico, ma mi sentivo in equilibrio precario. Le convinzioni di mio fratello mi atterrivano. "Andrea, che stai dicendo?"

"La mamma aveva un cancro incurabile, lo hanno ammesso. Non sarebbe stato meglio se ci fossimo occupati noi di lei, fino alla fine?"

"Era incurabile perché è stato scoperto troppo tardi. Noi non siamo medici. E lì, comunque, le hanno alleviato il dolore. Ha ripreso lucidità, è stata meglio... Se ci fossimo accorti prima che non stava bene, forse le cose sarebbero andate diversamente. Non te ne rendi conto?"

Sembrava di no. Pareva che non se ne rendesse conto affatto. Era diventato un muro.

"Papà ci ha depistato volontariamente," insisto. "Ci ha tenuti all'oscuro, convincendo pure lei a mentirci. Ha tolto a noi e a lei la possibilità di scegliere."

Andrea è rimasto zitto per un attimo, fissando il terreno che stava vangando.

"Tu sei rimasta bambina," ha ribattuto infine con freddezza, come per vendicarsi di quando, quella mattina di dieci anni prima nel bosco, non l'avevo assecondato. Come se da allora avesse rinunciato a tutto, anche all'amore per me.

"La mamma mi ha parlato, in ospedale," ho insistito. "Mi ha fatto promettere che ce ne saremmo andati. Domani lo faremo. Lei ci proteggerà dall'alto, è quello che avrebbe desiderato. È stata lei stessa a dirmelo."

"Sei pazza. Vorresti scappare, dopo quello che è successo? Abbandonare papà?"

Non volevo abbandonarlo. Avrei dato qualsiasi cosa per poter conciliare tutto, per portarlo con me. Ma sapevo che era un'impresa impossibile. Tendendogli la mano, mi sarei lasciata trascinare di nuovo dentro e non avrei mai più avuto la forza di uscirne.

Ho pensato al *Nuovo mondo*, a quel giorno con la nonna, l'unico in tutta la mia vita in cui mi ero sentita davvero leggera, senza nessuna minaccia incombente sulla testa, che fosse una catastrofe o il rischio di perdere l'affetto della mia famiglia. Forse quel negozio era un futuro possibile, anche se diverso da qualunque cosa mi fossi aspettata fino a quel momento?

Ho sentito l'impulso di parlarne ad Andrea, poi ho desistito; sarebbe stato come ammettere di averlo tradito. Aver tenuto per me una fortuna che lui non aveva avuto, perché quel giorno a Milano ero stata scelta dalla nonna, invece lui, obbligato a seguire papà, non aveva potuto deviare nemmeno per un attimo dai binari sui quali stava correndo la sua esistenza. Per dieci anni avevo evitato di condividere con lui il ricordo di quel negozio, come avrei potuto farlo proprio in quel momento?

"Non sarà un paradiso, lì fuori, va bene," ho detto allora, "ma è reale. Che ci piaccia o meno, è l'unica possibilità che abbiamo per capire chi siamo, quale potrebbe essere la nostra strada... Per esistere. Se un albero cade nella foresta e nessuno lo sente..."

"Fa rumore," mi ha interrotta con rabbia. "Fa rumore! Fa un rumore assordante! Non li senti di notte? Non li senti i rumori del bosco? Come fai a pensare di lasciare tutto questo? Se lo farai, ti perseguiterà. Non avrai più pace, perché non lo capisci? Questa è la nostra vita. Ormai non c'è più scelta."

Ho preso un respiro profondo. "Mi sto convincendo che è meglio vivere perseguitati, che non vivere affatto."

Mio fratello ha ripreso in mano la vanga e ha ricominciato a lavorare con furia.

"Almeno si dormono sonni tranquilli," ha detto, "senza aver tradito nessuno."

Ho passato quella notte insonne, rigirandomi nel letto. Mi stavo comportando da egoista? Cercare di ottenere quello che volevo era una colpa? Il ricordo dei momenti di condivisione in famiglia mi infondeva calore, ma poi ripensavo a mio padre. La sua figura massiccia che si stagliava contro il sole estivo o contro le fiamme nel camino era proprio come i personaggi più spaventosi delle storie... Solo che era reale. La mia serenità mentale dipendeva dal suo buon umore. Quando non si sentiva magnanimo, cadevo nel baratro senza via di scampo.

Al di fuori della Rocca, non avevo niente. Non ero niente. Cosa avrei fatto nel mondo? Cosa avrei mai potuto essere? Sarei stata in grado di affrontare i pericoli? Sarei esistita? Partire era una condanna alla solitudine e al fallimento? O una salvezza dal dolore?

Mi sono sporta per toccare lo zaino ficcato sotto il letto. Tra le poche cose, c'erano dentro l'oca di Dorothy e la carta da lettere con le giraffe che mi aveva regalato la mamma. Accanto, la nostra borsa degli attrezzi, che avrei portato con me perché, senza, non sarei sopravvissuta nemmeno un giorno.

"Lo scopo della vita è vivere, non avere paura," ho bisbigliato a mio fratello nel letto accanto, ripetendo le parole di mia madre, forse per convincermene anch'io.

Lui si è tirato le coperte sopra la testa, e non mi ha risposto. Andrea, il fratello da cui non mi sarei mai voluta separare, che amavo come avrei dovuto amare me stessa, in modo incondizionato, lui, che un tempo era stato il primo a voler fuggire, non sarebbe venuto. Aveva scelto di barattare l'adrenalina con la tranquillità, l'avventura del mondo con una strada conosciuta; mentre io facevo il contrario, tradendo tutto. Per cosa? Me lo chiedo ancora, ogni giorno. Per trovare me stessa? Ma come posso riuscirci se mi ostino a osservare il mondo dalla finestra?

Solo il pensiero di mia madre ha il potere di calmarmi. La consapevolezza di non averla delusa, almeno non fino in fondo. Il pensiero che ci sia ancora una possibilità, dietro l'angolo, se riuscirò a trovare la forza di mettere un passo davanti all'altro.

# 35.

"Una speranza ce l'abbiamo, è questo che volevo dirti," mi sorprende Adelaide. Poi mi scruta. "Hai fatto le ore piccole, stanotte?"

"Oh... un'emergenza, ma è rientrata," rispondo, cercando di mascherare l'agitazione per l'avventura fuori dal quartiere.

Mentre aprivo la porta d'ingresso, me la sono trovata sul pianerottolo. Stava correndo al lavoro, ma voleva vedermi e parlare anche soltanto un minuto. Aria ha sulle spalle lo zainetto dell'asilo e in mano Barbie Raperonzolo.

"La nostra speranza si può riassumere in una parola," riprende Adelaide.

Fa una pausa, perché io possa chiederle dettagli, ma sono stanca, triste e un po' frastornata, per cui attendo che sia lei a parlare.

"Crowdfunding," continua, trionfante. "Non dirmi che non sai..."

"...so cos'è," protesto. "Ne ho sentito parlare, se non altro, solo che non capisco..."

"Senti, passo stasera da te e ti spiego cos'ho in mente. Ehi," alza l'indice. "Quando busso però aprimi, per favore."

La valigetta col trapano in una mano, i fischer nella tasca frontale della salopette, la borsa degli attrezzi a tracolla. Busso piano. Il vino di stanotte mi ha lasciato acidità nello stomaco e la mancanza di sonno si fa sentire. Mi sembra di essere in piedi su una zattera. La luce che inonda il pianerottolo è così forte che vorrei poterla abbassare con il dimmer.

Sono le dieci e mezzo di un lunedì mattina di maggio. Potrebbe essere in facoltà, mi dico. Se è alle prese con le lezioni o gli esami... Ma non faccio in tempo a pensare la frase tutta intera che il mio vicino spalanca la porta. Maglietta lilla, oggi. In mano ha una confezione di Vinavil.

"Proiettili da muro?" scherza, quando gli mostro i fischer. Poi guarda il Vinavil che ha in mano. "Scusa, ma devo intervenire prima che la colla si asciughi del tutto! Entra pure." E si affretta verso il salotto.

Richiudo lentamente la porta dietro di me.

Vedo sulla parete un pannello per le chiavi. Poco sotto, c'è una mensola stretta e lunga, su cui riposano bollette, volantini pubblicitari, comunicazioni di stampo burocratico e... due o tre biglietti come quelli che ha mandato a me!

Intrattiene conversazioni epistolari anche con altri condòmini? Con Adelaide? Con la ballerina classica del secondo piano scala D? Con la studentessa metallara del primo piano scala A? Con il ragazzo dell'ultimo piano di fronte a me?

Si affaccia nel corridoio con in mano un fossile e un pennellino e mi lancia uno sguardo interrogativo. "Allora, non vieni?"

"Sì, scusa, stavo controllando..." Ma non sapendo come continuare, mi sbrigo a raggiungerlo.

"Può sembrare una banale conchiglia," mi spiega intanto lui, mostrandomi il fossile su cui sta lavorando, "invece è una banale conchiglia il cui abitante è vissuto trecento milioni di anni fa."

"Mai giudicare i fossili dalle apparenze!"

Ride alla mia battuta, mentre con delicatezza appoggia il fossile su un supporto di plexiglas al centro del tavolo.

Ne approfitto per tirare fuori dalla borsa degli attrezzi una matita, la bolla e il metro: amici fedeli, compagni di avventure da quando mi era impossibile anche solo immaginare una situazione come quella in cui mi trovo ora.

"Per caso hai una scala?" chiedo.

Lui me la porta subito, inciampando buffamente nell'orlo dei pantaloni. "Te l'avevo detto che sono una frana in queste robe..." mi dice quando gli afferro la mano perché non cada.

Trattengo la sensazione del contatto con la sua pelle, intanto con l'aiuto del metro e della bolla calcolo come centrare la teca nella parete.

"Hai uno straccio da mettere a terra? Potrei sporcare parecchio."

"Prendilo tu, ti scoccia?" replica, mostrandomi le mani occupate da colla e pennellino. "Dovresti trovarne uno nel mobiletto dell'ingresso."

Mi affaccio in corridoio. Muovermi da sola in casa sua mi fa un certo effetto. Saluto con un sorriso le applique dalla luce intermittente. "Dovrei proprio sostituire la vostra lampadina," sussurro. "Adesso glielo dico, a quella frana."

La porta della cucina è accostata anche oggi, la luce viva del giorno ritaglia una lama sul pavimento di graniglia. Credo di aver individuato il mobiletto. È proprio sotto la mensola, sotto i biglietti che ha scritto a chissà chi. Mi scappa un'occhiata fugace, ma troppo veloce per riuscire a leggere qualcosa. Per rispetto? O per paura?

Apro un'anta e tento di concentrarmi nella ricerca dello straccio. Oltre a una pallina da tennis, un annaffiatoio e dei giornali vecchi, ne trovo uno semipulito. Alzandomi di scatto, però, ho un capogiro. Mi aggrappo alla mensola, e lo sguardo mi cade sul biglietto in cima alla pila.

*Tu puoi ritardare, ma*

È l'inizio del biglietto che mi ha lasciato sulla soglia! Continuo a tenere le mani sulla mensola, per ritrovare l'equilibrio. Allora erano solo delle prove per me? È stato incerto su cosa scrivermi? Si è chiesto se fosse il caso?

"Trovato?" mi chiede dall'altra stanza.

Sventolo lo straccio tornando di là, in modo che non rischi di leggere i pensieri che mi sfrecciano dentro come rondini nel cielo di marzo.

Lo osservo di nascosto mentre armeggia con il fossile. Pare disinvolto, come se si fosse dimenticato della mia presenza. Quando ha a che fare con me è attento e premuroso, ma ora è attento e premuroso con il suo fossile.

Tiro fuori il trapano, salgo sulla scala. La punta lotta contro l'impasto di cemento e pietre, si sprigiona una densa nuvola di polvere. Stringo i denti e continuo a tenere premuto il trapano. Riesco nella prima missione. Inserisco il fischer e riprendo il trapano.

Alla fine, il vicino mi aiuta a issare la teca. Facciamo un passo indietro per uno sguardo d'insieme.

"È perfetta!" esclama. "Adesso mancano solo i fossili." Accenna con il mento a una pila di volumi sul tavolino basso. "Ma prima devo riuscire a superare l'ultimo esame."

"Diventerai paleontologo?"

"Un po' in ritardo. Ma perché mi dedico anche alle mie ricerche sul campo. E ho lavorato per mantenermi. Ora ho finito i soldi, ma per fortuna ho quasi finito anche l'università."

Dopo una breve esitazione, mi precede in corridoio. Oggi la porta della sua stanza è aperta e non riesco a trattenermi dal dare un'occhiata dentro: è invasa dai libri.

"Leggere è quello che faccio per non stare troppo con me stesso," mi dice quasi in tono di scusa.

"È così pure per me," ammetto.

I suoi grandi occhi mi guardano come se volessero inglobarmi.

"Secondo mia madre," dico, spinta dall'improvviso bisogno di farla rivivere, anche solo per un attimo, "il teatro è il mondo chiuso in una stanza; il cinema il mondo fotografato una volta per sempre; i libri ciò che il mondo potrebbe essere. Tutti modi di trovare noi stessi lontano da casa, senza bisogno di andare da nessuna parte. Il suo sogno era portarmi alla Scala."

"Tua madre sembra una persona interessante."

"Lo era."

Capisce al volo. "Mi dispiace..."

Ma il mio telefono squilla al momento sbagliato, interrompendo la conversazione.

"Non è suonata la sveglia? Ti è morto il gatto? O sei troppo presa a murare canne fumarie, Madama Dorè?" mi aggredisce SetaMistoLana.

"Stavo appendendo una teca..." balbetto.

"Almeno non facevi danni... fino a prova contraria. Naturalmente non posso dimostrarlo, ma ci scommetterei la mia Mini che sei stata tu a fissare quel cartongesso. E non ne sono contenta, te lo assicuro. Potrei denunciarti," sbuffa, "ma sei fortunata: non lo farò. L'hamburgheria parteciperà comunque all'asta, e aggiungerei che non vedo l'ora che finisca il tutto. Tu a che ora vieni oggi? Sono ancora parecchie le cose da rimettere a nuovo."

"Oggi...?"

Non avevo ancora riflettuto su come affrontare la questione, forse pensavo semplicemente di non presentarmi più.

"Passo tra poco," mi trovo invece costretta a dire, per prendere tempo, per timidezza, per mettere fine al più presto alla conversazione.

Il mio vicino annuisce con espressione fintamente imbronciata. "Vedo che agli altri rispondi. Ieri sera ho provato a chiamarti due volte, ho trovato il tuo numero in bacheca."

Era lui...

"Preferisco i biglietti sotto la porta." Mi sento avvampare, ma l'ho detto.

I suoi grandi occhi si dilatano. "Quanto ti devo?" domanda poi, un po' imbarazzato.

Giusto, è lavoro. Gli comunico il prezzo.

"Comunque, io sono Achille," mi dice quando gli consegno la ricevuta. E mi tende la mano.

"Achille?"

È assurdo e perfetto.

"Come Compagnoni."

"Pensavo come l'eroe omerico."

"Anche Compagnoni è stato un eroe, a suo modo, uno dei primi due uomini della Storia a raggiungere la vetta del K2. I miei genitori erano alpinisti."

Percepisco un dolore, nell'uso di quel passato. Ti prego, no... Non dirmi che anche lui... Ti prego, no, non pure lui...

"Durante la settimana, quando ero a scuola, facevano le escursioni impegnative. Il sabato e la domenica, mi portavano con loro in quelle facili, per così dire. Io cercavo i fossili."

Sento che vorrebbe continuare, ma non sa bene in che modo. Il suo corpo si tende verso il basso come se trasportasse un peso. "Un giorno non sono tornati. Tutto qui."

Vorrei appoggiare una mano sul suo braccio, dirgli che certe cose è meglio lasciarle sepolte dentro di noi, ritrovarle nei libri magari, ma non parlarne, perché parlarne non fa che renderle più reali. Eppure io stessa ho appena raccontato di mia madre e l'ho fatto perché il mio dolore fosse visto da lui. Perché esistesse.

"Mi dispiace," sussurro, riuscendo soltanto a sfiorarlo.

"Dentro di noi sono sepolti misteri che solo gli altri possono svelare."

"Le citazioni le impari a memoria di notte, invece di dormire?"

"In realtà, questa è mia," arrossisce lievemente.

"Allora farò bene a scrivermela da qualche parte. Così, quando diventerai famoso per aver salvato Cuatro Ciénegas, potrò dire di possedere un tuo inedito."

Ride. "Magari."

"Non può piovere per sempre, no? Ce lo insegna la tua felpa."

"Già," ribatte con occhi vivi e lucidi, che mi scavano dentro.

Salutandolo, penso a quanto vorrei che ci salisse anche lui, con tutti i suoi fossili, sulla mia arca di Noè. Sono certa, ormai, che ci staremmo bene.

# 36.

"Il mattino ha l'oro in bocca!" prorompe SetaMistoLana sventolando il suo cellulare.

Anche oggi è vestita di tutto punto, scintillante e firmata, e l'umore sembra migliore del solito.

"Devo dire che mi ci sto affezionando, a questo quartiere. Mi mancherà quando, tra poco, non avrò più motivo di venirci. Certo, se ci fosse un sushi o un posto un po' carino dove pranzare con mio padre sarebbe meglio."

"Ci sono due ristoranti di poke, dovrebbero piacerti, ma sono solo take-away. Poi potreste sedervi lungo il Naviglio. Ti dico io dove."

"Sul muretto con i piedi penzoloni sull'acqua verdastra?"

"Perché non vai al *Nulla*, altrimenti? Angelina cucina benissimo."

"Cos'è, quel posto sulla piazzetta con i tavolini di plastica? Mi sa che non hai visto bene mio padre."

*E tu mi sa che non hai capito lo spirito del quartiere*, vorrei ribattere. Forse anche per via della stanchezza, oggi non sono molto paziente.

Ho un mal di testa pulsante, lo stomaco in subbuglio, una tristezza latente. È uno di quei giorni che si dovrebbero passare sotto le coperte, con qualcuno che ti porta tè e biscotti.

Poi mi ricordo che sono adulta, vivo sola, e di biscotti stanotte ne ho mangiati fin troppi.

"Do una ripassata agli oggetti rimasti e ho finito," annuncio con freddezza.

"Pensavo ti occupassi anche di venderli!" replica lei, scorrendo con il pollice sullo schermo del telefono.

"Ci penseranno loro a trovarsi una casa."

Ma non mi ha ascoltato. "Senti, devo andare. È un pranzo importante quello di oggi con mio padre. Ci vediamo dopo."

Tasto l'oca di ceramica nella tasca. Stare qui mi fa un effetto molto diverso rispetto alla settimana scorsa. In un maestoso specchio dalla cornice macchiata vedo riflesse tutte le cose di cui mi sono presa cura in questi giorni. Sembra che mi guardino come bambini in ghingheri per una festa annullata all'ultimo momento. Il pianoforte, che prima pareva pronto per essere suonato, è chiuso. Il servizio da tè restaurato è finito su una mensola con le tazze capovolte. Le statuine cinesi sono raggruppate come un battaglione in fuga. Tutto è pronto al commiato.

Rileggo la scritta sul muro, sopra la cassa: *In questo negozio niente ha un prezzo, tutto ha un valore.*

Non sono riuscita a salvare questo posto e mi porterò per sempre addosso la sensazione di sconfitta. Quando mi affaccerò al balcone non ci sarà più insegna, né serranda rossa. Le ore vissute qui dentro con mia nonna e Dorothy, e Adelaide, Angelina, Priscilla e Aria sbiadiranno fino a scomparire, come se non fossero mai state reali. Se non altro, ho fatto tutto ciò che era in mio potere per renderla una possibilità, per vedere se nel folto del bosco avessi trovato il sentiero giusto.

"Ma veniamo a noi," dico stancamente allo specchio incorniciato.

Tiro fuori una vecchia ciotola dallo zaino e un thermos di acqua calda. Verso l'acqua nella ciotola e aggiungo della colla di pesce, così che l'acqua diventi gelatinosa e non infradici troppo il legno, mentre lava via lo sporco. Spennello di gelatina tutta la cornice.

"Dove andrete?" chiedo alle cose intorno.

Con un batuffolo di cotone rimuovo la gelatina dalla cornice. Poi la asciugo cospargendola con della segatura che ho messo da parte dopo aver modellato i pezzi per la casa delle bambole.

"Adesso, fatti un riposino. Ci vediamo tra un po'."

Mentre cerco altro da sistemare, mi sento chiamare da fuori.

"Ho preso una bici in prestito per raggiungerti in pausa pranzo," spiega Adelaide ansimando, quando esco sul marciapiede. "Non ci riuscivo proprio, ad aspettare stasera. Speravo di trovarti qui." Fa una pausa per riprendere fiato. "È già un buon segno."

Alzo le spalle. "Sono venuta a salutare gli amici."

Scende dalla bici e mi spinge all'interno. "Gea, non possiamo mollare. Non possiamo fare come se niente fosse. Che faremo, se no? Io mi arrendo alle logiche del negozio in cui lavoro? Tu torni a sturare lavandini?"

"Che c'è di male?"

"Niente, ma l'abbiamo fatto fin qui e ora la vita ci sta mostrando un'altra strada. Abbiamo quasi trent'anni, dobbiamo credere in un qualche futuro." Mi stringe il braccio. "E poi non si tratta solo di me o di te, ma di noi, del gruppo che abbiamo messo insieme, del quartiere, della città, del mondo! Ricordi? Impedire, intralciare, opporsi, ostacolare, sabotare... Finisce già qui il nostro attivismo?"

"Non si può dire che non ci abbiamo provato."

"E allora riproviamoci! La soluzione c'è, te l'ho detto: organizziamo un crowdfunding."

"L'agenzia ha ricevuto delle proposte concrete..." le faccio notare. "Non abbiamo tempo."

"Allora non perdiamone altro. Ci riflettevo ieri sera. Pensa a me, te, Angelina, Priscilla... Siamo in molte a credere in questo posto, a non volere che il quartiere si 'modernizzi', perché lo sai alla fine quale sarà il risultato, no? Ce ne dovremo andare, perché costerà tutto troppo caro e ci sentiremo straniere in casa nostra, oppure resteremo facendo incredibili sacrifici, costrette a vivere circondate da posti e negozi con cui non abbiamo niente a che fare."

"Nessuna di noi ha soldi da parte," obietto.

"Vero, ma se ognuna ne mette un po' e se riuscissimo a tirare dentro altre persone... Proviamo. Che cosa ci costa? Ho già visto come funziona, penso a tutto io. Tu devi solo trovare le parole per raccontarlo."

"Io?"

"Come fai con gli origami e con i cartelli."

Lì è diverso, vorrei dire. Per gli origami mi servo di parole non mie. E i cartelli... sono solo segnali. Li uso per mettere in guardia gli altri, al massimo ci ricamo un bel pensiero. Qui si tratterebbe di chiedere aiuto, e chiedere aiuto è fallire, direbbe mio padre.

Scuoto la testa. Non sono convinta. Non me la sento. No. Meglio contare sulle nostre forze, stare in piedi sulle nostre gambe...

"Meglio che il negozio si trasformi in una ricevitoria?" mi fa eco lei, come se mi stesse leggendo nel pensiero.

Sospiro, in mancanza di una buona risposta.

"Proviamo a scrivere un progetto," insiste. "Vediamo che cosa succede. Non abbiamo molto da perdere. Cos'è il fallimento se non un punto di vista? Per me, il vero fallimento sarebbe mollare."

Punti di vista: se un albero cade nella foresta...

"Cosa immagini di ottenere, sì, insomma, nel migliore dei casi?" domando.

"Fondi per comprare il negozio."

"E poi chi lo gestisce?"

"Noi! Chi se no?"

È arrivato il momento di rimuovere la segatura dalla cornice e asciugarla con il fon, ma lei mi si è seduta di fronte e pretende il contatto visivo.

"Io vorrei salvarlo... Gestirlo è un'altra faccenda. Non so nemmeno se ne sarei capace."

"Certo che ne saresti capace!" Sembra allibita. "Ascoltami, devo andare. Ceniamo da te stasera?"

Cenare insieme? Da me? La sera è il momento per stare con me stessa, elaborare la giornata e organizzare il giorno dopo. Non posso lasciarmi scombussolare, o finirò per essere travolta.

"Credo di avere solo dell'insalata," m'invento. "Forse è meglio che..."

"L'insalata andrà benissimo! Così sto un po' a dieta. Porto del vino."

"Quello ce l'ho."

Non c'è niente che io possa fare per dissuadere Adelaide, così infine acconsento e mi lascio abbracciare. Dopo averla guardata montare sulla bici e sparire in fondo alla strada, mi siedo dietro la cassa forzandomi a non fare niente, a rimanere in ascolto.

Ho la testa affollata di ogni tipo di *se*. Per distrarmi provo a concentrarmi sul silenzio del negozio. Come tutti i silenzi, non è zitto davvero. Il legno da qualche parte scricchiola, le lampadine del lampadario ronzano in modo quasi impercettibile. L'aria, passando attraverso la porta socchiusa, fa frusciare il paravento di tessuto e il lembo di un kimono appeso a una madia. Il respiro mi solletica le narici, ricordandomi che sono viva. La mia esistenza è il rumore più grande, qua dentro, realizzo all'improvviso. E non solo sono viva, sono anche in un posto che mi somiglia. Sono un po' più io di com'ero prima. E con questi pensieri, mi calmo.

# 37.

Adelaide bussa alle nove, mi sveglio di soprassalto. Sono crollata almeno un'ora fa, con la testa sulle braccia incrociate sopra il tavolo della cucina. Accanto a me, il bicchiere che intendevo bere nell'attesa, ancora pieno.

"È tanto che sei qui fuori?" domando, notando la sua espressione esasperata.

In braccio tiene Aria in pigiama, addormentata.

"Saranno cinque minuti, ma Aria pesa. Posso stenderla sul divano?"

"Naturalmente," rispondo, e mi sposto per lasciarla entrare.

È la seconda volta che viene a casa mia e mi sento più a mio agio. Percorriamo il corridoio nella penombra, in salotto accendo un abat-jour che fa una bella luce soffusa, fioca, così da non svegliare la bambina. Adelaide adagia Aria sul divano. Le porgo la mia coperta isotermica, preoccupandomi che gliela stenda con la parte oro all'esterno.

"Economica, leggera, e se si sveglia penserà di essere diventata una principessa," le spiego in un sussurro, visto che mi sta osservando perplessa.

"Mi hai dato un'idea per un vestito... A proposito, prima che mi dimentichi..." Estrae dalla tasca un metro da sarta. "Manca una misura."

In un lampo mi cinge la vita con il metro e poi mi libera. Sono rimasta impalata come un manichino, temendo di offenderla se avessi chiesto spiegazioni. A cosa si riferisce?

Apre la borsa e mi consegna una vaschetta di polistirolo, per cambiare discorso. "Ho portato il gelato. Nei film, quando si fanno grandi progetti per il futuro si mangia sempre il gelato, no? Anche se tu guardi film più intellettuali, mi sa. Quelli in cui si fuma la pipa."

Ride quasi in silenzio.

Non ho avuto tempo di prepararmi una buona scusa per rinunciare al crowdfunding perché mi sono addormentata, e ora che Adelaide è davanti a me con tutta la sua energia, temo che non riuscirò a tirarmi indietro.

Due ore dopo, abbiamo creato la nostra pagina su un sito specifico, e per quanto riguarda la descrizione del progetto stiamo mettendo i puntini sulle *i*.

*Ciao a tutti,*

*siamo Gea e Adelaide e la nostra missione è salvare "Il nuovo mondo", un magico negozio di mobili e oggetti vintage del nostro quartiere, con una bellissima storia alle spalle.*

~~*Il nostro è un quartiere unico!*~~ *Crediamo che il nostro sia un quartiere unico, grazie a chi ci vive, che i nostri posti siano le loro persone. "Il nuovo mondo" è stato di Dorothy e ora sarebbe di due* ~~*donne/amiche*~~ *giovani amiche che si farebbero in quattro per tenere vivo lo spirito di un tempo, che credono nella bellezza e* ~~*nelle storie dietro alle cose, nell'importanza e*~~ *nel valore delle storie dietro alle cose,* ~~*nel riciclo*~~ *nell'upcycle* [Adelaide dice che è un termine più adatto]*, come risposta al consumismo, all'indifferenza, alla produzione fatta in serie.*

*Se salviamo "Il nuovo mondo", salviamo un pezzetto di quartiere. Se salviamo il quartiere, salviamo una parte di noi.*

*Aiutateci!*

"E quindi siamo socie," ha dichiarato Adelaide alla fine.

# 38.

"Domenica non è venuta al negozio..." Appoggio la spesa sul tavolo della cucina della signora Dalia.

"Gioia, te l'avevo detto che non venivo."

Speravo lo avesse detto tanto per dire, per farsi pregare, per creare un po' di suspense. Apro le buste e la aiuto a tirare fuori le scatole di pelati, la bottiglia dell'olio d'oliva, i pacchetti di pasta. "Si è persa una grande rivelazione. Proprio una bella sorpresa."

"Sorprendermi? Alla mia età?"

Ripone la confezione dello zucchero in dispensa, accanto ad altre quattro. È una di quelle persone che si sentono più sicure con la scorta di generi alimentari essenziali, perché non si sa mai. Non sarò certo io a trovarlo ridicolo.

"Margaret non è venuta?"

"Signora Dalia, Margaret è venuta. È una signora molto gentile. Molto elegante. E molto ricca. Ma non è figlia di Dorothy."

La signora Dalia si alza sulla punta dei piedi nelle pantofole per sistemare la polenta sullo scaffale più alto. Quando torna a guardarmi, nei suoi occhi brilla una luce, ma non mi pare di stupore.

"È una nipote," spiego. "Ma la Margaret di cui parlava

Dorothy, sua figlia, non esiste. Dorothy non ha mai avuto figli."

La signora Dalia si stringe nelle spalle, qualcosa nella sua espressione la tradisce definitivamente.

"Lo sapeva?"

"E *alora*?"

"Mi consegna le lettere di Dorothy e tralascia un dettaglio così importante?!" protesto. "Avrebbe dovuto avvertirmi! Mi avrebbe risparmiato un sacco di fatica..."

"La fatica della vita chi te la può risparmiare, gioia? Sì, sapevo che Margaret era una... stravaganza. E non ti ho avvertita."

Si siede appoggiando i palmi delle mani sul tavolo.

"Be', è una... stravaganza non da poco," borbotto. "Insomma, fingere con sé stessi in questo modo..."

"Gioia, la vita perde di significato quando l'unico significato che ritieni possibile è contenuto in quello che non hai. Io ho sempre accettato la stravaganza di Dorothy, e l'ho lasciata fare. Se sentiva il bisogno di avere una figlia, per me l'aveva. A volte il mondo che ci creiamo è migliore dell'originale. E ci vuole qualcuno che ci creda insieme a noi."

Ripenso ai miei genitori, a come avessero bisogno l'una dell'altro per tenere in piedi la vita piena di adrenalina e conforto della Rocca.

"È sicura che proteggerci dal mondo sia la cosa giusta?"

La signora Dalia strizza gli occhi. "Il mondo è un tormento..."

Ripenso ai suoi quadri, alle sue mezze frasi, a quello che ho letto nella lettera di Dorothy. Mi faccio coraggio. "Signora Dalia, se prima di morire Dorothy le ha consegnato le lettere che ha scritto alla figlia, probabilmente l'ha fatto perché lei le leggesse."

Mi fissa come se avesse visto un fantasma.

“E lo sa perché?” continuo. “Perché in una di queste lettere c’è un’informazione importante che la riguarda. E visto che le lettere ora sono nelle mani della nipote, temo che dovrò essere io a metterla al corrente di quello che c’è scritto. Spero di fare la cosa giusta. Lei cosa ne dice? Vuole?”

“Io...” La sua voce trema, sta torturando la tovaglia con due dita. “C’entra Florian?”

“Ho trascritto la lettera per intero. Per lei. È la realtà, che sta bussando alla sua porta. Legga, se lo desidera.”

La signora Dalia è impallidita. Le mani le tremano più del solito. “Tu dici, gioia, che dovrei saperlo?”

“Io dico di sì. È una bella notizia... penso.”

Qualcosa sembra trattenerla, qualcos’altro sembra spingerla a leggere.

“C’entra Florian?” ripete, titubante.

“C’entra lei.”

Mi lancia un’occhiata diffidente, poi inforca gli occhiali appesi al collo e prende in mano la lettera.

*22 maggio 2003*

*Cara Margaret,*

*auguri, auguri! Chi lo dice che dopo una certa età non si festeggia più?*

*Perfino io, che ho passato gli ottanta, non mi do per vinta. A dirla tutta, non so come faccio a continuare ad alzare la saracinesca del “Nuovo mondo” ogni singolo giorno, eppure ci riesco. L’idea di chiudere questo posto mi è insopportabile.*

*Cosa ne sarebbe di tutte le cose che ci sono dentro? Che ne sarebbe di trent’anni di vita? Come potrei abbandonare le mie compagne di avventura, che continuano a venirmi a trovare, alcune con le figlie o addirittura le nipoti?*

*I tempi sono cambiati, inutile girarci intorno. La gente vuole mobili funzionali. Si è mai sentito, di un mobile, che funziona? E tanti oggetti speciali restano invenduti, invecchiano qui con me... Ma io non mi arrendo. C'è ancora chi viene, chi crede nella personalità, nella bellezza e nell'anima degli oggetti.*

*Qualche mese fa è morto Enzo, il marito di Dalia, ti ho già raccontato di lei. Un giorno, anni fa, Enzo era venuto da me in segreto e mi aveva confidato che sapeva tutto. Sapeva e amava sua moglie allo stesso modo, ma non aveva il coraggio di dirglielo. Non ce n'era bisogno: era più bello così, che lei non sapesse di essere stata scoperta e continuasse a sentirsi a suo agio in casa, con il ruolo che si era assegnata. Non so se ero d'accordo, ma non mi sono certo messa a discutere. In fondo, era la sua vita. Però mi è dispiaciuto.*

*Da quando lui è morto mi domando se dirlo a Dalia. È vero che lui ha voluto amarla così, a prescindere da tutto. Ma secondo me anche lei lo ha amato, nonostante Florian, e ha il diritto di saperlo.*

*Un po' la invidio. Non le è stato chiesto di essere diversa. Si è meritata l'amore semplicemente essendo sé stessa.*

*Io non ho avuto questa fortuna. Oltre al negozio e a chi lo frequenta, non ho avuto altre fortune nella vita. Ma una fortuna è abbastanza, se è grande. Ognuno di noi è al mondo per una ragione. Capisci perché non voglio chiudere questo posto?*

*Ieri è entrata qui una ragazzina dall'aria selvatica e gli occhi che brillavano. Mi ha fatto subito pensare a te. Le ho fatto promettere di tornare, dandole una delle due oche di ceramica che non venderei mai.*

*La aspetto, come aspetto te. È tutta la vita che ti aspetto. Non riesco a perdere la speranza che questo posto continui a vivere anche dopo di me. Quella ragazzina me l'ha promesso, che farà di tutto. E io le credo.*

*Con amore,*

*Dorothy*

Gli occhi della signora Dalia si inumidiscono, poi le lacrime prendono a scendere silenziose, rigandole le guance scarne. Solo ora, mi rendo conto di non aver mai assistito al vero pianto di qualcuno in vita mia, a parte quello di mia madre, e la scena mi provoca una commozione quasi intollerabile.

"Posso fare qualcosa per lei, signora Dalia? Qualsiasi cosa..."

Ha tirato fuori un fazzoletto ricamato, che stringe fra le dita. "Ascoltarmi, gioia, se hai tempo."

"Sono qui," rispondo, ma dentro di me ho paura. La signora Dalia ha lo sguardo di chi è appena partito per un viaggio lungo e faticoso, e vuole arrivare in fondo a qualunque costo. Riuscirò a starle vicino?

"Passavo al *Nuovo mondo* tutto il mio tempo libero," comincia. "A volte ci portavo perfino il lavoro di cucito. Una sera, a una festa di primavera organizzata da Dorothy, ho conosciuto Florian. Enzo non era voluto venire. Lui diceva che il negozio era 'roba mia'. Non ci si sentiva a suo agio. Florian era gitano. Suonava il violino, era bello, disinvolto, viaggiava. Uno spirito libero. Tutto diverso da mio marito, che invece era inquadrato, silenzioso, concreto."

Parla come se raccontasse la storia di qualcun altro e io sto a sentirla quasi senza respirare, per paura di rovinare il momento.

"Florian emanava senso di avventura. Aveva fame del mondo e anch'io l'avevo, ma me n'ero dimenticata. Ero arrivata in città con l'idea che la mia vita sarebbe cambiata, che avrei fatto scoperte e visto posti e vissuto ogni giorno qualcosa di nuovo, invece mi ero ritrovata nel nostro condominio, a fare i lavori di cucito. Ero sola e non avevo più possibilità di cambiare il mio futuro. Quella notte, non sono rincasata. Sì, perché mi guardi così! Sono stata giovane anch'io, gioia! Ho inventato una scusa e Dorothy mi ha coperta. Enzo ci avrebbe creduto, mi ero detta, era troppo per bene per pensare male."

È una storia per cui la signora Dalia prova una sorta di commosso imbarazzo. Cerco di non tradire alcuna emozione per non influenzare il suo racconto.

"L'indomani mattina," va avanti, un po' a fatica, "Florian si è alzato dalla coperta che aveva steso per noi due sul pavimento del negozio e mi ha guardata con i suoi occhi verdissimi. Avrei voluto che quel momento non finisse mai. Mi ha presa per mano e mi ha detto: 'Vieni via con me'. Ero giovane, forse era possibile? Quali erano le sue vere intenzioni? Sarei riuscita a trovare il cuore di abbandonare Enzo, con cui conducevo una vita tranquilla e amorevole? Di lasciare Enzo, che mi aveva salvata portandomi in città, in nome di me stessa, dell'amore, di una nuova possibilità?"

Rimango con il fiato sospeso, nonostante io possa immaginare com'è andata. Quello che voglio sapere è perché.

"Ho guardato Florian sparire con il suo piccolo bagaglio, in cerca di altre avventure. Gli ho detto: ti raggiungerò. Lui mi ha detto: ti scriverò da ogni luogo in cui mi fermo, per farti sapere dove mi trovo. L'ha fatto. Mi ha mandato lettere su lettere, che io ho letto e bruciato nel lavandino a una a una, da posti che anni dopo ho dipinto, perché fosse come esserci stata. Io ed Enzo abbiamo continuato la nostra vita tranquilla, separata da tutto. Ogni giorno, per trent'anni, ho sentito il richiamo del mondo, l'impulso di partire senza guardarmi indietro. Alla fine sono rimasta; ferma a fissare la porta." Alza le spalle, i suoi occhi sorridono appena, arresi. Poi osserva la lettera che tiene ancora in mano.

"Quindi, il mio Enzo sapeva... Se penso alle sere d'estate passate in cucina a giocare a Scarabeo. A tutte le volte che mi ha soccorso con uno scialle quando in casa si abbassava la temperatura. Ai viaggi che abbiamo fatto studiando le cartoline degli altri, ripercorrendo nel dettaglio i loro percorsi sull'atlante, senza mai lasciare casa perché a quel punto io non me la sentivo. Avevo paura di non voler più tornare. Di pentirmi della mia scelta, ecco cosa temevo davvero."

Forse nessuno può capirla quanto me.

"Scegliere è doloroso," dico. "Che si scelga di andarsene o di restare. Io sono partita e non faccio che voltarmi indietro..."

La signora Dalia mi osserva come se finalmente riuscisse a capirmi.

"Magari, semplicemente, vivere è difficile," replica infine. "Ma è bello farlo insieme. Mi hai ricordato del periodo di quel negozio, di un gruppo di amiche. Quante giornate, quante serate ho passato lì con loro. Era diventato il mio modo di viaggiare. È stato un periodo felice, nonostante tutto. Scegliere è difficile, ma finché si hanno scelte da fare vuol dire che si è vivi. Lo sai, vero, gioia?"

## 39.

*Caro papà,*

*mi hai dato il nome di una dea. Mi hai dato tutto quello che hai potuto. E non mi è bastato.*

*Per anni ho vissuto come su un'isola finché il richiamo del mare non è diventato troppo forte. Quando mi sono buttata e ho cominciato a nuotare ho creduto, ingenuamente, che mi avresti raggiunta. Che avremmo costruito una zattera insieme. Quello che non capivo era che per te raggiungermi avrebbe significato rinunciare alla tua isola, e annegare.*

*La città è piena di gente. Non so cosa pensino, quali siano i loro desideri e le loro tristezze. Hanno amici, sono andati a scuola, al supermercato, a sciare, al parco avventure. Osservo la familiarità con cui si salutano, il futuro che costruiscono, i bambini che crescono, le cose che gli succedono. Il mondo là fuori è tutto da scoprire.*

*Papà, quando io e Andrea ci siamo trovati soli nel bosco e lui si è rotto una caviglia, ho avuto la certezza che non saremmo sopravvissuti: ho provato la paura più grande della mia vita. Ti ho chiamato, ma tu non hai risposto.*

*Lì ho capito che tu eri davanti a me ogni giorno, ma non c'eri davvero. Io e Andrea eravamo soli. Non potevamo conta-*

*re su di te e non potevamo contare sulla mamma, perché nemmeno lei era dove sembrava che fosse. Quel giorno, quando sono tornata a casa, non ero più quella di prima. Certo, sono sopravvissuta. Questo mi ha insegnato che in qualunque circostanza della vita probabilmente me la sarei cavata. Eccomi qui, ora, a studiare il mondo da una finestra. Devo imparare tutto da capo e dimenticare molto.*

*Penso ogni giorno alle sere passate con voi davanti al camino. A quando mi portavi con te nelle tue spedizioni in cerca di tesori. A tutte le volte che abbiamo aggiustato qualcosa insieme. Al fischio doppio che ti usciva dalle labbra quando eri felice.*

*Papà, ci ho creduto davvero, nel tuo sogno. Nella mia testa me lo sono figurato un milione di volte. Al suono della sirena che avevi installato in cucina avrei afferrato il mio coniglio di peluche e mi sarei precipitata nella nostra stanzona sotterranea ancora in pigiama. Sapevo che ci avresti pensato tu a portare giù le valigie che tenevamo sempre pronte negli armadi. Mi sentivo più viva a quel pensiero: essere preparata a sopravvivere sembrava la giusta conclusione di tutti i nostri sforzi. E tu saresti diventato l'eroe che avevi sempre sognato di essere.*

*Per me, devi saperlo, un eroe lo sei sempre stato.*

*Poi sono accadute tante cose. Della mamma non voglio dire nulla. Sono andata via senza salutarti e senza più parlarti da quel giorno, e questa resterà, io credo, l'unica cosa che ho da dirti al riguardo. Ma penso che anche lei vorrebbe che potessimo tornare ad abbracciarci. Non ti chiedo di rinnegare la tua isola, ma di visitare la mia, e di essere ancora, almeno per un pomeriggio, padre e figlia. La Rocca è sempre nel mio cuore, ma ritrovare la strada che conduce lì non è mai stato così difficile. Venite a trovarmi.*

*Qualcuno, l'altro giorno, mi ha scritto in un biglietto: "Rifiutare la morte significa rifiutare la vita". Forse vivere non è spostare la morte un po' più in là, ma riuscire a dimenticarsene, anche solo per un attimo, così da poterci credere davvero.*

*Il mondo ci ferisce, il futuro è incerto, ma il presente è tutto ciò che abbiamo, e allora ti chiedo: perché non provare?*

*Io vi aspetto.*

*Tua,*

*Gea*

# 40.

IL NOSTRO È UN QUARTIERE UNICO GRAZIE A CHI CI VIVE!
I NOSTRI POSTI SONO LE LORO PERSONE!
SE SALVIAMO IL "NUOVO MONDO",
SALVIAMO UN PEZZETTO DEL QUARTIERE.
VISITATE IL NOSTRO SITO PER PARTECIPARE.

Ho fabbricato più di trecento biglietti, stamattina, usando la mia penna stilografica e della carta da pacco che tenevo in casa. Ne infilerò uno sotto ogni porta del condominio, a partire dalla nostra scala, e poi li distribuirò nel quartiere.

Prima di far scivolare il biglietto sotto la porta di Achille, però, esito. Mi metto in ascolto per capire se è in casa: silenzio assoluto. Non gli ho mai parlato del negozio. Firmo il biglietto o gli lascio il dubbio? Riconoscerebbe la mia grafia? Certo, non è l'ecosistema più antico della Terra, ma che c'è di male a voler salvare un negozio? E se fallirò, che cosa ne penserà? In fondo, la vita potrebbe anche sorprendermi. Non la conosco a sufficienza per escluderlo, e oggi voglio crederci. Mi guardo intorno, prima di dare un rapido bacio al biglietto, come per augurargli buona fortuna (o augurarla a me?) e lo lascio scorrere sul pavimento del suo ingresso.

Dietro il biglietto di Trofeo aggiungo: *DEVI venire a vederlo, Gea.*

Una volta finita la nostra scala, visito le altre. Porte vecchie, nuove, blindate, murate e poi riaperte, con o senza targhetta, con davanti zerbini logori, intonsi, sfilacciati, con scarpe lasciate fuori, vasi colmi di ombrelli o vuoti, piante vive e piante morte. Ognuno si merita un biglietto, *slim*! Lo faccio passare sotto, *slim*! Sempre col cuore in gola per il terrore che aprano sorprendendomi sul più bello. *Slim!*

Sta andando tutto bene, finché non mi imbatto nella signora del secondo piano scala A, quella col dalmata. "Non voglio pubblicità!" grida.

La sua voce rimbomba in tutto il condominio.

"Non si preoccupi, è solo... un'iniziativa di quartiere," sussurro.

"Ma tu sei la ragazza che ha portato una ciotola d'acqua al mio cane durante la riunione condominiale?"

"Sono io."

Prende in mano il biglietto. "Approfondirò, allora. Saluti!"

Il giro è finito, per fortuna non si è affacciato nessun altro. Come ultima cosa affiggo un cartello in bacheca:

AVETE MAI SALVATO UN NEGOZIO?
VISITATE IL NOSTRO SITO,
UN PICCOLO GRANDE MONDO VI ASPETTA.

*Il nuovo mondo* aspetta me, adesso. Mi dirigo lì con un umore un po' diverso da ieri. Ci sto andando con speranza. Potrebbe essere che il crowdfunding sembri assurdo solo a me. Cosa posso mai saperne di piattaforme di condivisione io, che non possiedo un computer, né uno smartphone? Magari Adelaide ha ragione: può funzionare. D'altra parte, se il mondo andasse come immagino io, sarebbe molto diverso.

Attraverso il cortile e guardo in alto, c'è un cielo azzurro con striature di nuvole tenui, la luna come disegnata. Penso alla lettera per mio padre: la stavo scrivendo da cinque anni e poi ieri sera, di colpo, l'ho portata a termine. Piegarla, infilarla nella busta e sigillarla mi ha fatto sentire come se qualcuno mi avesse consegnato la patente di guida. Devo decidermi a spedirla: a partire.

Noto una macchina lussuosa, per ironica coincidenza, parcheggiata davanti al nostro cancello; è di quelle basse, allungate e scure come insetti. Non il tipo di vettura che sceglierei io, a essere sincera, se anche potessi permettermelo e se avessi un posto dove andare, con tutto il rispetto per le formiche e i coleotteri che sono bellissimi e perfetti.

La portiera scatta verso l'alto e, con mia sorpresa, dal posto di guida esce ViQuerelo. Ordina alla moglie di prendere borse e sacchetti dal bagagliaio anteriore e mi lancia un'occhiata infastidita, nel notare che mi scappa un po' da ridere. Niente di personale, ma il contrasto tra lui, dall'aria così soddisfatta di sé, e il nostro condominio sgarrupato mi pare buffissimo.

La moglie mi rivolge un'espressione triste, quasi di scusa. Le faccio un piccolissimo cenno, dispiaciuta per aver sorriso di loro e, non so se per salvare la situazione o rovinarla definitivamente, le consegno un volantino.

Il negozio ha ancora la serranda abbassata, SetaMistoLana non si vede da nessuna parte.

Accarezzo il metallo rosso e impolverato e penso che dovrei dargli una lavata per farlo tornare a luccicare come un tempo. È vero, con tutta probabilità tra poco lì dentro non ci sarà più niente, e poi slot o hamburger surgelati adagiati su una foglia di insalata iceberg che sa di plastica, ma intanto *Il nuovo mondo* c'è e sarebbe giusto dargli valore, se lo merita il mio caro vecchio negozio. Qui c'è roba bella, griderà la serranda una volta lustra, e chissà, magari qualcuno starà a sentirla.

Faccio un salto a casa per recuperare una spugna, uno strofinaccio e un secchio dove metterò acqua calda e tre tappi di aceto; mi porto dietro anche la mia scala telescopica.

È un lavoro faticoso, ma dà soddisfazione: strofinando emerge un rosso acceso che mi riporta indietro al tempo di Dorothy e della treccia bianca che le ricadeva sulla spalla come una colomba, al giorno con la nonna nel suo vestito a fiori viola e blu.

Sarebbe orgogliosa dei miei sforzi, la nonna. Mi coglie la tristezza all'idea che non ci fosse più quando sono tornata e che così non abbia mai saputo di aver dato una svolta alla mia vita. Dalla Rocca, negli anni, le avevo scritto biglietti con la carta da lettere della mamma, che poi strappavo in pezzi piccolissimi per paura di essere scoperta.

*Cara nonna, ripenso spesso a te e al tuo vestito e alla tua vestaglia bianca e alle gelatine.*

*Mi piacerebbe tornare in città, ma non posso. Perché non ci vieni a trovare e magari io torno indietro con te per qualche tempo? Riusciresti a convincere papà?*

*Nonna, come sta Dorothy? Custodisco ancora la sua oca e vorrei riportargliela un giorno.*

*Se moriremo, sappi che sono contenta di aver avuto una nonna come te.*

Ho finito di pulire la parte alta della serranda, acqua e aceto colano, facendomi pensare a un'opera d'arte contemporanea di quelle intitolate: *Senza titolo.* Scendo dalla scala per occuparmi della parte bassa. Mentre sono all'opera, il tabaccaio cammina avanti e indietro sul marciapiede dietro di me.

"Invece ora me lo danno questo finanziamento, finanziano tutti, cazzo, pure i ladri! Ho le carte in regola," sbraita al telefono. "No, ho detto che ho già depositato tutto. Ma, cazzo, cosa manca ancora? Questa situazione mi sta davvero esasperando e lo sai, tu, cosa succede quando..."

Non so se il suo interlocutore lo sappia, cosa succede, ma io posso immaginarlo. Spiandolo con la coda dell'occhio, vedo che si china per raccogliere qualcosa. Corruccia la fronte. Sbianco: è uno dei miei biglietti sul crowdfunding. Dev'essermi caduto dalla tasca.

Una volta finito di leggerlo, indirizza una brutta occhiata al negozio e una peggiore a me. Mi metto a strofinare, fingendo di essere alle prese con una macchia particolarmente ostinata.

"Ahia, direbbe la serranda."

Riconosco subito la voce di SetaMistoLana e mi volto.

"Chi bella vuole apparire..."

SetaMistoLana ha un'aria pensierosa che non le avevo mai visto. Le chiedo se posso asciugare la serranda con lo strofinaccio, prima di alzarla.

"Le facciamo pure una messa in piega o la lasciamo naturale?" ironizza, ma in tono mogio.

Una volta che ho finito, fa un passo indietro.

"Alzala tu, per carità," mi dice. "Servizio completo."

Mi ricordo del suo pranzo di ieri. Le chiedo se alla fine ha trovato un posto nel quartiere.

Scuote la testa. "Ho raggiunto mio padre in centro, ma sai cosa? Avremmo potuto benissimo pranzare col poke e i piedi penzoloni sul Naviglio."

Non capisco che cosa intenda. "Sedersi lungo il Naviglio è sempre una buona idea."

"Non quando tuo padre dovrebbe annunciarti che ti cede la sua agenzia e invece fa marcia indietro." Appoggia un plico di fogli su una credenza e richiude la porta del negozio. "Con la vendita di questo posto avrei dovuto dimostrargli il mio valore. A quanto pare, non è sufficiente."

"Ma se ancora non l'hai venduto."

"Appunto. Non ho gestito bene l'affare. Dice che a rovinarmi sono le mie debolezze di donna, gli oggetti da recuperare eccetera..."

SetaMistoLana ha perso completamente la sua aria baldanzosa. Sembra davvero giù di morale e la capisco. Anch'io, quando sbagliavo le risposte sull'arca di Noè mi sentivo così.

"Comunque, io mi sono già presentata... Ma tu non ancora. Come ti chiami?" domando, per fare l'ultimo passo che ci separa.

"Beatrice."

"Beatrice! Come..."

"La musa di Dante e bla, bla."

"In realtà pensavo a *Molto rumore per nulla*. Quella Beatrice è considerata un primo esempio di femminista."

"Ma pensa."

"Non ci sono solo comari nelle commedie di Shakespeare!" le dico con un sorriso.

"Ora che lo so, sì che vivo meglio," mi prende in giro.

"Ti dico io una cosa che può farti stare meglio: il tabaccaio offrirà di sicuro. L'ho appena sentito parlarne al telefono."

Lei sbuffa. "Non mi importa. Secondo mio padre non sono ancora pronta per prendere in mano l'attività e forse non lo sarò mai, dunque sarà meglio che mi trovi un lavoro da impiegata perché l'imprenditoria non fa per me."

"Mi dispiace che tuo padre la pensi in questo modo, secondo me si sbaglia. E... mi dispiace di aver intralciato il tuo affare," mi sorprendo a dire.

Lei fa un gesto con la mano, sembra sull'orlo delle lacrime. "Contro le Belle Arti non si può niente."

"Mio padre avrebbe tanto voluto che... continuassi a far parte della sua impresa," confesso. "Maschio o femmina, a lui non importava. Ma me ne sono andata." Tasto la busta nella tasca laterale della salopette. "Gli ho scritto una lettera per chiedere un armistizio. Ci ho messo cinque anni." Mi chiedo come sono scivolata su questi binari di confidenza. "Vorrei spedirla, ma poi mi dico: se non mi ha mai cercata, cosa può importargliene di me?"

"Se non mi prende a lavorare con lui, cosa può importargliene di me?"

Ci guardiamo.

"Devi spedirla," dice infine.

Immagino mio padre che apre la cassetta della posta in fondo al vialetto per il controllo settimanale. Lo faceva più per scrupolo, che per altro. Di posta alla Rocca non ne arrivava quasi mai, a parte qualche volantino pubblicitario particolarmente temerario, ma la cassetta poteva essere stata manomessa o essersi deteriorata, quindi un controllo andava sempre fatto.

Lo immagino fissare la busta sorpreso, paralizzato, in apprensione. Poi, due strade: potrebbe lasciarla là, buttarla, bruciarla, oppure prenderla in mano e osservarla più da vicino. Troverebbe il coraggio di aprirla? Arriverebbe fino in fondo, se decidesse di leggerla?

Lo immagino in piedi, ben saldo nei suoi scarponcini sul vialetto, la barba lunga e gli occhi piccoli, stanchi, circondati da rughe profonde, ancorati alle parole che ho scritto io, con la stilografica sulla carta da lettere con le giraffe, a casa della nonna, a Milano. Nel mondo là fuori.

Immagino le sue mani forti tenere il foglio davanti a sé cercando di non stringere per non rovinarlo, lasciando sui margini, nonostante questo, qualche impronta nera. Lo immagino scuotere la testa, imprecare, accartocciare la lettera, poi riavvolgo il nastro e lo immagino lasciare che una lacrima gli bagni la barba e gli si insinui nel colletto della camicia a quadri.

Gli manco quanto lui manca a me?

"Ecco che arrivano le allegre comari," commenta Beatrice, interrompendo le mie riflessioni. Indica col pollice dietro di lei, fuori dalla vetrina.

Riapprodo al negozio in modo fulmineo, non senza un capogiro. In effetti, sulla soglia ci sono Aria e Adelaide, che esclama raggiante: "Abbiamo già un riscontro!".

Incurante della presenza di Beatrice, mi informa che il nostro annuncio è stato visto da più di venti persone e sono arrivati due contributi. Cinquanta e venti euro. Vedendo la mia delusione, alza l'indice. "È solo la prima ora. Settanta euro in un'ora..."

Beatrice passa da me a lei come se stesse guardando una partita di ping-pong tra marziani.

"Abbiamo organizzato un crowdfunding," spiega infine Adelaide.

"Ci mancava solo questa!" L'altra si dà una manata in fronte.

"Non vogliamo ostacolarti, solo partecipare all'asta regolarmente."

"Siete matte." Ma ha l'aria di chi ti fa un complimento.

Adelaide si gira verso di me. "Gea, è tutto sotto controllo, funzionerà."

Vederla così convinta mi rincuora.

"È arrivato il momento delle foto," annuncia ora tirando fuori il cellulare.

Aria si rianima. "Le foto, le foto! Ti aiuto, mamma."

Adelaide scatta fotografie al negozio e a oggetti di tutti i tipi da varie angolature ("Per la luce!"), contemplo la sua espressione risoluta, l'energia con cui si muove. Ripenso a chi le ha tarpato le ali. È per non sentirsi più intrappolata che si butta a capofitto nella vita con questa strabiliante levità?

Sarebbe piaciuta a Dorothy, ne sono sicura. Avrebbero passato ore a parlare sedute sulle poltrone rivestite di broccato, cosa di cui io non sarei affatto capace. Fosse stata con me il giorno in cui sono entrata qui per la prima volta, si sarebbe subito lasciata leggere i tarocchi e avrebbe perfino dispensato consigli d'amore a quel ragazzo, ne sono certa.

Ora potrebbe far provare a tutti i suoi abiti incredibili,

e magari scoprire quale dea vive in ogni persona che entra. Ce la vedo, che sbuca dal paravento con una nuvola di tulle amaranto tra le mani e dice: "La gente è formidabile".

"Vieni, Gea, siediti qui, fai finta di aggiustare le statuine..."

"Ma veramente..." Vorrei oppormi, nessuno mi ha mai fotografato e non mi sembra proprio il caso di cominciare adesso, per di più in posa, ma lei mi ha già messo in mano uno dei miei cinesini di porcellana. Abbasso lo sguardo per sfuggire all'obiettivo.

"Benissimo... benissimo," continua a ripetere, scattando a raffica. "Sento il vento in poppa."

Finite le foto, mi abbraccia rapidamente. "Scappo al lavoro. E tu all'asilo," aggiunge rivolta alla figlia. "Dura la vita di chi lotta per migliorare il proprio futuro."

Beatrice sospira, guardandola allontanarsi. "Non so quale lavoro faccia suo padre, ma se avesse un'impresa sono sicura che sarebbe felice di lasciargliela."

# 41.

Beatrice non ha pranzato e cammina avanti e indietro senza tregua, mentre io rimetto in sesto una cassapanca turchese. È ancora arrabbiata con suo padre. Una persona umiliata è una persona perduta. Il mondo dovrebbe fermarsi a guardarla, e consolarla. Vorrei poterlo fare io, ma non so se condividere la mia esperienza servirebbe a qualcosa.

Abbasso gli occhi sulla cassapanca: è tornata a splendere, anche se le macchie si vedono ancora. Probabilmente sono dovute al contatto accidentale con una fonte di calore. Trovo che le diano carattere.

Beatrice si gira di scatto. "Senti, credo che tu mi abbia contagiata."

"Che intendi?"

"Ho avuto un'idea da svitata. Non riesco a togliermela dalla testa, tanto vale provare a metterla in pratica. Questo *deal* ormai è in mano a me, che a mio padre piaccia o meno. I locali sono in vendita spogli, senza niente dentro: queste cose mi appartengono. Ve le cedo. Mettetele in vendita. Se sommando il ricavo a quello del crowdfunding riuscirete ad aggiudicarvi il negozio, meglio così, altrimenti ci divideremo il guadagno."

"Parli sul serio?"

"Sono appena diventata una persona seria, abbandonando il ruolo di persona seria."

Non so bene come reagire. Non riesco a smettere di sorridere.

Sorride anche lei.

"Grazie per la follia! È molto generoso da parte tua. Ne parlo con Adelaide."

"Fallo prima che possa pentirmene."

Sto tornando con gli occhi sulla cassapanca, quando registro una presenza oltre la vetrina. Per un attimo metto in dubbio la mia stessa capacità visiva, eppure l'immagine è ben nitida. Soprabito e nuvola di capelli arancioni: la signora Dalia.

"Io internet non ce l'ho, per vedere il vostro sito. Così sono venuta di persona, come si faceva un tempo," annuncia, non appena mi avvicino.

Un piccolo attacco che sembra una difesa, come a dire: non sono una nostalgica. Sono talmente felice che lei sia qui, che non gli do alcun peso. Anzi, le offro il braccio per invitarla dentro.

"Venga a vedere con i suoi occhi," la esorto, ed è incredibile come sembri anche a me di vederlo per la prima volta.

La signora Dalia scandaglia il negozio cercando di non lasciar trapelare alcuna emozione, ma è commossa e si vede, tanto che Beatrice mi lancia un'occhiata interrogativa, alla quale rispondo con un cenno affermativo del capo, per tranquillizzarla.

"Hai fatto un buon lavoro, gioia," approva infine la signora Dalia, stringendomi il braccio. "Sì, sei stata brava."

Continua a osservare ogni cosa finché non le sfugge una lacrima, che asciuga subito con l'indice. "Vedi perché non ci volevo venire? Il passato è passato... Però per te è presente. E tu sei una cara ragazza. E state facendo una bella impresa. Volevo dirti una cosa..."

Indica il divanetto nella stanza principale. "Sediamoci un attimo lì. Va bene?"

Mi sistemo accanto a lei, senza riuscire a immaginare cos'abbia da dirmi.

"Non ho soldi da parte," inizia. "Ma se volete, vi do i miei quadri e provate a venderli."

Ci cederebbe le sue opere? I suoi piccoli e grandi momenti di salvezza? Le tele su cui ha riversato tutta sé stessa, i sogni, il rimorso, la solitudine?

"Voglio disfarmene," continua. "Ne ho avuto bisogno, ma ora è finita. Mi sono ricongiunta con il mio vero amore: la realtà."

"Non solo circolo ricreativo, anche confessionale," mi sussurra Beatrice. "Non vorrei essere di troppo, vado," aggiunge passandoci accanto.

"Per anni ho pensato che la mia vera vita stesse attendendo inutilmente che trovassi il coraggio," riprende la signora Dalia, una volta che siamo rimaste sole. "Ma ora ho capito che non è così. La mia vita è quella che ho vissuto, non quella che immaginavo. Il possibile ci sembra sempre meglio di ciò che abbiamo, ma ciò che abbiamo è reale: è questo il suo vero valore."

"Signora Dalia, i suoi quadri sono bellissimi."

Sarà che io mi affeziono alle cose come fossero persone, ma che ne direbbero i muri di casa sua? E lei come farebbe a coricarsi circondata da pareti spoglie, senza più la compagnia delle sue tele?

"Gioia, bisogna imparare a lasciar andare..."

Ma come si fa?, vorrei chiederle. Me lo insegni! Forse proprio così, raccogliendo il coraggio, a qualsiasi età? Addio a rimpianti e vecchi desideri? Sono tante le cose che vorrei lasciar andare, a cominciare da certi pensieri, e poi il passato che mi segue come un'ombra, e quella sensazione di oppressione, e...

Sto cercando le parole adatte, quando entra Angelina.

"Stella," mi apostrofa, con affanno. "Quindi, tu sapevi? Le corriere e tutto il resto?"

Mi scappa una smorfia colpevole. "Già. Ma ho voluto rispettare il suo sogno e..."

"Tranquilla, okay. So tutto. Okay. Ma il conducente di autobus?! Io dico, capisco che *Il Nulla* non gli piaccia, come biasimarlo, i ragazzini di oggi stanno dietro ad altre cose. Capisco che voglia ribellarsi al padre, capisco che abbia fretta e voglia di trovare la sua strada, è sempre stato un ragazzino precoce, capisco che amasse molto sua nonna... Capisco tutto, ma non che sogni di diventare conducente di autobus! A quell'età si sogna di diventare astronauta, regista, chessò, medico!"

"Io sognavo di aprire un ferramenta," confesso. "Meno male che Eugenio sogna qualcosa, no? E poi dev'essere bellissimo guidare quei dinosauri della strada."

"Se la metti così..." Angelina mi guarda con la testa piegata di lato. "Un ferramenta?"

"Già," apro le braccia.

Solo adesso mi accorgo di non aver ancora presentato Angelina alla signora Dalia. Si conoscevano di vista, mi dicono, e sembra che tra loro ci sia intesa.

"Poteva andarti peggio, cara," le dice infine la signora Dalia, sentendosi chiamata in causa, "il tranviere non è mica un brutto lavoro."

Ci raggiunge anche Adelaide. Mi affretto ad andarle incontro, non vedevo l'ora di raccontarle l'offerta di Beatrice.

"Ah, adesso è diventata Beatrice..." commenta lei in tono sarcastico, ma alla fine è entusiasta. "Lo sapevo che in fondo aveva solo bisogno di una scrollata."

"Ragazze!" esclama Priscilla, spuntando anche lei sulla soglia. "Che bello che siete qui. Ho provato a fare un salto senza troppe speranze, dopo la notizia di domenica."

"Le cose hanno preso una piega inaspettata." E Adelaide la invita a entrare per raccontarle tutto.

Ci troviamo sedute intorno al tavolino, ragionando sul da farsi.

"Ho un'idea!" s'illumina Adelaide all'improvviso. "Perché non organizziamo una grande vendita, sabato? Una vendita di quartiere?"

Battono tutte le mani, entusiaste, mentre io mi sento completamente impreparata. "Una vendita, in che senso?"

Adelaide spiega che, data l'offerta di Beatrice, aprire il negozio in via del tutto eccezionale per una vendita potrebbe essere un buon modo per racimolare soldi e far parlare del progetto. Sento una stretta al cuore al solo pensiero di separarmi da tutti questi oggetti, ma subito anche un senso di eccitazione all'idea di coinvolgere gli abitanti del quartiere.

"Io porto da mangiare," salta su Angelina.

"Potremmo puntare su un allestimento carino, che si allarghi anche sul marciapiede," suggerisce Priscilla, tradendo una certa voglia di partecipazione.

La signora Dalia borbotta che qualcuno da mandarci ce l'avrebbe, tra le sue conoscenze.

"Gea?" domanda Adelaide. "Che ne pensi? Non dici niente?"

"E se non viene nessuno? Se non vendiamo niente? Se il tabaccaio ci boicotta?"

"Se, se, se!" mi sgrida la signora Dalia. "E se finisse il mondo?"

*Esatto!*, vorrei ribattere.

"Se non ci proviamo non possiamo sapere come andrà," taglia corto Adelaide. "E se anche dovesse avverarsi uno dei tuoi scenari, be', almeno ci saremo divertite fino alla fine."

"E va bene." Mi arrendo.

Applaudono. Poi Adelaide tira fuori un taccuino dalla borsa e inizia a preparare una lista delle cose da organizzare. Ci vogliono gli inviti da infilare nelle buche delle lettere di tutto il quartiere, bisogna darsi da fare su internet, affiggere cartelli, telefonare, bussare alla porta di chi si conosce, parlare con i negozianti, contattare i blog e le pagine d'informazione, coinvolgere le autorità... Anzi no, quelle no. La lista è lunghissima, soprattutto considerando che mancano solo tre giorni.

Adelaide è una delle cose più preziose che ho guadagnato con questo affare. E non è affatto poco. Me ne torno verso casa fischiettando, la testa piena di pensieri incoraggianti.

Passando davanti alla buca delle lettere rossa, all'angolo tra la via del *Nuovo mondo* e la nostra, mi fermo.

*Per la città / Per tutte le altre destinazioni*. Il riassunto perfetto della lettera che tengo tra le mani.

Ci soffio sopra per trasmetterle un po' di magia.

Papà, in fondo al vialetto. Le sue dita forti che stringono la carta con le giraffe, le macchie di terra, le mie parole. Mio fratello e la voglia che avrei di sentirlo ancora accanto a me.

Avvicino alla fessura la busta bianca con l'indirizzo della Rocca. È in bilico tra quello che non è stata per tutti questi anni e quello che potrebbe essere se trovassi la forza di darle una piccola spinta e farla volare fino a lui, in quell'angolo remoto di mondo.

Una volta dentro, esulerebbe dal mio controllo, non sarebbe più solo mia. E se riceverò risposta o meno, questo sarà la vita a deciderlo. Io potrò soltanto stare ad aspettare, consapevole di aver fatto tutto quello che ho potuto. Stringo i denti, respiro. La spingo dolcemente nella buca. Atterra sulle altre. Ha delle amiche ora, non è più sola. Ciao, papà.

# 42.

A nove anni ho cominciato a scrivere lettere a Rossella, una mia amica. Lei non lo sapeva.

Era una bambina reale, ma non era mia amica per davvero. Sognavo che un giorno lo sarebbe diventata, anche se ci vedevamo solo quando accompagnavo mio padre all'alimentari del paese più vicino per le scorte. Un viaggio di venti chilometri, di cui cinque sulla sterrata che dalla Rocca portava alla provinciale.

Rossella passava il tempo seduta su uno sgabello accanto alla cassa, la testa china su un quaderno. Nonostante fosse parzialmente schermata dalla vetrina frigo, ero riuscita a vedere che sulla copertina c'era Sailor Mercury, la mia preferita delle Sailor; quella in cui mi identificavo. Le conoscevo grazie a un giornaletto finito in un fosso e che trattavo come se fosse un papiro antico, preziosissimo.

Rossella indossava vestiti alla moda pieni di applicazioni luccicanti, non quelli smessi del fratello maggiore, come toccava a me. Andava a scuola, per questo conosceva tutti gli altri bambini del paese, che talvolta entravano nell'alimentari con i genitori quando c'eravamo pure noi, ma che lei si limitava a salutare con un cenno del mento o un lieve "ciao", assorbita dal suo mondo. A me, non mi guardava nemmeno;

per lei non esistevo. Ero certa che fosse solo perché ancora non mi conosceva.

Le sue arie di mistero e di superiorità mi attraevano, la malinconia e il senso di solitudine che emanava la rendevano diversa da ogni altro bambino. Ero certa che avessimo molto in comune, io e Rossella, sebbene le nostre esistenze fossero così diverse. Anche il suo, di destino, era scritto, per esempio. Aveva già cominciato ad aiutare i genitori all'alimentari. Quando non se ne stava seduta sullo sgabello a scrivere sul quaderno, riordinava gli scaffali imbronciata, e addirittura, con i clienti più pazienti, faceva il conto dietro la cassa, senza scusarsi se scappava qualche errore. Dovevo solo trovare l'occasione giusta per rivolgerle la parola, poi tutto sarebbe venuto naturale.

Nella mia testa mi ero figurata la scena un centinaio di volte: mio padre dimenticava qualcosa nella Panda e mi lasciava sola al negozio, finalmente. Mi avvicinavo alla vetrina frigo e con nonchalance dicevo a Rossella che aveva un quaderno bellissimo e che anche a me piaceva Sailor Mercury, perché era gentile, solitaria e voleva diventare dottoressa.

Le avrei chiesto se sapeva che il castello di Sailor Mercury si chiama Mariner Castle per via della *Mariner 10*, la prima sonda approdata su Mercurio. Mercurio sembrava un sasso brillante ed era pieno di crateri, come le rughe sul volto di un marinaio: raccontavano la storia di impatti con gli asteroidi. Tutti impattiamo con gli asteroidi nella vita, e Mercurio non ne faceva mistero. L'assenza di un'atmosfera rendeva il suo cielo nero anche di giorno e il Sole, da lì, appariva tre volte più grande.

Dopo averle rivelato tutto questo, le avrei chiesto quanti anni aveva, per poi fingermi sorpresa di scoprire che eravamo coetanee, cosa che sapevo già, glielo avevo sentito dire una volta. Le avrei domandato se trovasse divertente la scuola.

Rossella si sarebbe stupita della mia vita ai margini del bosco. Sarebbe rimasta affascinata da me tanto quanto io lo ero da lei e avremmo allacciato un'amicizia epistolare in cui avremmo condiviso la nostra visione del mondo. Certa che prima o poi sarebbe accaduto, avevo già cominciato a scriverle. Una delle mie lettere diceva:

*Cara Rossella,*

*la vera ragione per cui mi piace Mercurio è che è difficile da esplorare. La vicinanza del Sole rende complicato raggiungerlo e richiede un controllo termico delle sonde molto complesso. Per questo motivo non vengono organizzate spedizioni per vederlo da vicino. È solo e misterioso, proprio come me e te.*

*Lo sapevi che, per i primi* DUE MILIARDI *di anni dopo il Big Bang, su Venere c'era la vita? Poi il pianeta è diventato troppo caldo ed è bruciato tutto, me lo ha raccontato mio padre. Secondo lui, la fine che ha fatto Venere potrebbe toccare presto anche alla Terra.*

*Lo so che non è bello dare cattive notizie, ma con te voglio essere sincera. Sei la mia migliore amica. Tu non hai paura?*

*Con affetto,*

*Gea*

Seduta per terra, apro la cartellina con le lettere che ho scritto a Rossella nel tempo. Sono tra le poche cose che ho infilato nello zaino al momento della fuga dalla Rocca. Inizio a rileggerle e finalmente so perché ho sentito il bisogno di portarmele dietro: erano una parte essenziale di me, quella che avrei donato a qualcun altro. Che cosa sarebbe successo se le avessi davvero inviate all'alimentari, il cui indirizzo avevo appuntato con cura su un foglio bianco? Aveva anche solo intuito, mio padre, la sete di rapporti che avevo? Il disperato bisogno degli altri?

L'unica cosa che sono riuscita a pensare, la notte della fuga dalla Rocca, era che in tutta la mia vita non avevo mai avuto un amico e che forse non ne avrei mai avuto uno. Tutto ciò che gli altri provavano rimaneva un mistero e quello che succedeva dentro di me lo sapevo solo io. Senza poterlo condividere, non sembrava nemmeno vero.

# 43.

"Lo mettiamo fuori, il divanetto?" chiede Beatrice, che non solo non ha ritrattato, come temevo, ma ci sta anche dando una mano. "Oppure chiama pioggia?"

D'istinto alzo gli occhi, ma non c'è traccia di nuvole.

"Sì, lo metterei fuori," risponde Priscilla, senza far caso alla battuta. "E ci posizionerei accanto una sedia, una poltrona, magari anche un tavolino. Tipo questo, che tra l'altro ho deciso di comprare io."

Da oggi, Priscilla è una delle nostre più generose sostenitrici. Con tutte le cose che acquisterà al *Nuovo mondo*, dice, finalmente l'appartamento in cui vive diventerà casa sua. Alcuni degli oggetti che abbiamo salvato la salveranno, avvicinandola un po' di più alla sua vera sé stessa. Ecco una risposta concreta al perché mi batto per questo posto. Sono due giorni e due notti che mi do da fare per rimettere a nuovo ogni cosa qui dentro, dai posacenere anni venti a un'antica scacchiera da viaggio, passando per insegne, tovagliette, gioielli, candelabri, quadri, un'attrezzatura da golf, lampade dalle forme più strane.

Non tutto sarà in vendita. Alcune delle cose rimarranno in dote al negozio. Il salottino in cui Dorothy si riuniva con le amiche, per esempio, il servizio da tè, la sua oca di ceramica, il pianoforte. Ci siamo trovate tutte d'accordo sul fatto che, se mai questo posto dovesse riaprire, non potrebbe farlo senza di loro. Sono la sua identità.

"Le torte e i biscotti di Angelina potremmo sistemarli sul pianoforte," suggerisce Adelaide. "Che ne pensate?"

È quasi ora di pranzo, non abbiamo molto tempo prima di aprire le porte. Priscilla è la più organizzata, assegna un compito a ciascuna di noi: Adelaide sposterà insieme a me i mobili più ingombranti rimasti in mezzo, Beatrice si occuperà della disposizione dei piccoli oggetti, Aria spolvererà in giro, lei sistemerà l'angolo della cassa.

"*Ma quante belle figlie Madama Dorè,*" attacca Aria, spolverando contenta. "*Ma quante belle figlie!*"

"*Son belle e me le tengo,*" s'inserisce sua madre, "*son belle e...*" Dopo aver controllato qualcosa sul telefono, però, si blocca. "Oddio!"

"Avete ricevuto un'offerta anonima da un milione di euro?"

Adelaide alza lo sguardo atterrito su Beatrice, che ha appena parlato, e poi sulle altre. Torna allo schermo e poi a noi. Infine mi passa il telefono come se fosse una bomba sul punto di esplodere. Non sembrerebbero buone notizie.

Sullo schermo è aperta la chat della pagina del nostro crowdfunding ed è arrivato un messaggio:

*Provateci, galline. Dovete solo provarci a mettere su il vostro stupido teatrino oggi pomeriggio. Vi consiglio di sgombrarlo in silenzio, quel posto, invece di immischiarvi in cose che non vi riguardano. Poi non dite che non vi avevo avvertito.*

Sta succedendo davvero? Il messaggio è anonimo, il sito lo consente. Alzo lo sguardo sulle altre, chiedono di sapere. Vorrei poterlo leggere ad alta voce per renderle partecipi e vorrei saperlo fare con disinvoltura, o per lo meno una certa sicurezza, ma i contorni delle cose si sono fatti incerti, sfocati. Ripasso il telefono ad Adelaide, mi lascio cadere su una sedia. Ascolto mentre è lei a ripetere, con rabbia, le minacce che abbiamo ricevuto.

Per un po', nessuna di noi apre bocca. È calato un silenzio teso, interrotto bruscamente dall'arrivo di Angelina.

"*Voilà!*" Con fare allegro appoggia due teglie di dolci appena sfornati sul ripiano della cassa, portandosi dietro una scia di profumo. "Be'? Che succede?"

Adelaide le passa il telefono, perché possa leggere con i suoi occhi. Lei cerca gli occhiali nella borsa e dice "Se no, un riassunto?", ma nessuna di noi osa spiccicare parola. Poi prende il telefono e, man mano che legge, la sua espressione si fa più seria.

"Santo cielo!" esclama infine con una smorfia di rabbia e indignazione. "Chi può essere stato?"

Senza averlo deciso, abbiamo preso posto intorno al consueto tavolino. Beatrice, rimasta in piedi, si appoggia allo schienale della mia poltrona con le braccia incrociate.

"Sarà stato il tabaccaio..." ipotizzo.

"Quasi sicuro," sospira Adelaide.

"A meno che non sia stato mio marito," esclama Angelina asciugandosi la fronte con un fazzoletto.

Priscilla ride, prendendola per una battuta, ma si ricrede subito.

"Non gli piace che io sottragga tempo alla nostra attività," si sente in dovere di spiegare Angelina. "Alla *sua* attività, sulla carta. E non gli piacciono queste 'bazzecole', come le chiama lui." Alza le spalle. "Eppure, non credo sarebbe capace di tanto. Anche per il semplice fatto che non sa nemmeno cosa sia, un crowdfunding." Questa volta è lei a scoppiare in una breve risata.

"E se fosse stato ViQuerelo?" domando, più a me stessa che alle altre.

"Chi?" chiedono loro all'unisono.

"No, niente, il marito di una vicina, l'avvocato con la fuoriserie. Credo mi detesti."

"Ah, quello che si crede uno sceriffo," ribatte Priscilla. "Non penso che si abbassi a tanto."

"No," convengo. "Non penso sia stato lui. Né tuo marito, Angelina. Tanto meno il burocrate dell'hamburgheria. Siamo realiste... Dev'essere stato il nostro vicino, qui."

Angelina si protende verso di noi. "Che cosa ci può fare?"

Alzo le spalle. "Qualsiasi cosa. Il negozio è vulnerabile, noi siamo vulnerabili..."

"Questo è quello che vuole farci credere!" esclama Adelaide.

"Posso avere voce in capitolo, dato che questo posto, tecnicamente, è ancora mio?" si inserisce Beatrice.

La guardiamo.

"Il tabaccaio teme la concorrenza all'asta, ma più di tutto teme di non ottenere il finanziamento dalla sua banca. Ho visto che il messaggio è di tre ore fa. Circa un'ora fa, però, mi ha telefonato: era su di giri perché il finanziamento l'ha ottenuto. Farà la sua offerta, e questo dovrebbe bastare a tenerlo tranquillo. La certezza non può averla nessuno, però..."

La notizia viene accolta con un certo sollievo, ma cala un silenzio pensoso in cui ognuna si arrovella per conto proprio. Se non fosse stato lui, ma un nemico che ancora non conosciamo?, penso io. Se non riuscissimo a respingere l'attacco?

È Adelaide a rompere il silenzio. "Comunque sia, dobbiamo fregarcene. Che messaggio diamo, fermandoci alla prima intimidazione? Okay, ad alcuni nel quartiere non piacciamo. Per quanto possa sembrare assurdo, ci vedono come una minaccia. D'altronde, quando le persone si uniscono sono sempre una minaccia, soprattutto se sono donne... E allora? Pensano davvero di poter risolvere la cosa con la violenza?"

"Purtroppo sì," ribatte Priscilla, "basta aprire il giornale."

"Okay. Ma noi siamo tante, siamo insieme..."

"Sappiamo difenderci," aggiungo io.

"Sul difenderci è tutto da vedere," replica Priscilla. "Per le faccende legali sapete a chi chiedere, ma per il resto..."

Ci sono io, vorrei dire.

"Il primo modo per difenderci è non aver paura," insiste Adelaide.

Se davvero è stato il tabaccaio, so cosa tenterà. È talmente sicuro di sé da non nascondere le proprie carte. L'ha detto in tempi non sospetti, e il destino ha voluto che lo dicesse proprio a me.

"Lo possiamo neutralizzare," dico in tono deciso.

Vorrei aggiungere tutta una serie di garanzie, tipo la mia preparazione tecnica, quello che gli ho sentito dire, il piano che ho in mente, ma non saprei da dove cominciare a farmi capire.

"Vi fidate di me?" domando d'impulso.

Mi guardano incuriosite. Non so perché l'ho chiesto, so solo che mi farebbe bene ricevere un sì come risposta.

Siamo ancora sedute intorno al tavolino basso, in un negozio lustro e profumato, che aprirà tra poco. A vederci dall'esterno, sembreremmo probabilmente un gruppo di amiche che chiacchierano del più e del meno. Amiche, lo siamo?

"Ma certo che ci fidiamo di te, stella!" esclama Angelina.

Le altre confermano a ruota.

"Allora, sappiate che ho un piano," ribatto sollevata. "Adesso divertiamoci."

E mi sembra incredibile di essere stata proprio io a dirlo.

# 44.

Nonostante l'umore un po' incerto, brindiamo sul retro con una bottiglia di spumante, imponendoci di non pensare alle minacce.

"È un successo essere arrivate fin qui," dichiara Adelaide stappando la bottiglia, "e..." controlla sul telefono, "vi informo che abbiamo già raggiunto un quarto della cifra!"

Diverse testate online hanno parlato di noi e i volantini devono aver funzionato.

"I tre quarti restanti li racimolate oggi?" Beatrice sembra delusa.

"Tutto è possibile, dai," ribatte Priscilla, benché non mi paia molto convinta.

Di cose preziose qui dentro ce ne sono molte, ma sicuramente non per arrivare a tre quarti del valore minimo di questo locale, pure vendendole tutte. Adelaide però si è convinta che aprire il negozio per la vendita all'incanto attrarrà dei benefattori del quartiere, e anche da fuori.

"Dobbiamo lasciarci guidare dall'entusiasmo," ci esorta. "Dobbiamo contagiare gli altri."

Aprire *Il nuovo mondo* al pubblico è più reale e potente di qualsiasi sogno. Mi trovo con il respiro corto e i brividi lungo la schiena. La trepidazione che immaginavo da bambina nel gestire un negozio tutto mio è amplificata. E non sono sola.

Per la prima volta da non so quanto tempo, sento che non può più succedermi niente senza che qualcuno intervenga in mia difesa.

"Sono le tre!" ci informa Adelaide, finendo il vino in un sorso. "Il negozio è ufficialmente aperto al pubblico."

Lei accoglierà i clienti e racconterà il progetto; Angelina si occuperà del rinfresco: tè e torte come da tradizione; Priscilla è incaricata della vendita dei quadri della signora Dalia. Io farò una supervisione generale.

Mi affaccio fuori. Il tabaccaio pattuglia la strada con sguardo torvo. Lancia un'occhiata al salottino che abbiamo allestito all'ingresso, rientra nel suo negozio agitando il pugno. Urla qualcosa che non riesco a sentire.

Solo dopo noto la poetessa. È seduta sul marciapiede di fronte a noi con la penna in mano e fissa un foglio sporco. Dalla tasca le sbuca per metà uno degli inviti che ho distribuito nel quartiere. Vederla mi fa felice, ma poi l'arrivo di qualche curioso mi distrae.

Adelaide si occupa dei convenevoli. Un paio di inquilini dei loft sembrano interessati all'arazzo, probabilmente inglese, che raffigura una scena di caccia. È il nostro pezzo più prezioso. Adelaide si muove con sicurezza e cordialità. La sua esperienza nel contatto con il pubblico gioca a nostro favore. È una perfetta direttrice.

Cerco di mimetizzarmi con lo sfondo mentre li osservo. Le ho chiesto di non coinvolgermi in situazioni del genere. Sembrerebbe essersi convinta, perché non mi invita a unirmi a loro. Poco dopo, i proprietari dei loft mi sfilano davanti senza aver comprato l'arazzo, né altro. Adelaide, dall'altra parte del negozio, alza gli occhi al cielo.

La prima ad arrivare tra quelli che conosco è la moglie di ViQuerelo. Entra con aria timida, guardandosi intorno, poi si mette a leggere i vari cartellini.

“Ciao, Gea,” esclama venendomi incontro dopo un po’. “Quante cose interessanti, complimenti.”

“Grazie, sì, davvero...” Sono imbarazzata per via del marito.

“Ti lascio alle tue attività,” dice lei, “mi guardo in giro.”

Osserva da vicino un tavolino basso, poi si rivolge a un uomo di spalle che sta reggendo una poltrona arancio, una sorta di trono barbaro, uno di quegli articoli che ero certa sarebbero rimasti invenduti. Quando si gira, riconosco ViQuerelo. È incredibile, è proprio lui! Innamorato com’è della sua poltrona, la solleva con tutta la forza che ha e la trasporta da solo fino alla cassa. Faccio cenno ad Adelaide di occuparsi lei della transazione, per evitare che la mia presenza gli faccia cambiare idea, e proprio adesso si avvicina a me Lucilla, la gelataia, che si è lasciata conquistare da una vecchia pubblicità Sammontana. “Perfetta per i miei piccoli clienti! Piacerà moltissimo.”

Arrivano in molti, degli abitanti storici del quartiere. Sono espansivi, curiosi, spesso entusiasti. C’è chi ha qualche storia su Dorothy da raccontare, come l’erborista, che curava i suoi mal di testa.

“Anche mia madre ne soffriva, lei usava l’olio essenziale di lavanda che preparavamo in casa,” racconto, sperando che la mamma sia lassù a guardare la scena.

“Certo, la lavanda,” conferma l’erborista, appoggiando sulla cassa delle ampolle di vetro di Murano.

Geppo, il ferramenta, compra alla moglie una spilla laccata anni sessanta. Lei, dall’entusiasmo, mi bacia sulla guancia. “Erano trent’anni che non mi faceva un regalo!” Poi mi sorride complice. “Lo sai che somigli tanto a tua nonna? Dovresti metterti anche tu un vestito, ogni tanto!”

“Vedrà che abiti ci saranno qui dentro. Tutti fatti da me,” s’inserisce Adelaide, passandoci dietro proprio in quel momento. “Prima o poi, ne metterà uno anche Gea.”

"Mi dispiace, ma mi trovo bene con la mia salopette..."

Appena dopo le cinque, fa la sua apparizione la signora Dalia.

"*Oh, signur!*" si lascia sfuggire entrando, in preda all'emozione.

Saluta con un cenno del capo chi si rivolge a lei. Ha voluto che i quadri si vendessero in modo anonimo, ma rimane lì a gironzolare, evidentemente curiosa di sapere come sta andando. Tra gli acquirenti: la padrona del dalmata, secondo piano scala A, che prende uno scorcio di Varsavia. Priscilla si complimenta per la scelta e poi la guarda avventarsi sulla torta al cioccolato.

"Bella, oggi non sei venuta." Alì è fermo al centro del negozio con in mano un sacchetto pieno di erbette, asparagi, carciofi, fagiolini. "La voce gira, nel quartiere," spiega consegnandomi il sacchetto, in risposta al mio silenzioso stupore.

"Grazie! Oggi niente brioche, ma sul pianoforte ci sono dei dolci, prendi pure quello che vuoi," rispondo.

Noto con la coda dell'occhio che qualcuno mi si sta avvicinando, ma all'improvviso sembra ripensarci e fa un goffo dietrofront. Anche oggi Achille indossa la sua felpa preferita. È qui!

Il negozio si sta riempiendo. Dopo aver salutato Alì tento di andare incontro ad Achille, ma mi intimidisco. Gli faccio un cenno con la mano, da lontano. Lui mi dice col labiale "Bello", mentre fa ruotare l'indice intorno. Si mette a leggere il cartellino di un ritratto a olio.

"Avresti potuto invitarmi personalmente... ma come vedi non sono un tipo permaloso," mi dice quando finalmente ci ritroviamo vicini, senza sapere chi dei due abbia fatto il primo passo. Il marasma generale ha aiutato.

"Vorrei comprare questa." Alza un'incisione su carta filigranata originale del Settecento, che raffigura una serie di fossili. L'avevo messa in vista proprio per lui.

"Tranquillo, devi togliere uno zero al prezzo," specifico, piuttosto. Lo avevo contraffatto perché nessuno la comprasse.

Tira un sospiro di sollievo. "Avrei dovuto chiedere un prestito in banca, altrimenti."

"O fare un crowdfunding."

"Sarebbe fighissimo se questo posto rimanesse aperto. Anche se... avresti ancora tempo per scrivermi biglietti?" aggiunge, precedendomi alla cassa.

"Chi lo sa..." rispondo con il cuore a mille, mentre avvolgo con cura l'incisione in carta da pacco.

Sta per dire qualcosa quando tra di noi piomba Eugenio. "Ehi! Questo posto sembra il tuo armadio dei tesori all'ennesima potenza!"

Eugenio. Non ci vediamo dalla mattina in cui l'ho ritrovato sull'autobus.

"Armadio dei tesori?" ripete Achille fingendosi sorpreso.

"Mancava all'elenco? Guarda, Eugenio, lì c'è tua madre che tiene banco sulla famiglia reale inglese."

Lo osserviamo raggiungerla.

"Allora io vado," fa infine Achille. "I fossili mi aspettano."

"Pazienza dovrebbero averne... Ma non possono certo rimanere soli nella vasca da bagno."

Ride. "Quando in fondo alle cassette della frutta ci sarà la rete metallica, sarà tutta un'altra storia." Mi strizza l'occhio.

Sto per rispondere, ma Eugenio è tornato da me con un fermacravatta d'argento.

"Per quando sarò conducente di corriera," annuncia, allungandomi i soldi.

Cerco con lo sguardo Achille, ma è sparito nella folla, che poi inghiotte anche me. Devo dare spiegazioni a dozzine di persone, non ho più tempo di pensare, e il tempo vola via fino a sera.

Se ne sono andati quasi tutti, quando noto Trofeo. Si sta

aggirando da solo per il negozio, in tuta, non l'avevo visto arrivare. Gli appoggio la mano sulla spalla.

"Sei qui," gli dico.

Lui si gira. Cerco di decifrare il suo silenzio. È quello di quando è spazientito perché le cose non vanno come dovrebbero? O quello di quando è stanco e vorrebbe solo sdraiarsi a letto? È il silenzio di quando sente di non avere più parole per il mondo? A me sembra quello di quando guarda le cose belle e si commuove.

Alza il braccio, tenendo sospesa nello spazio tra me e lui una ciotolina di ceramica dipinta a mano. Sta pensando a Pelé, ne sono certa, perché ci ho pensato anch'io quando l'ho vista.

"Brava," mi dice all'improvviso, guardandomi negli occhi, dopo aver preso il resto.

Eccolo, il timbro della voce di Trofeo, forte e fragile insieme, come lo strato di ghiaccio che ricopre i laghi d'inverno. Accadono eventi eccezionali nella vita di ognuno. Ottenere un lavoro, trovare l'amore, scoprire una religione. C'è anche chi si lascia sconvolgere dalla riapertura improvvisa di un negozio o dal sentire, finalmente, la voce di un amico.

Gli sorrido, cercando di trattenere le lacrime, ma queste sgorgano, irrefrenabili, come dotate di volontà propria. Erano lì che aspettavano da chissà quanto tempo.

"Bravo anche tu," rispondo allora, e penso che abbia capito cosa intendo.

# 45.

"Gran successo, mi pare," commenta Beatrice a fine giornata sistemando insieme a noi il negozio, svuotato per metà.

"Sembra," ammetto. "Ma bisogna fare i conti..."

"Facciamoli adesso, vuole esserci anche l'oste," si indica il petto.

"Possiamo ritenerci soddisfatte," sospira Adelaide dopo aver annunciato l'incasso. Quello di cui non è soddisfatta è la cifra del crowdfunding. "A parole sono bravi tutti, ma poi..."

"Dovevamo raggiungere un totale impensabile e ne abbiamo un terzo," la consolo. "È già tanto."

"Tantissimo," conferma Beatrice. "Devo ammettere che non ci avrei scommesso un cerchietto per i capelli che avreste raggranellato tutti questi soldi."

"Fatto sta che ci manca più del doppio solo per raggiungere la base d'asta," faccio notare. "Abbiamo provato, abbiamo fallito."

"Riproviamo, si può sempre fallire meglio," prova a tirarci su Priscilla. "Ne so qualcosa, è il mio campo."

"È stato comunque bellissimo," dico.

Adelaide mi offre un sorriso spento. Va a chiamare Aria, che stava guardando i cartoni sul telefono, seduta sul divano, e insieme escono per tornare a casa. Solo la bimba ci fa un cenno di saluto.

“Avete ancora sei giorni, dai.” Beatrice mi dà un colpetto sulla spalla. “C’è chi in sei giorni ha creato il mondo.”

“Tutti gli agenti immobiliari hanno questo senso dell’umorismo?” le chiedo sorridendo.

“Oh, ma io non sono tagliata per fare l’agente immobiliare... Ormai è ufficiale.”

“Magari tuo padre si ricrederà.”

“Non è il tipo da ricredersi, ci ha costruito una carriera. Però io ho una nuova idea.”

“Un’idea?”

“Te la dirò dopo la vostra offerta.”

“Quindi, mai.”

“Vedremo. Di commenti entusiasti ne ho sentiti stasera. Mai dire mai.”

Senza nemmeno rendermene conto, mi protendo verso di lei e l’abbraccio. Beatrice è stupita, ma subito ricambia.

Prima di lasciare il negozio, saluto silenziosamente tutte le sue meraviglie, quelle che hanno davanti una nuova vita e quelle che rimangono.

“Abbiamo fatto un buon lavoro,” sussurro.

Chiudo la porta dietro di me. Sul marciapiede di fronte c’è ancora la poetessa. Le vado incontro per consegnarle una fetta di torta al cioccolato impacchettata nella carta stagnola. Lei alza lo sguardo, la accetta senza sorprendersi e mi allunga il foglio che tiene in mano. D’altra parte, è sabato. Una volta che mi sono allontanata, leggo alla luce del lampione.

*di sole isole*
*un ponte fa*
*famigliole*

Sono tentata di tenerla, ma poi decido di attenermi alla tradizione, alla mia economia circolare di quartiere, e allungo fino al ponticello per lasciarla lì, sperando che ci rimanga fino a domani mattina, per la giudice di pace.

# 46.

"Troppo presto?" chiedo.

Adelaide mi ha aperto in pigiama con gli occhi gonfi, i capelli arruffati e l'aria di riconoscermi a malapena. L'iniziale smarrimento si trasforma in un doppio "oh" di sorpresa.

"Che ore sono?" farfuglia prima di un lungo sbadiglio.

"Quasi le dieci," rispondo, arrotondando per eccesso, in realtà sono passate da poco le nove.

"La ringrazio, ma non siamo interessate," finge di richiudermi la porta in faccia.

"È che ho una buona notizia."

Ecco perché ho trovato il coraggio di presentarmi senza invito e a quest'ora. Sono uscita di casa di corsa senza neanche chiudere il gas, con solo i calzini ai piedi.

"O è un miracolo, o passo da te tra un'oretta," ribatte lei. "Il tempo di smaltire stanchezza e delusione sotto un getto d'acqua calda, visto che Aria sta ancora dormendo."

"In effetti, sembrerebbe proprio un miracolo."

"E che tipo di miracolo?"

"Non l'ho ancora capito."

"Sento puzza di fregatura," brontola, invitandomi comunque a seguirla dentro.

I miei piedi gioiscono nel salutare il parquet tiepido e poi il tappeto a pelo lungo del salotto, mentre seguo Adelaide facendo lo slalom tra bambole, pastelli, nastri, gonne, abiti e camicette. Noto il vestito a sottoveste di seta oro vecchio che mi aveva fatto provare. È stato fatto a pezzi con un paio di forbici da tessuto che giacciono proprio lì accanto, come l'arma di un delitto. Dev'essere tutta colpa della mia ritrosia, e me ne dispiaccio. Che cosa ne sarà di lui ora?

"Fai tu il caffè?" Adelaide indica la moka accanto al lavandino della cucina.

Poi si siede al tavolo e lascia cadere la testa sulle braccia incrociate.

Io ho dormito per cinque ore filate, stanotte. Achille mi ha perfino risparmiato il calpestio. Peccato che, in ogni caso, il sonno ristoratore sia finito con un incubo, sempre lo stesso: correvo nel bosco con il sacco a pelo sulle spalle, chiamando mio padre, ma mi rispondeva solo l'eco. Mio fratello non c'era, e nel sogno mi accorgevo che non c'era mai stato, che Andrea era frutto della mia fantasia. Il bosco, scoprivo correndo, era un cerchio, così, pensando di scappare dalla Rocca, in realtà ci stavo ritornando. Mi sono svegliata in preda al panico, ed è stato allora che mi è suonato il telefono.

"Dunque?" domanda Adelaide senza alzare la testa.

"Poco fa ho ricevuto una telefonata. Era la segretaria di Margaret. Non ci ho capito niente, ma sono fiduciosa."

Ho messo la moka sul fuoco. Che io sia fiduciosa è forse il più grande dei miracoli e sembra accorgersene anche lei, tanto che replica: "Mi stai dicendo che non ti attendi una catastrofe? Che non siamo a un passo da un fallimento epocale e definitivo?".

"Forse. Chiamiamola, prima che possa cambiare idea o un asteroide colpisca la Terra. Mi affido alle tue doti di interprete."

Scherzare sulle mie fisse mi fa sentire leggera.

"Cambiare idea riguardo a che cosa?" domanda lei.

“Non ho capito, ma aveva il tono di chi ti offre un salvagente mentre stai annegando.”

“Ti pareva che non ci fosse di mezzo un’emergenza.” Adelaide mi fa segno di allungarle il telefono, sta riacquistando la sua luce abituale.

Scorre rapidamente l’elenco delle chiamate in entrata e fa partire la telefonata. Imposta il vivavoce e attende mordendosi il labbro inferiore, con espressione concentrata.

Una parte di me spera che non risponda nessuno. Vorrei non scoprire qual è il vero messaggio di Margaret. Allo stesso tempo, desidero ardentemente saperlo, e di colpo mi ritrovo a saltellare in preda all’ansia.

Il telefono produce squilli rochi e prolungati a Park Crescent. Lascio che l’immaginazione voli lì. Vedo uno studio con le pareti tappezzate di volumi antichi; su un lato, un divanetto di velluto rosso, al centro due poltrone di cuoio davanti a una scrivania di mogano. Gli squilli rompono il silenzio della stanza vuota. Entra una donna, forse con gli occhiali, la gonna al ginocchio e i capelli raccolti in una crocchia, e con gesto sicuro, abituato, segretamente svogliato, alza infine la cornetta. Forse no, però. Forse sono uscite entrambe, la signora Smith e la sua segretaria, forse sono partite per un altro viaggio all’estero e io mi sono persa per sempre il loro messaggio.

“Buongiorno, chi parla?” La voce entra nella cucina di Adelaide in modo perentorio. Il tono è distaccato ma cordiale, come sempre.

Trattengo il respiro, mentre Adelaide spiega la situazione. Per fortuna, la segretaria non tradisce alcun tipo di insofferenza all’idea di dover ripetere quello che ha detto a me poco fa.

La signora Smith è commossa dalle lettere di sua zia. Ha ripensato tanto al negozio e al nostro progetto. Quello che stiamo costruendo è qualcosa di importante, soprattutto considerando i tempi. Ispiriamo la nostra quotidianità all'unica filosofia che può salvarci. La signora ci ringrazia per averle girato il link del nostro crowdfunding e intende informarci che stamani ha provveduto a una donazione. Ci augura il meglio, con tutto il cuore.

Dopo averla ringraziata profusamente, la salutiamo e ci avventiamo sul computer di Adelaide per controllare il sito. Mi mordo le unghie per non pensare. Cerco di tenere a freno la mente, di non formulare nemmeno un *se*. La pagina si carica con lentezza esasperante. Adelaide tamburella accanto alla tastiera, come per incitare il computer. Se l'offerta superasse... Se l'offerta fosse...

Poi è ufficiale: la cifra offerta da Margaret ci permette di raggiungere l'obiettivo complessivo, possiamo partecipare all'asta! Tanta generosità in un colpo solo, tanta felicità in un unico attimo, non l'avevo mai provata.

"Perché urlate... e ballate?" squittisce Aria sulla soglia della cucina, stringendo al petto la sua Barbie Raperonzolo.

"Perché siamo felici, tesoro," replica sua madre, saltando di gioia.

"Allora, sono felice anch'io!" esclama lei, lanciando in aria la bambola e riprendendola al volo.

# 47.

"Mi dica, come ha fatto?"

Il registratore acceso mi mette in soggezione, tanto che mi impappino più volte e sono costretta a ricominciare. È "un piccolo blog d'informazione", ci ha tenuto a specificare la ragazza alta dai dread rossi che mi sta davanti prima di cominciare l'intervista. Per me significa comunque finire sul giornale, anche se per la verità è una testata online, e questo ha dell'incredibile: mi sono capitate delle cose che hanno avuto un riverbero nel mondo. Esisto.

Ritento. "Mio padre diceva sempre: 'Prevedere, evitare, reagire'."

Faccio un piccolo respiro prima di proseguire. Da qualche parte, tempo fa, ho letto un articolo su come esporre le proprie idee in pubblico e uno dei pilastri pare che sia proprio la gestione del respiro. Mai avrei creduto che l'articolo potesse essermi utile, ma ecco la dimostrazione che la previdenza ha i suoi vantaggi.

"La catastrofe è sempre dietro l'angolo," spiego alla giornalista. "Non bisogna mai abbassare la guardia. Si deve saper leggere l'ambiente che ci circonda, stare attenti ai segnali."

"Come ha agito?" chiede la ragazza.

"Avevo installato un rilevatore di fumo. Me l'ha regalato Geppo, il ferramenta di quartiere," replico, con l'intenzione di fare un po' di pubblicità al mio amico. Ho sorvolato sul chilo di verdura che gli ho dato in cambio. "Un incendio può divampare per qualsiasi piccolo incidente, da una sigaretta spenta male a un cortocircuito. Il negozio è ingombro di mobili in legno e tappezzeria, ho voluto essere previdente. Tutto qua."

Ma non è tutto qua, e spero che lei non lo intuisca. Dietro la ragazza, il negozio ha la serranda alzata solo a metà per tenere lontani eventuali curiosi. Beatrice non è ancora arrivata e Adelaide è dovuta correre al lavoro, lasciandomi sola a gestire la situazione.

"Mi ero appassionata al progetto del *Nuovo mondo* grazie al vostro crowdfunding," continua la giovane giornalista, "e mi si è spezzato il cuore nello scoprire, stamattina, che qualcuno ha cercato di dare fuoco al negozio. Avete già un'idea di chi può essere stato?"

"Non tutti ci amano, nel quartiere, questo è certo," rispondo con una lieve esitazione. "Ma non abbiamo la prova che sia un atto volontario, potrebbe essere stato uno scherzo finito male..."

La ragazza assume un'espressione arrabbiata, e mette in pausa il registratore. "Che non piacciate non mi stupisce. Tanti sono indifferenti e non mancano i meschini: è per denunciare questa gente che ho deciso di aprire il blog. Farò in modo di parlare della vostra situazione con i miei lettori, sperando di potervi dare una mano. Quello che state costruendo è bellissimo."

Mi fa qualche altra domanda sul negozio, sulla vecchia proprietaria e su alcuni degli oggetti con le vicende più interessanti. Infine, mi chiede di raccontare qualcosa di me.

"Oh, io sono solo una che ripara cose..."

"Che tipo di cose?"

"Mah, cose di tutti i tipi... mobili, lavandini, persone... Qualunque cosa possa essere riparata."

Mi sorride incuriosita. È strano fare quest'effetto. Un tempo gli altri mi sbattevano la porta in faccia, adesso mi intervistano. E questo, solo grazie a una saracinesca alzata.

"Tutto ciò che salviamo, un giorno può salvare noi," concludo approfittando dell'occasione.

Ho l'impressione che possa capire. Mi lancia un sorriso complice, infatti. Fisso l'asfalto per non dover aggiungere altro. Lei spegne il registratore, mi stringe la mano e, scusandosi, mi informa che deve proprio andare, ha anche un altro lavoro per il quale è già in ritardo.

"Un lavoro vero, e mi piange il cuore di doverla mettere così. Il blog è quello che davvero vorrei fare, ma esiste solo nei ritagli di tempo."

"Per me è stato lo stesso con la vita: qualcosa da ritagli di tempo," dico, rendendomene pienamente conto solo in questo istante.

Mentre la ragazza si allontana, penso a quanto sono felice che si sia appassionata al nostro progetto. Da quando ho messo fuori il cartello sono già tante le persone che hanno accostato per darmi un passaggio, e grazie a loro ho fatto molta più strada di quella che immaginavo.

Dopo essermi accertata che non mi veda nessuno, alzo la serranda. Il vetro della porta d'ingresso è sfondato. I frammenti, sparsi sulla soglia, luccicano nella luce mattutina. Una spessa nebbia scura riempie i locali, inondati dalla polvere bianca dell'estintore. C'è ancora odore di bruciato.

L'allarme mi ha svegliato in piena notte, ero appena riuscita a prendere sonno. Per un attimo ho pensato di essere ancora alla Rocca, e che mio padre ci chiamasse per una delle sue esercitazioni. Poi di colpo, ho capito che non era una semplice prova. Il dispositivo antincendio sul comodino si era acceso e suonava per davvero.

Mi sono alzata di scatto, già mezza vestita come sempre nei momenti di allerta. Sono corsa sul balcone per controllare la situazione e nel mentre ho infilato gli scarponcini antinfortunistici. La serranda del *Nuovo mondo* era alzata e il fumo usciva già dalla porta.

"Papà," ho detto tra me e me, "la catastrofe è arrivata. E io sono pronta."

Il tabaccaio lo aveva annunciato e mi è stato insegnato a non prendere mai sottogamba una minaccia. L'adrenalina mi scorreva nel sangue facendomi sentire viva e in controllo come mai prima di allora. Non c'era in me traccia di panico. La mia paura primordiale aveva lasciato il posto a una mente fredda, lucida.

Sono scesa velocemente per le scale del condominio, al buio, e sono corsa al negozio dove, come immaginavo, non c'era più nessuno. Oltre ad aver installato un rilevatore di fumo, avevo sistemato un estintore all'entrata. L'ho sollevato indirizzando il getto sulla base del fuoco, un rudimentale mucchio di giornali e scatoloni. Un'esca approssimativa, ma sarebbe bastata per distruggere tutto se io non fossi intervenuta.

Mi sto comportando esattamente come mi è stato insegnato, sono riuscita a pensare mentre spegnevo quel principio d'incendio. Mi sento forte e capace.

Dopo un po', da fuori, ho sentito delle voci. Qualcuno chiedeva cosa stava succedendo, se avevo bisogno di aiuto.

"Un piccolo incidente, ma il fuoco ora è spento," mi sono affrettata a rassicurarli. "Tutto sotto controllo."

Poi mi sono accasciata per terra, e ho pianto. Le mani in grembo, le ginocchia che tremavano, l'odore di bruciato nelle narici. Ho lasciato che le lacrime scendessero senza fare niente per fermarle. L'adrenalina aveva lasciato spazio allo sconcerto. Sono rimasta lì a singhiozzare per un pezzo.

Quando finalmente sono riuscita a calmarmi, ho preso la scala dal retro per raggiungere la telecamera a infrarossi che avevo nascosto in cima all'armadio dietro la cassa. Era ancora attiva; riavvolgendo il filmato, non ci ho messo troppo a trovare le immagini di chi aveva appiccato il fuoco.

Nessuna sorpresa.

Il sollievo per il pericolo scampato, ora, lascia il posto al dolore per il negozio. Non ci sono danni irreparabili, ma il fumo ha annerito il pavimento e il soffitto in alcuni punti. Qualche scintilla dev'essere volata verso un tavolino basso che pende con una gamba mozza e il bordo semicarbonizzato. Abbiamo corso il rischio di veder andare in fumo il nostro sogno, proprio quando cominciava ad avverarsi. Ieri, infatti, io e Adelaide abbiamo fondato una cooperativa sociale, "Il nuovo mondo", a cui si sono associate anche le altre. Poche ore più tardi abbiamo depositato ufficialmente la nostra offerta per partecipare all'asta.

E adesso? Adesso sono spaventata. Ci saranno altri attacchi? Di che natura? Saprò prevederli? Sarò in grado di neutralizzarli? E se fallirò? E *se*...

Di colpo, mi sento di nuovo in mezzo al bosco. Chiamo aiuto e nessuno può sentirmi.

## 48.

Adelaide si prende le ferie anche se non potrebbe, impieghiamo due giorni per risistemare al meglio il negozio. È un po' come quando lo abbiamo rimesso a nuovo, ma non con lo stesso spirito. Abbiamo vinto e perso battaglie, tanto che non so più che sorti avrà la guerra.

Continuo a usare termini militari, il che è abbastanza ridicolo per una pacifista di ventisette anni, ma li ho avuti in eredità ed è difficile disfarsi delle eredità; spesso ci vuole una vita intera, e forse non basta nemmeno quella.

Le prime ore sono le più difficili. Ci sentiamo violate, noi come tutte queste cose che già hanno subìto il logorio dei tanti anni in solitudine, e a cui adesso è toccata la mano violenta di chi le disprezza. Eppure, abbiamo avuto la dimostrazione di non essere le uniche a credere in questo posto e nel futuro a cui può aspirare, ci siamo dette spazzando, scrostando, pulendo.

Angelina è venuta in soccorso con generi di conforto cucinati da lei e una pila di giornali lasciati al *Nulla* dalla giudice di pace. Mi ha raccontato che ogni giorno ne abbandona uno sul suo tavolino, prima di andarsene. La notizia mi intristisce: sono stata così impegnata che lei non ha più ricevuto la poesia quotidiana, fatta eccezione per quella dell'altra sera.

Sfilo dalla tasca frontale della salopette *Il mago di Oz*, consunto e pieno di sottolineature, e lo consegno ad Angelina, chiedendole di farglielo trovare sul tavolino, oggi. Almeno avrà qualcosa da leggere finché non sarò riuscita a riprendere la mia routine.

I giornali sono utili per lucidare, ma non fanno che ricordarmi che su molte cose mio padre aveva ragione: il nostro pianeta è davvero in bilico e le catastrofi sono ormai all'ordine del giorno. Certi scenari stanno diventando reali. Strofinando e lucidando, mi chiedo se papà provi una sorta di consolazione nel constatare che il mondo sembra andare proprio nella direzione che aveva immaginato.

Beatrice è indignata e arrabbiata, vorrebbe la testa del nemico. Non le ho confessato di avere le registrazioni che incriminano il tabaccaio, per non rischiare che proceda con una denuncia che lo rovinerebbe. Conosco di vista la moglie, emaciata e pallida, e le sue due bambine – non vorrei che fossero loro a pagarne il prezzo. Mi sembra più saggio fargli capire che abbiamo le prove, che potremmo tirar fuori le immagini in qualsiasi momento.

Man mano che il negozio riprende il suo splendore, anche noi ci sentiamo più sicure. Non possiamo mollare. Non possiamo deludere chi si fida di noi. Non ci lasceremo intimidire.

Adelaide mi raggiungerà in agenzia direttamente dal negozio in cui lavora. Per fortuna, l'asta comincerà all'una, durante la pausa pranzo, così non ha dovuto chiedere un altro permesso, che quasi di sicuro non le sarebbe stato accordato. Verrà pure Priscilla.

Prima di uscire di casa, sono passata dalla signora Dalia per aggiornarla. Quando le ho comunicato che non ci saremmo arrese si è fatta il segno della croce e mi ha consegnato un'immaginetta sbiadita e stropicciata: un vescovo con toga, guanti bianchi e un alto cappello decorato da gemme colorate.

"Sant'Ambroeus, gioia. Prega, mi raccomando."

Parto da casa con Eugenio e Angelina. Indosso la solita salopette (con il santino infilato nella tasca frontale) e gli scarponcini, ma al posto della maglietta ho messo una camicetta di Adelaide. Ci teneva che mi vestissi in modo consono, anche se ha specificato "il tuo outfit abituale è molto cool".

"Non credo, a essere sincera."

Ha colto l'occasione per dirmi che secondo lei non ho bisogno di specificare ogni due per tre che sono sincera, perché sarò anche stramba e dirò anche cose strambe, ma che io sia sincera non lo metterebbe in dubbio nessuno. E, ha aggiunto infine, non devo sentirmi in dovere di giustificarmi per essere quello che sono. Perché sono perfetta così. Ho sentito che era una cosa che voleva dirmi da tempo e mi ha scaldato dentro al punto che sono stata lì lì per commuovermi. Datemi una persona che tifa per me a prescindere dal risultato, tenetevi una folla di gente che applaude se vinco. Adelaide... dritta sulla mia arca di Noè, con Aria naturalmente!

Non sono riuscita a rinunciare al mio zaino con dentro dei panini, la borraccia, il coltellino svizzero e i fazzoletti, ma ho lasciato a casa la coperta isotermica, il cibo liofilizzato, il fornelletto da campeggio, la torcia a energia solare, la bussola, e tutto il resto dell'armamentario che fino a qualche settimana fa non avrei esitato a portarmi dietro.

Non nascondo che la cosa mi provoca una certa insicurezza. Se non riuscissimo a tornare indietro, se scoppiasse una guerra nucleare, se mi rapissero... Ma cerco di pensare razionalmente e mi convinco che l'unica catastrofe che rischia davvero di accadere è perdere l'asta: contro quella, non potrebbero molto un fornelletto, una bussola o una coperta isotermica.

Anche Angelina è più elegante del solito, indossa una blusa blu leggera e un paio di pantaloni beige con la piega. Ai piedi, scarpe da ginnastica con piccoli glitter e i lacci dorati scintillanti.

Abbiamo quasi raggiunto la circonvallazione. Eugenio indica la fermata e ci informa che la corriera passerà tra sette minuti, ha un'app sul telefono su cui controlla gli orari in tempo reale.

È la prima volta che Angelina lo vede nella sua divisa da conducente.

"Sei elegante," ammette, aggiustandogli amorevolmente la cravatta. "Sembri quasi inglese."

Eugenio arrossisce, raddrizzando la schiena con orgoglio.

"Meno male che non abbiamo incontrato tuo padre," aggiunge però lei.

Il quartiere è ormai alle nostre spalle e Angelina è riuscita a convincere suo marito a fare il turno al *Nulla*, una volta tanto. "Questione di vita o di morte, gli ho detto, prendere o lasciare."

"E lui figurati se lascia," replico io. "Senza di te andrebbe a fondo nel giro di una settimana."

"Non esagerare," mi dice con una risata. "Magari un mese..."

Eugenio si allontana di qualche passo per controllare il cartello della fermata.

"Angelina," sussurro, "non sono affari miei, ma so quanto è importante per Eugenio che accettiate la sua passione. Forse, parlando con tuo marito..."

Lei fa un sospiro, come per farmi capire che è un discorso lungo, una di quelle situazioni quasi impossibili da capire dall'esterno. Non me la sento di insistere, sembra tale e quale alla mia, di situazione, a volte basta solo poter dire che ci si è dentro.

Il traffico è intenso, si riesce a malapena a parlare. L'estate è arrivata senza troppi annunci.

La camicetta di Adelaide mi fa sentire imprigionata. Un

tempo questo mi avrebbe preoccupato, in caso di un'aggressione non sarei libera di difendermi, ma adesso cerco di concentrarmi solo su quello che sta accadendo realmente.

Sono uscita di nuovo dal quartiere, mi dico, mentre aspettiamo in silenzio il nostro autobus. Questa volta, l'ho fatto per raggiungere il centro della città e giocarmi tutto quello che ho di più caro. So che rischio di trovarmi disillusa, in una realtà che ormai vedrei come triste e spoglia e che mi starebbe stretta, ma se l'unico modo per realizzare un sogno è accettare l'ipotesi che fallisca, ho forse un'alternativa?

Il viaggio in autobus è singhiozzante per via del traffico. Un percorso a ostacoli intervallato da colpi di clacson e stridore di freni. Il paesaggio sfila fuori dal finestrino al rallentatore. Scorgo discount, negozi di elettronica, botteghe di specialità gastronomiche, ristoranti etnici, e poi, man mano che ci avviciniamo al centro, hotel e boutique di lusso, palazzi con bellissimi giardini interni.

La nostra fermata si trova a metà di un elegante viale alberato, noto un pretenzioso cocktail bar e un centro di chirurgia estetica. Chiunque stenterebbe a credere che sia la nostra stessa città. I passanti indossano abiti costosi e hanno un'andatura sicura, al contrario di noi tre, che avanziamo incerti, quasi spaventati, e chissà che impressione diamo.

Eugenio mi chiama, indicando una vetrina immacolata alla quale sono appesi annunci immobiliari ben scritti, con foto a colori di interni luminosi, rigorosamente senza prezzo. All'interno individuo Beatrice, tailleur rosa pesca e tacchi altissimi, che sta parlando con suo padre; insieme a loro c'è anche un uomo con un vestito grigio.

Beatrice mi fa un cenno di saluto con la mano, sembra tesa. Mi giro verso Angelina ed Eugenio sperando che mi diano la forza di entrare, li trovo intimiditi e preoccupati, quasi sul punto di darsela a gambe.

"Suvvia," si fa animo Angelina, ravviandosi i capelli corti e sistemandosi la blusa, "facciamoci coraggio."

È in quel momento che arrivano contemporaneamente Adelaide, in bicicletta, e il tabaccaio, in motorino. Lui scende sul marciapiede con un balzo e da sotto il casco ci lancia uno sguardo strafottente, una smorfia di scherno e superiorità sul viso ossuto, prima di superarci in fretta ed entrare in agenzia. Rimaniamo immobili tutti e quattro, come se un refolo d'aria ci avesse ghiacciato la schiena.

"Sembra molto sicuro di sé," mormora Angelina.

"Ho dato le dimissioni," annuncia Adelaide con uno sguardo vitreo. "Non so, stamattina ero giù in magazzino, il mio supervisore ha allungato le mani, facendolo sembrare casuale. Ha detto che spettava a lui segnarmi le ferie, che non ne avevo diritto, che se non... Non so, io non... È stato come svegliarmi da un incubo. Mi sono detta: lo posso fare. Me ne vado. Per la prima volta ci ho creduto. Ma mi rendo conto solo adesso che *Il nuovo mondo* ancora non è nostro, e potrebbe non diventarlo mai. Che ho fatto una pazzia, che c'è Aria e che..."

"Non preoccuparti, vinceremo," le assicuro, pur non essendone affatto convinta. "Hai avuto il coraggio che io probabilmente non avrei avuto."

Lei mi sorride. "Non è vero: tu ne hai eccome. Ma mi sento un po' meglio, grazie."

Il tabaccaio è già dentro che parla con il padre di Beatrice. Anche lui sembra un pesce fuor d'acqua, ma se noi siamo sogliole, lui è un piranha. Mi dico che potrebbe, comunque, non riuscire ad arrivare alla nostra cifra. Con il contributo di Margaret e quello dei lettori del blog della giornalista con i dread rossi, alla fine superiamo la quota minima. Mi guardo intorno in cerca di Priscilla.

"Andiamo," fa Adelaide bruscamente, dopo aver controllato il telefono. "Voglio scoprire il prima possibile quanto sono stata folle."

Riesco a malapena a muovere un passo verso l'ingresso. Angelina ed Eugenio ci seguono.

Beatrice ci viene incontro con un sorriso tirato, mi prende bonariamente in giro per la camicetta, poi ci indica un ufficio a vetri. Dentro, c'è una scrivania con dietro due poltroncine girevoli e davanti una piccola platea di sedie di pelle con la struttura in metallo.

Il tabaccaio è già seduto in prima fila, braccia incrociate, gambe distese davanti a sé. Qualche fila dietro di lui c'è Priscilla, intenta a compulsare il telefono.

"Alla buon'ora, ragazzi!" esclama quando si accorge della nostra presenza. "Forza, sedetevi. Dai, che cominciamo."

"L'hamburgheria si è ritirata," ci informa Beatrice mentre prendiamo posto. "Hanno trovato una sede più adatta alle loro cinquemila esigenze."

Un concorrente in meno, sospiro di sollievo.

"Ci diamo una mossa?" chiede il tabaccaio. "Ho fretta di concludere e cominciare i lavori di ristrutturazione."

Proprio in quel momento, entrano nella stanza il padre di Beatrice e l'uomo con il completo grigio, che scopriamo essere il notaio.

Le aste le ho viste solo nei film. Di solito c'è sempre una signora impellicciata, seduta in fondo, che fa l'ultima offerta e vince. In nessuna si battono un tabaccaio agguerrito e una squadra di donne stranamente assortita, per cui non riesco proprio a prevedere come andrà.

"Procediamo," ordina il padre di Beatrice al notaio, che nel frattempo ha preso posto alla scrivania e tirato fuori due buste da una cartelletta.

Sento Angelina schiarirsi la gola dietro di me. "Mamma!" la zittisce Eugenio. Adelaide, alla mia destra, mi stringe la mano. Priscilla, alla mia sinistra, raddrizza la schiena. Beatrice, rimasta in piedi accanto a suo padre, ci fissa mordicchiandosi le labbra.

Accarezzo l'oca, in tasca, e ripenso a Dorothy, alle sue lettere, alla signora Dalia, alla grande vendita e a Trofeo che mi ha detto "Brava!". Ripenso a mia madre e alla sua passione per le cose belle. Ripenso alla nonna che, la prima e unica volta in cui mi ha vista, ha pensato di portarmi al *Nuovo mondo*, e a Margaret e alla giornalista.

Dopo aver aperto la prima busta, che è la nostra, il notaio ci comunica il risultato.

Il tabaccaio si gira di scatto. Non faccio in tempo a convincermi di aver vinto che il notaio ha aperto anche la seconda busta. Il nostro avversario ha offerto la stessa identica cifra!

Mi accorgo di essermi alzata. Ripiombo a sedere. Mi volto verso Adelaide, poi verso Priscilla.

"Si può?" chiedo a Priscilla. "È possibile? Com'è possibile?!"

Il tabaccaio si è alzato in piedi e domanda spiegazioni.

"La legge prevede evenienze siffatte," ci informa il notaio, per niente turbato, come se una cosa simile fosse all'ordine del giorno. "Si dovrà procedere con una nuova offerta."

Priscilla annuisce mogia, per confermare.

"Si potrà, semmai." Lo puntualizzo, perché noi non possiamo. Noi abbiamo già offerto tutto quello che avevamo, anche svuotandoci le tasche non saremmo in grado di offrire che qualche euro in più.

"Le parti si prendano quindici minuti per riflettere," conclude il notaio appoggiando entrambi i palmi sulla scrivania per tirarsi in piedi. Esce accompagnato dal padre di Beatrice.

Anche il tabaccaio si alza. Spinge rumorosamente indietro la sedia, si attacca al telefono e se ne va. Rimaniamo solo noi, nella stanza.

Beatrice si avvicina. "D'altra parte, in storie come questa non c'è quasi mai il lieto fine."

Adelaide sta piangendo. Vorrei abbracciarla, invece riesco solo a poggiare una mano sulla sua e ad accarezzarla. Non si può dire che non ci abbiamo provato e tutto il resto, ma il senso di sconfitta, di ingiustizia e di umiliazione brucia lo stesso.

Noi, povere illuse. Noi, che non sappiamo essere prepotenti, quanto poco mondo ci è concesso. Quanti pochi traguardi ci sono possibili. Quanta poca attenzione e gentilezza e premura verso i nostri sforzi. Quante battaglie perse in partenza per mancanza di alleati.

"Ci avevo creduto veramente e ora non ho più un lavoro," si dispera Adelaide fissandosi i piedi.

"Ho detto che il lieto fine non c'è quasi mai..." continua Beatrice con un sorrisetto enigmatico e ci strizza l'occhio.

Guardo le mie amiche nella saletta neutra, senza calore, dell'agenzia.

"Cos'hai in mente?" chiede Adelaide a Beatrice.

"Un paio di cose," risponde lei sedendosi con noi. "La prima: il nostro amico potrebbe non riuscire a rilanciare, data la sua reazione nervosa. La seconda: tenetevi forte..." Ci lascia in sospeso per un attimo, quindi annuncia: "Un po' di soldi potrei darveli io".

Dobbiamo fissarla con tanto d'occhi, visto che si affretta a spiegare: "Lascio l'agenzia di mio padre, perché appunto resta l'agenzia di mio padre. Vorrei continuare ad amarlo, per questo non posso continuare a lavorare con lui".

Rimango impietrita nel constatare con quanta semplicità sia riuscita a esprimere una verità così profonda.

"E poi mi avete convertito," continua. "Ho pensato che mi piacerebbe rilevare vecchi negozi e lottare per tenerli vivi. Ho sempre amato le sfide, d'altra parte. Se sono impossibili, almeno ho una scusa per non riuscire."

Azzarda una risata e ci rivolge, per la prima volta, lo sguardo di chi sta chiedendo qualcosa. Forse solo approvazione o un po' d'incoraggiamento, o forse...

"Dimenticavo un dettaglio," continua, "è una cosa che faremo tutte insieme, se siete d'accordo. Che ne dite?"

Vorrei studiare la reazione di Adelaide e Priscilla, ma allo stesso tempo temo che metterei Beatrice in imbarazzo, facendola sentire esclusa. Sospetto che in fin dei conti sia questo di cui ha paura sopra ogni cosa: apparire inadeguata. E chi meglio di me potrebbe capirla? Si è lanciata in un'affermazione fin troppo romantica per i suoi gusti e, una cosa è certa, ci ha preso in contropiede. Nessuna ancora osa rispondere, anche se io non so perché non sto ancora urlando "sììì!".

"Credere insieme in un sogno è bello," s'inserisce Eugenio, affacciandosi da dietro.

Poi si gira verso sua madre con un'espressione allusiva e tenera, forse ancora più di quella della nostra amica.

## 49.

Ciò che accomuna i semi, a prescindere dalla tipologia, è che possiedono tutto il necessario al loro interno. Fin dal principio. A vederli possono apparire senza peso, ma si può star certi che dentro hanno un cuore in cui pulsa ogni cosa che può essergli utile in futuro.

Le persone sono semi. Ognuna ha dentro di sé tutto ciò di cui avrà bisogno al momento opportuno, il suo vero destino ha già sedimentato nell'intimo. Non importa quanto tempo ci vuole: il momento della crescita, alla fine, arriva. Ecco una buona ragione per caricare i semi sulla mia arca di Noè, penso adesso. Non tanto perché possano tenermi in vita in eterno, ma per portare con me la possibilità di farmi sorprendere anche in un nuovo mondo.

A Beatrice sono bastati qualche settimana e un gruppo di donne pronte a tutto. La sua idea, ora, mi trasmette una sensazione di grandezza e leggerezza insieme, come se potessi volare senza preoccuparmi di cadere. Non credevo che avrei mai provato qualcosa di simile.

Purtroppo, però, i miei vagheggiamenti vengono interrotti bruscamente dal tabaccaio, che irrompe nella stanza e firma la sua nuova offerta con movimenti stizziti. La vaga speranza di essere rimaste le sole interessate svanisce.

È arrivato il nostro turno. Ci avviciniamo alla scrivania per fare la nostra seconda offerta.

"Una squadra di pallavolo," scherza il notaio.

Priscilla si irrigidisce. "Più che altro, una squadra che vuole farsi valere."

Grazie, Priscilla. Sorrido tra me e me, mentre il tabaccaio ci lancia un'occhiata.

Tra pochi minuti ci verrà comunicato il verdetto. Adelaide guarda l'ora sul telefono, freme. Eugenio, rimasto composto come a teatro, è impaziente quanto noi.

Faccio schemi mentali. Se falliamo, per lo meno ci abbiamo provato. Se falliamo, siamo insieme. Se falliamo, ci riproveremo, in un altro modo, con un altro progetto. Se falliamo, vuol dire che doveva andare così. Se falliamo... Il notaio apre la prima busta, legge la nostra cifra. Poi apre la seconda, e legge quella del tabaccaio.

Cifre, nessuna possibilità di errore. Numeri, non storie, non semi, niente spazio per l'interpretazione. Un risultato chiaro e definitivo, nero su bianco, alla luce del sole.

Eccolo, il risultato: l'offerta del tabaccaio supera la nostra. Di pochissimo.

Mi volto verso Priscilla con un'ultima speranza, forse si può fare qualcosa? Ci sono appigli? La legge prevede... Ma l'espressione della mia amica è più chiara di mille parole. Non c'è modo di rilanciare. È finita. L'asta è chiusa.

Il tabaccaio non esulta come mi sarei aspettata e non infierisce, nemmeno ci guarda. Potrà procedere con lo sgombero, ordinare le slot machine, oscurare la vetrina, spostare la cassa al centro perché i clienti ci "caschino dentro", finalmente sostituire l'insegna. La serranda rossa è destinata a scomparire. Addio, mio piccolo grande *Nuovo mondo*, mio regno e mio rifugio. Da oggi, non sei più mio. Il notaio legge qualche norma accessoria all'atto di compravendita per asta, ma nessuno lo sta più ascoltando.

Le avevo pensate tutte, ma non ero riuscita a prevedere che il fallimento, in fondo, non mi avrebbe annientata. Durante la lettura definitiva degli atti ho avuto la sensazione di essere sia dentro che fuori di me, il sangue che correva veloce verso le estremità come dopo un incidente.

Subito Priscilla si è scusata e, salutandoci in fretta, è tornata in ufficio per un appuntamento. Adelaide è dovuta correre al lavoro, forse faceva ancora in tempo a ritirare le dimissioni, chissà; non ha voluto, né potuto, fermarsi a parlare. È successo tutto in pochi minuti, ci siamo lasciate senza commentare. Ci siamo sparpagliate come formiche, ognuna in cerca del tempo per razionalizzare. Sarebbe stato facile: abbiamo perso l'asta, perso il negozio, perso tutto quello che avrebbe significato. Presto, nel quartiere, aprirà una ricevitoria. Cos'altro c'è da dire?

Sì, investiremo la somma che abbiamo accumulato nel progetto di Beatrice. Ma è evidente che, quando l'entusiasmo scema, le possibilità di farcela si assottigliano. Siamo fuori dallo spirito del tempo, quello in cui crediamo sta scomparendo, non si può invertire il flusso della corrente.

Eugenio è voluto tornare a casa in autobus e ha chiesto a sua madre di andare con lui. Sembrava davvero giù di morale.

"Si riparte anche dal capolinea, non è così?" gli ho detto per consolarlo e per cercare di consolare pure me.

"Sempre," ha risposto lui.

"Angelina, hai fatto un gran lavoro con tuo figlio, devo dirtelo."

"Sei sicura di stare bene?" mi ha domandato lei, prima di allontanarsi.

"Sto bene. Farò una passeggiata," l'ho rassicurata, e chissà come sono riuscita a sgusciare via, con tutte le mie speranze infrante.

È forse questo che ha provato mio padre quando si è sentito escluso dalla vita accademica?, mi chiedo ora camminando verso il canale, verso casa. Vergogna? Paura? La sensazione di non avere più futuro? È stato questo a spingerlo a ritirarsi dal mondo e a inventarsi la Rocca? È da questo turbine di sensazioni claustrofobiche che ha cercato di proteggermi per anni?

E che cosa succede, se invece le attraverso? Se accetto di smarrire ogni punto di riferimento? Sono a un bivio, penso, proprio mentre mi ritrovo davanti a un grande incrocio del centro, reso ancora più caotico e imprevedibile dai lavori della metropolitana.

Posso chiudermi in casa e cercare di dimenticare tutto, aspettando che passi la buriana, e dopo uscire solo ogni tanto, spaventata. Oppure, posso rimanere in piedi nella tempesta, accogliendo ciò che arriva con fiducia, affrontando la paura. La pioggia prima o poi finisce. Qualcuno, con la sua felpa, me lo ricorda ogni giorno.

Sto attraversando la città a piedi esattamente come la prima volta in cui sono arrivata da sola a Milano. Anche oggi c'è il sole, ma fa più caldo. Le strade sono affollate. Io non sono più io, o forse sto scoprendo altre Gea. Non ho un sacco a pelo in spalla, ma una casa che mi aspetta. Non mi sento più sola al mondo, vicino a me ci sono delle persone su cui so di poter contare. Il futuro rimane nebuloso, ma meno tetro, e questo è già un miracolo.

Le vie del centro sono rumorose. Flutti di persone mi vengono incontro, molti mi scansano, qualcuno mi urta. Sono un tronco nella corrente. All'improvviso mi raggiunge il suono lontano del mio cellulare, lo sento vibrare nella tasca della salopette. Sono tentata di lasciarlo squillare senza controllare chi è, proprio come quando, qualche sera fa, non ho aperto la porta di casa. Ma gli squilli continuano, e ripenso a quello che mi sono appena detta. Se rimanessi in piedi nella tempesta?

Tiro fuori il cellulare dalla tasca, sullo schermo lampeggia un numero che non ho in rubrica. Spero con tutta me stessa che mi stiano chiamando per un lavoro. Avrei voglia di immergermi in un'attività pratica, rimettere a nuovo qualcosa, trovare soluzioni, far girare la testa.

"A quando la riapertura?"

"Oh, abbiamo perso, Achille," rispondo, cercando di non suonare troppo delusa.

Achille mi sta telefonando?

"Anch'io sono stato bocciato al mio ultimo esame, grazie per avermelo chiesto."

"Non sapevo fosse oggi."

"L'esame si può ridare, un negozio così, be'... a farne uno uguale ci si mette un bel po' di tempo."

"Almeno una vita intera."

"Se ne vale la pena..."

"Achille... È impossibile, tutto qui."

"Non pensavo esistessero cose impossibili per te."

Rallento per godermi il complimento. D'improvviso, non sento più né il caldo né la confusione. Cerco lo sguardo delle altre persone, e lancio sorrisi in giro. "Mi sopravvalutavi."

Una coppia mi sfila accanto in bicicletta, lei seduta sulla canna come ai vecchi tempi. Uno sprazzo di romanticismo sopravvissuto nella nostra epoca. Ripenso a Enzo con il riso e il latte sul portapacchi, insieme alla sua Dalia.

"Sei vicino a casa?" mi chiede Achille.

"Sono all'estero. Piazza della Scala, per la precisione."

"Un po' in anticipo."

"In che senso?"

Lo sento tentennare.

"Nel senso che sei... nel posto in cui dovrai essere tra... cinque giorni," dice infine.
"Sto viaggiando nel futuro?"
"Mettiamola così," sento il suo sorriso. "Ho preso due biglietti per *Il mago di Oz*. Versione balletto."
"Ah," replico con il filo di voce che mi è rimasto.
Sono ferma in mezzo alla piazza, accanto a un'aiuola, mi siedo su una panchina, stendo le gambe.
"Allora, quasi quasi, mi fermo qui e aspetto," bisbiglio. Una lacrima mi solletica la guancia. Spero che oltre il telefono si percepisca solo il sorriso.
"Potrebbe non essere una cattiva idea. In fondo, il tempo esiste solo perché tutto non accada nello stesso momento, ha detto qualcuno."
"Tu?"
"Einstein. Ma grazie per il complimento."
Sorrido ancora, e ho la sensazione che lo stia facendo anche lui. Non avevamo mai parlato al telefono. A essere sincera, non ho mai chiacchierato al telefono così con nessuno. È divertente quasi come appendere un quadro. Spero davvero che il chiodo tenga, penso, incrociando le dita senza farmi vedere da nessuno.

## 50.

La luce blu della televisione lampeggia alle mie spalle. Trofeo sta osservando una lotta tra un coccodrillo e un ippopotamo; pugni stretti, aria partecipe, volume a zero.

Il suo sguardo apprensivo ha tentato di domandarmelo più volte, ma non sono ancora riuscita a trovare il coraggio di riferirgli com'è finita l'asta. Tagliando il cavolfiore, ho provato a più riprese ad aprire bocca, ma non ne è uscito nemmeno un suono. In fondo penso che abbia capito, di silenzi lui se ne intende. Ora so anch'io cosa si prova a perdere le parole: è un po' come guardare la tivù senza il volume, la vita spogliata di una dimensione.

La cosa a cui tengo di più è non deluderlo. Non penso che riuscirebbe a sopportarlo, e nemmeno io. Se a me le parole potrebbero tornare, o almeno nutro la speranza che tornino, a lui non torneranno, lo sappiamo entrambi. Ecco perché il suo "brava" è stato per me così importante. L'ho rivissuto nella mia testa mille volte. La contentezza, l'orgoglio, il sollievo che deve avergli dato in quel momento la nostra amicizia, come se il riscatto fosse stato anche suo, come se avesse tifato per me per tutto quel tempo anche se io non me n'ero accorta. Brava. Se potessi portarmi dietro solo un ricordo, una sensazione, un'emozione da tutta questa storia, sarebbe il suo "brava" che mi porterei dietro.

Sto riempiendo la nuova ciotolina di Pelé con dei pezzettini di pasta al pesto, quando mi squilla il cellulare. Mi asciugo velocemente il palmo della mano con uno straccio che trovo sul ripiano della cucina e vedo chi è. Beatrice. Sono passati due giorni e ancora non ci siamo parlate. Ho pensato, formulato, riformulato, ripensato... Avrei voluto confrontarmi, ma anche in questo caso ho sentito di aver perso le parole.

Adesso, però, sono da Trofeo. Niente di terribile mi può succedere. Se anche lei avesse una cattiva notizia, se anche volesse dirmi che si tira indietro dal progetto che ci aveva proposto, alla fine della conversazione non sarei sola. Non è la prima volta che Beatrice mi chiama, oggi, ma è la prima volta che trovo il coraggio di rispondere.

"Stavo per rivolgermi ai soccorsi."

"Scusa, è che ho avuto bisogno di tempo per metabolizzare... Ho bisogno di..."

"Ti interrompo prima che metabolizzi troppo: c'è un cambio di programma, per così dire. O diciamo un colpo di scena? Suona meglio!"

Il mio battito cardiaco accelera. I colpi di scena sono come le catastrofi, bisogna farsi trovare preparati e io, a essere sincera, non mi sento affatto pronta. Do un'occhiata a Trofeo per farmi forza. Ha smesso di guardare il documentario e mi sta osservando con aria partecipe.

"Che è successo?" chiedo allora a Beatrice.

"Grazie per la domanda."

Mi convinco che siano buone notizie, ma evito di farlo trapelare per non illudere Trofeo, che sta cercando di decifrare la conversazione dalle mie espressioni.

"Grazie a una ricerca di Priscilla," continua Beatrice, "è venuto fuori che il nostro amabile vicino – persona integerrima, come sappiamo – ha un carico pendente, nonché un procedimento aperto per mora. Per questo motivo, la sua offerta è da considerarsi nulla."

"Nulla?" trasecolo.

Trofeo aggrotta le sopracciglia, non riesce a capire.

Lo aiuto io. "Quindi il negozio è... nostro?" balbetto.

"Ebbene, sì!" grida lei sentendosi libera, finalmente, di sbrigliare l'entusiasmo. Tira su col naso. "Mio padre si è scusato, ha ritrattato. Io però gli ho spiegato che voglio andare avanti così, come ci siamo dette, con il nostro progetto. E sai lui cos'ha risposto?"

"Cosa?"

"Che se lo merita..."

Comincio a ridere, a ridere a crepapelle, a ridere e a piangere per la commozione e la felicità e il sollievo. Il mio amico Trofeo ha preso Pelé e se l'è messo in grembo, poi ha ruotato la sedia verso di me per godersi lo spettacolo.

Adelaide urla di gioia, salta, chiama Aria, urlano, saltano e cantano *Oh quante belle figlie Madama Dorè*.

Prima di scendere al negozio dove ci aspetta Beatrice, Adelaide vuole brindare. In assenza di spumante, ci facciamo andar bene il succo di frutta di Aria.

Ecco che cosa succede, mi dico, quando lotti per essere felice, la fine del mondo... Ma non come la intendeva mio padre, semmai il principio di una nuova vita.

"Dimenticavo!" esclama la mia amica all'improvviso. Corre in camera sua ed emerge poco dopo con un involto di carta velina gialla dall'aria soffice, me lo consegna. "Finalmente, è pronto."

Rimango impietrita. "...per me?"

"Se no come ci vai alla Scala? Con la salopette da lavoro?"

Alzo timidamente lo scotch con un'unghia. Scostata la velina, mi trovo tra le mani un tessuto morbido e scivoloso, color oro vecchio. Lo sollevo: Adelaide ha trasformato il vestito sottoveste in un top con pantaloni coordinati.

"Mi sembrava più adatto a te," spiega, in attesa di una mia reazione.

"Pazzesco, è pazzesco." Ci tuffo il viso dentro.

Profuma di nuovo, non so dove troverò il coraggio di indossarlo, ma lo troverò, fosse l'ultima cosa che faccio.

"Be', anch'io ho qualcosa per voi," dico allora.

Torno all'ingresso, dove ho appoggiato un voluminoso pacco avvolto in carta di giornale.

La bimba ci si lancia sopra, ha capito subito cos'è, d'altra parte è un po' che l'aspettava.

"È bellissima!" esclama eccitata, dopo aver scartato per intero la casa delle bambole. "Ci sono la cucina, il salotto, le stanze da letto, il garage... E c'è anche la stanza laboratorio come la tua, Gea! Pure io ne vorrei una."

Adelaide scatta su. "Ci sarà il negozio, ora."

Deve averlo realizzato davvero solo dicendolo, perché rimane spiazzata. Anche a me ha fatto un certo effetto, è come se fosse diventato reale solo adesso.

"Ci sono pure due bambole, qui dentro!" esclama Aria. "Le chiamerò Gea e Adelaide, e saranno amiche."

Sua madre la guarda con un misto di tenerezza e apprensione, poi alza gli occhi su di me, come a chiedermi se è vero.

"Amiche e socie," sancisco lentamente, gustandomi entrambe le parole. "Ed è merito tuo."

"Nemmeno per scherzo, il merito è tuo."

"Allora un po' anche mio, ma..."

"Facciamo cinquanta e cinquanta, da brave socie?"

Le stringo la mano, quindi la avverto che la raggiungerò direttamente al *Nuovo mondo*. Devo portare a termine un paio di operazioni, prima. E scappo via.

Scendo le scale facendo i gradini a due a due, attraverso il cortile e corro a bussare alla porta della signora Dalia.

Stranamente, non appare subito sulla soglia. Busso ancora, improvvisando un motivetto. Niente. Busso e busso di nuovo. Un terribile presentimento mi invade la testa.

"Signora Dalia?" Il cuore pompa, il polso trema. "Signora Dalia?"

Ma proprio nel momento in cui formulo il primo *se*, si apre finalmente uno spiraglio, da cui sbucano un suo occhio e il naso.

"Sei proprio tu, Gea?"

"Sì, signora Dalia, perché me lo chiede?"

Faccio un sospiro di sollievo.

"Ti ricordavo più mogia."

"È che ho una buona notizia."

Attendo pazientemente che mi apra, ma non sembra intenzionata.

"Posso entrare?" chiedo allora.

Un attimo di esitazione. "Passa nessuno?"

Guardo alla mia destra e poi alla mia sinistra, il cortile è deserto. "Nessuno."

La signora Dalia allarga lo spiraglio per fare posto anche all'altro occhio, mettere il naso fuori e controllare di persona. Quando ne è finalmente convinta, mi tira dentro e richiude svelta la porta. La sua espressione preoccupata si distende.

"Nessuno deve sapere."

"Che cosa?"

Subito dopo averlo domandato, noto che indossa un grembiule macchiato di vernice qua e là; un apostrofo blu cobalto le segna la guancia, appena sotto gli occhiali; ha l'aria viva. Mi fa segno di seguirla in corridoio. I mobili sono stati scostati dalle pareti. Un telo di plastica ricopre il pavimento. L'odore di pittura è piuttosto intenso. Giallo indiano, cinabro rosso scuro, violetto minerale chiaro, verde permanente.

"Poteva chiedermi una mano!"

"Oh, avevi di meglio da fare, gioia. Ma era così triste la casa, senza i quadri. Così vuota. Mi sono sentita sola. E dovevo pur farmene qualcosa, di tutti gli oli che erano avanzati."

Sorrido nel constatare che la cucina è rimasta identica a com'era prima, per chi non è ammesso nel suo universo personale. Sono orgogliosa di essere una dei pochi ad avere il biglietto d'ingresso.

Brindiamo con la china alla mia buona notizia.

"*Alora* mi toccherà tornare a trovarvi, qualche volta," sospira dopo il primo sorso di liquore, "ma spero avrai ancora tempo per farmi la tinta."

Sono combattuta tra il desiderio di essere già al negozio e quello di ritardare l'arrivo il più possibile, per prolungare la sensazione di anticipazione. Al *Nulla* arrivo quasi di corsa.

Trovo Angelina seduta a un tavolo in una posa rilassata. Avvicinandomi vedo che davanti a sé ha "Horse & Hound", la storica rivista inglese. In copertina, un ritratto della famiglia reale, con i loro sorrisi smaglianti.

"Ci capisci qualcosa?" domando, alle sue spalle.

"Le immagini valgono più di mille parole, stella. Nel tragitto di ritorno in autobus l'ho notata in un'edicola del centro e non ho resistito."

Lancio un'occhiata verso il bancone, dietro il quale scorgo il marito. Si è appena asciugato la bocca, eppure sembra di servizio.

Angelina mi allunga la rivista, prima di alzarsi. "Tienila, è un modo divertente per studiare l'inglese. Io torno al mio dovere. Mi è già stata concessa una pausa più lunga di quanto avrei mai potuto sperare."

"Vedo che non c'è stato bisogno dell'intervento dei sindacalisti."

"È bastato mio figlio! Ah, a proposito. Ha lasciato questa per te."

Tira fuori dalla tasca del grembiule una busta blu polvere e me la consegna.

La apro senza perdere un secondo. Dentro ci trovo una foto in bianco e nero, sbiadita, eppure mi riconosco subito. Sono sull'autobus, di fronte a lui, e ho un'espressione incerta e preoccupata. È passato solo qualche giorno, ma la Gea che è andata a cercarlo quella mattina in preda al panico ormai mi pare davvero soltanto uno scatto da album dei ricordi. *Grazie*, scrive Eugenio sul retro. *Hai salvato il mio sogno. Ora anche papà lo sa. Ora anche lui fa la sua parte.*

Con un sorriso un po' malinconico, ripenso all'appendiabiti spoglio nel mio appartamento. Nessuna divisa, più, da custodire in segreto, nessuna strategia per aiutarlo a essere sé stesso. Eugenio ci è arrivato presto.

"Sono fiera di lui," dico a voce alta. "E chissà come sarebbe contenta sua nonna."

Accompagno Angelina al bancone. "Mi ha appena chiamato Beatrice con una buona notizia: pare che il tabaccaio sia fuori gioco, questioni legali, debiti, mora..." Mi godo la sua espressione meravigliata, prima di chiarire: "Il negozio è nostro".

Angelina si porta una mano sul cuore. In quel momento penso: anche distribuire buone notizie è economia circolare di quartiere. Mi piace da morire.

"Stella," dice infine, "farò sempre e per sempre il catering alle vostre feste."

Ho un ultimo compito da portare a termine prima di raggiungere il negozio.

Mi fermo davanti al tabaccaio e tiro fuori dallo zaino la chiavetta con le registrazioni che incriminano il proprietario.

La lego con uno spago alla saracinesca abbassata. Una piccola sorpresa dalle sue nuove vicine, almeno ora sa con chi ha a che fare.

Ritrovarmi davanti al *Nuovo mondo* sapendo che ora è nostro mi emoziona. Stringo l'oca di Dorothy, finalmente potrà tornare al suo posto, e anch'io ho trovato il mio.

Che andasse in questo modo non avrei mai neanche potuto immaginarlo, e invece eccomi qui. Un nuovo inizio. È bello e fa paura, certo. Ma ormai lo so, è inutile cercare di prepararmi: posso solo lasciare la presa e avere fiducia. Il viaggio è mio, e chissà dove mi porterà. Se davvero il meglio dovesse ancora venire?

Beatrice e Adelaide sono già dentro, le osservo attraverso la vetrina. Spostano mobili, progettano spazi. Rimango a osservarle mentre prende forma dentro di me un pensiero semplice: la vita non si accontenta di qualcosa, vuole tutto. Non possiamo evitare gli ostacoli, né pensare di non fallire mai, ma i nostri limiti sono la nostra ricchezza: ci dicono chi siamo e dove possiamo arrivare se troviamo il coraggio. Raccontano la nostra storia e ci aiutano a scrivere il seguito.

Sbagliamo, a volte per proteggerci, altre per farci spazio, facciamo del male agli altri, spesso a noi stessi, non riusciamo a lasciar andare il passato, manchiamo il presente, perdiamo la speranza nel futuro, ma sappiamo anche ascoltarci, tenderci la mano, credere in un progetto e, magari, provare a realizzarlo. In qualsiasi caso, esserci l'uno per l'altro.

Queste, ora lo so, sono le cose che ci salvano.

Traggo un bel respiro. Sto per fare finalmente il primo passo nel *Nuovo mondo* quando, in fondo alla strada, noto una Panda carta da zucchero.

Accosta. Il motore, dopo un'ultima sgasata, si spegne con un borbottio. Le portiere si aprono all'unisono. Due uomini scendono lentamente; uno ha la barba e la camicia a quadri e si guarda intorno un po' spaesato, l'altro, più giovane, anche lui con la barba, ha movenze più decise. Dal bagagliaio tirano fuori una grossa valigia di tela, tenuta chiusa da una cinghia.

Ripenso all'ultima spinta che ho dato alla lettera perché cadesse nella buca *Per tutte le altre destinazioni*, e a quanto io sia stata vicina a ritirarla. Ora, probabilmente, quei due uomini non sarebbero qui e non si starebbero avviando verso casa della nonna, che ormai potrei chiamare casa mia, se farlo non mi desse una strana sensazione di vertigine.

Sono così distanti, eppure familiari. La bambina dentro di me desidererebbe corrergli incontro, ma l'emozione è troppo forte e contraddittoria. Cinque anni. Sono cambiata? Sono cambiati? Possiamo costruire un'arca che vada bene a tutti? Non puoi tornare indietro e cambiare l'inizio, ma forse puoi iniziare da dove sei e cambiare il finale.

La loro valigia è grande, magari intendono rimanere per un po'. Abbastanza, spero, da poter affrontare ogni discorso.

Muovo il primo passo e mi avvio verso di loro.